麦克尤恩作品 | Ian McEwan

Enduring Love

爱无可忍

[英]伊恩·麦克尤恩————————著

郭国良 郭贤路——————————译

上海译文出版社

献给

安 纳 莉 娜

第一章

　　事情的开端很容易标记。当时我们在一棵苦栎树下,沐浴在明媚的阳光里;一阵强劲的风儿刮过,树木挡住了部分风势。我跪在草地上,手里拿着开瓶器,克拉莉莎递给我一瓶1987年的玛德玛嘉萨①。就在这一刻,就在时间地图上针眼般精准的这一刻,在我伸手触到那凉凉的瓶身和黑色箔片的这一瞬间,我们听见一个男人大喊一声。我们转过头,目光越过田野,望见了危险。紧接着,我就已经在朝它跑去,动作十分干脆利落:我不记得自己丢下了开瓶器,不记得站起身,不记得做出要跑的决定,也不记得听到克拉莉莎在身后叫我小心。多么愚蠢啊,我抛弃了我们在苦栎树旁那片鲜嫩的春日草坪上的幸福时光,飞快地奔进了这个错综复杂的故事里。喊声再次响起,还夹杂着孩子的尖叫,在沿着灌木树篱猛吹的咆哮狂风中,这些声音显得微弱无力。我跑得更快了。突然,从田野周围又冒出四个男人,正像我一样飞奔,朝现场集合。

　　我们先前看见的那只秃鹰正在三百英尺高空的气流中翱翔、盘旋、俯冲,从它的眼里,我看到了这样一幅图景:五个男人正无声地朝着一片百亩田野的中央跑去。我顺势顺风,从东南方向贴近。距我左侧二百码远,两个农场工人正并肩奔跑,刚才他们一直在修理那条沿田野南部边缘伸展、紧挨着公路的篱笆。他们身后两百码开外就是那位名叫约翰·洛根的司机,他的车停在草场旁,一边(抑或是两边?)的车门大开。杰德·帕里就在我的正前方,现在事后回想起来,这颇为离奇,他逆着风,从遥远的田野另一边大约四分之一英里外的一排山毛榉下冒了出来。在秃鹰看来,我和帕里是两个运动中的小点,我们身上的白衬衣在绿色原野的映衬下十分显眼;我们正像恋人一样奔向对方,对这份羁绊即将带来的哀伤一无所知。这一即将扰乱我们生活的相遇,再过几分钟就要发生,而我们却对它的深远影响浑然不觉——这不仅仅是由于时间的阻隔,还因为原野中间的那个庞然巨物正以一种可怕的吸引力将我们卷入其中,与之相比,在它下面发生的那桩人间悲剧就显得格外渺小了。

　　克拉莉莎当时在干什么呢?她说她正飞快地走向田野的中心地带。我不知道她是如何克制住自己奔跑的冲动的。当它发生的时候——就是我即将描述的那桩事件,那场坠落——她差不多已经赶上了我们,正处在绝佳的目击位置上,因为她没有参与营救,没有被那些绳子和吼叫声影响,没有被我们致命的缺乏合作所妨碍。那桩事件发生后的一段时期里,我们执迷地反复

① 玛德玛嘉萨(Mas de Daumas Gassac):地名,法国南部朗格多克-鲁西永大区境内的一处高地峡谷,盛产优质葡萄酒,并建有法国南部的头等酒庄,此处指其名酒品牌。

回顾这段记忆,我此处的描述也受到了克拉莉莎所见的影响,受到了我们告诉彼此的内容的影响:后续,这个字眼很适合在那片正等待初夏刈割的田野上发生的这件事。后续,就像二期作物,受五月那场首度收割的刺激而茁壮成长。

我这是在有意拖延,迟迟不透露接下来的情况。我在之前的时间段中徘徊,是因为在那个时候,这桩事件接下来的发展还有多种可能的结果:在秃鹰的眼里,六个聚集的身影在平坦的绿色田野中构成了一幅赏心的几何图形,很显然,这块田野就像空间有限的斯诺克台球桌面。最初的摆放位置、力的大小和力的方向,决定了接下来所有球滚动的方向、所有的碰撞和回转的角度。还有头顶那笼罩大地的阳光、绿色台面呢似的田野和所有运动中的物体,都是那么清楚明晰。我想,在我们接触前,当我们还在集合过程中的时候,我们保持了一种数学的优雅之美。我还在描述我们的分布位置、相对距离和罗盘方位——因为就它们而言,这是我保持清醒的最后时刻,之后我就什么也搞不清楚了。

我们在奔向什么呢?我想,我们所有人都没有完全弄明白。不过,就其表面而言,答案乃是:一只气球。不是漫画人物说话或思想时出现的那种气球形状的对话框,或者,打个比方吧,也不是那种光靠热空气升空的气球。它体型巨大,充满氦气——这种元素气体在星辰间的核熔炉中由氢气炼就而成,是宇宙中物质增生和变化过程以及其他许多事物(包括我们自身以及我们的一切思想)诞生的首要因素。

我们正奔向一场灾难,它本身就像一座熔炉,其中的热量能使众人的身份和命运扭曲变形。在气球的底部挂着一只吊篮,里面有一个男孩,而在吊篮边上,一个男人正紧紧抓住一根绳索,急待救援。

即使没有出现那只气球,这一天也依然会为了回忆而被标记出来,只不过,它会留下一段最令人愉悦的记忆,因为这是我和克拉莉莎在分别六周后(七年来时间最长的一次)的首次团聚。在去希思罗机场的途中,我绕进考文特花园①,在卡鲁奇奥餐厅边上找了个不怎么合法的位置停下车。我走进店里,凑足了一份野餐,其中那一大块马苏里拉干酪②最为引人注目,是店员用木勺从陶瓷大桶里舀出来的。我还买了黑橄榄、什锦沙拉和佛卡西亚面包③。然后,我赶紧沿着朗埃克街④赶往贝特伦·罗塔书店⑤,去提取送给克拉莉莎的生日礼物。除了公寓和我们的汽车之外,这是我买过的最昂贵的东西。当我走回街上的时候,这本稀罕的小书仿佛散发出一股热量,透过那厚厚的褐色包

---

① 考文特花园(Covent Garden):位于英国伦敦西区最著名的一处旅游景点,拥有大量商铺、街头表演和娱乐设施,内有世界最顶尖的英国皇家歌剧院考文特花园剧场。
② 马苏里拉干酪(mozzarella):意大利那不勒斯地方产的一种淡味奶酪,是做披萨时的专用奶酪。
③ 佛卡西亚面包(focaccia):一种用橄榄油和盐调味再铺上香草、洋葱及其他配料的意大利传统面包。
④ 朗埃克街(Long Acre):位于伦敦中心城区的一条著名街道,始建于17世纪,历史上因其马车制造业和汽车交易行业而闻名。
⑤ 贝特伦·罗塔书店(Bertram Rota's):位于伦敦市中心朗埃克街上的一家老字号古籍书店。

装纸传到我的身上。

四十分钟后，我已经在查看机场显示屏上的航班抵达信息了。从波士顿来的飞机刚刚着陆，也许我还得等上个半小时吧。达尔文认为，人类表达情感的方式有许多都是共通的，铭刻于基因之中。如果有谁想要证明这一点，他只要在希思罗机场四号候机楼的下机门前待上几分钟就足够了。当一位尼日利亚的准妈妈、一位薄嘴唇的苏格兰老奶奶，还有一位肤色苍白、中规中矩的日本商人推着行李车，从期待的人群中认出一个熟悉的身影时，我从他们脸上看到了同样的欢乐，同样的不可抑制的微笑。观察人类的多样性能给人带来愉悦，而观察他们的相似性亦然。当两人趋前拥抱、呼唤着对方名字的时候，我总会听到一声一模一样、由高渐低的叹息。那到底是第二大调，还是第三小调，或者是两者中间那个调？爸——爸！尤兰——塔！霍——比！尼——兹！长久不在身边的父亲或祖父母们，对着表情严肃戒备的婴孩连哄带骗，音调抬高，寻求亲情的快速反馈。汉——娜？汤——米？让我进去一下！

在私下里上演的多幕情景剧中，这种多样性也表现了出来：一对父子（可能是土耳其人，孩子有十来岁）站在那里，长久默默地拥抱着，对挤在他们周围的行李车浑然不觉，不知他们是在原谅彼此，还是在为失去亲人而哀恸；一对年逾五旬的双胞胎姐妹带着明显的厌恶互相问候，只是碰了下手，然后礼节性地亲吻，却没有接触对方；一个美国小男孩被他认不出的父亲扛到肩上，

5

哭叫着要下来,惹烦了他那位疲倦的母亲。

但大多数时候,人们都会彼此微笑和拥抱。在三十五分钟的时间里,我至少见证了五十出美好的戏剧性结局,每一场似乎都比前一场演得逊色。到最后,我简直有点情感疲劳,怀疑就连小孩子也只是在虚情迎合。就在我寻思着自己在迎接克拉莉莎时能显得多么真诚时,她轻拍了下我的肩头,刚才她没看见人群中的我,在周围绕了一圈。霎那间,我的疏离感消失了,就像其他人一样,我也用那种音调叫了声她的名字。

不出一小时,我们就把车停在了一条穿过奇尔特恩丘陵①山毛榉林的小路旁,这儿离圣诞公园很近。克拉莉莎换鞋的时候,我把野餐都装进一只背包里。我们带着团圆的愉悦,手牵着手走在小路上。我所熟悉的她的一切——她手掌的大小和触感,她声音里的温暖和安详,她那凯尔特人的白皙皮肤和碧眼——也很新奇,闪烁着异样的光芒,令我回想起我们的邂逅,以及我们在坠入爱河后头几个月里的时光。或者,我把自己想象成另一个男人,我自己的情敌,将她从我的身边偷走。当我把这想法告诉她的时候,她笑了,说我是这世界上头脑最复杂的傻瓜。我们停下脚步,亲吻对方,就在我们寻思刚才是不是应该直接开车

---

① 奇尔特恩丘陵(Chiltern Hills):又称切尔顿山,为坐落在伦敦西北部郊外的一片白垩陡崖,在当地被称为奇特恩斯(the Chilterns),其中一大部分地区被英国政府于1965年划入杰出自然风景区,以其森林、白垩质丘陵、砖石结构别墅和由篱笆、古道分割的古老田园而闻名。

回家上床亲热时,我们透过初生的新叶瞥见了那只氦气球,它正梦幻般地飞越林木葱郁的峡谷,朝我们西边飘去。不论是那个男人还是小孩,我们当时都没看见。我记得自己还暗自心想(但没说出口来),这种由风而不是由人来把握方向的运输方式挺危险的,但随后我转念一想,可能这就是它独特的魅力所在吧。接着,我马上就把这想法抛在脑后了。

我们穿过学院森林,朝皮希尔村走去,一路上驻足欣赏山毛榉上绽出的新绿。每片树叶都仿佛散发出一线内在的光华,我们谈论着这种纯净的色彩、春天里的山毛榉叶以及注视它给头脑带来的清新感觉。当我们走进树林时,风势开始增强,树枝发出生锈机器运转般的吱嘎声响。我们很熟悉这条路线,这里无疑是离伦敦市中心一小时车程内风景最优美的地方。我热爱这里起伏的田野,热爱那散布的白垩土堆和燧石,热爱那穿过原野、伸进幽暗的山毛榉树林的人迹罕至的小径,还有那些无人照管、排水不良的溪谷,腐烂的树干上覆盖着彩虹色的苔藓,偶尔还能瞥见一只毛冠鹿在灌木丛中磕磕绊绊。

我们朝西面走去,大部分时间都在谈论克拉莉莎的研究项目:约翰·济慈。他临死前和朋友约瑟夫·塞文①寄宿在位于罗马西班牙阶梯②底部的那幢房子里。会不会还有三四封济慈的

---

① 约瑟夫·塞文(Joseph Severn, 1793—1879):英国肖像和静物画家,出生于伦敦,是济慈的亲密朋友,曾在诗人赴意大利罗马疗养期间陪同,直至诗人去世。
② 西班牙阶梯(Spanish Steps):位于意大利罗马市西班牙广场上的一处著名景点,共138级,从最高处可以看见梵蒂冈的圣彼得大教堂。

信尚未公开呢？其中一封会不会是写给芳妮·布劳恩的？克拉莉莎有理由相信这种可能性，并花了休假学期的一部分时间环游西班牙与葡萄牙，参观芳妮·布劳恩和济慈的妹妹芳妮曾经的住宅。前些日子，她一直待在哈佛大学的霍顿图书馆里，试图追寻塞文的远房亲戚之间的通信，今天她刚从波士顿回来。济慈最后一封为人所知的书信是他在去世前近三个月写给老朋友查尔斯·布朗的。那封信口气十分庄重，抛出了——就像插入一句题外话——一段对艺术创作的精辟论述，非常具有代表性："对反差的认知，对光影的敏感，对诗歌不可或缺的一切特质（原始感知），都是肠胃康复的大敌。"这封信里还有那份著名的告别，节制内敛、谦恭有礼却又哀婉动人："就算是在信里，我也不忍与你永诀。就让我以谦卑鞠躬作为告别吧。上帝保佑你！——约翰·济慈。"不过，诸多传记都一致认为，写下这封信的时候，济慈的肺结核病情正在好转，而且这种情况又持续了十天。他参观了波各赛别墅花园①，沿着高碌街②散步，快活地聆听塞文弹奏海顿的乐曲，顽皮地将晚餐扔出窗外以抗议糟糕的厨艺，甚至还想起要开始写首新诗。在这一时期，如果他真有信件留存于世，那么塞文，或者更有可能是布朗，又为何要将其尘封起来呢？克拉莉莎认为，在布朗的远房亲戚写于19世纪40年代的信里，她在一两处注解中找到了答案，不过她还需要更多的证

---

① 波各赛别墅花园（Villa Borghese）：又称波各赛公园，是由罗马地方贵族波各赛于17世纪所建的私人庭园，园内景致优美，现面向公众开放。

② 高碌街（the Corso）：位于罗马市中心的一条著名历史老街。

据和不同的资料来源。

"他知道,他再也见不着芳妮了。"克拉莉莎说,"他曾写信给布朗,说看见她的名字会令他痛苦难耐。但他从未停止过对她的思念。十二月份的那段日子里,他身体尚好,而且他又如此深爱着她,让人很容易想象他写过一封从来没打算寄出去的信。"

我用力搋了一下她的手,什么也没说。我对济慈和他的诗歌知之甚少,但是我觉得,在那种毫无希望的境况下,也许正是因为爱她爱得太深,他才有可能不希望写信。最近我觉得,克拉莉莎对这些假想中的信件感兴趣,和我们自己的感情以及她的信念也有些联系,她坚信任何没有通过书信表达的爱都是不完美的。在我们相遇之后、买下那座公寓套间之前的几个月里,她曾写给我一些激情澎湃、深奥难懂的优美情书,解释我们之间的爱情为何与众不同,比世上所有其他人的爱都要美好和高贵。赞美爱情的唯一性:也许这就是情书的精华所在。我也曾经试图写出同样优美的文字,与她琴瑟和鸣,但不管我调动多少真情实感,下笔时却只能罗列出一堆事实,而且在我看来,这场恋爱简直就是个奇迹:一位美丽的女子爱上了一个体态壮硕、行动笨拙而又日渐秃顶的男人,并渴求被他所爱——我简直不敢相信自己会有这样的好运气。

快到梅登格罗夫公园的时候,我们驻足眺望那只在高空中盘旋的秃鹰。森林覆盖了整片自然保护区周围的峡谷,我们走在林间小径上,气球可能已经再次从我们头顶飘过。正午刚过,我们踏上了山脊小路,沿着陡崖往北走。接着,我们又抖擞精神,顺着一块突出的宽阔地带,从奇特恩斯向西一直走到了下面肥沃的农田里。穿过牛津谷后,科茨沃尔德丘陵的轮廓已清晰可见,而在山丘后方可能就是布雷肯比肯斯山,在一片蓝色的迷雾中抬升。我们原计划在这片山丘尽头的田野上野餐,因为那里的景致最好,不过现在风实在太大了,我们只好穿过田野走了回来,在北边的一片苦栎树林中避风。就因为有这些树挡着,我们没看见气球降落。后来我纳闷:为什么它没被吹到数英里外的地方去?再后来我发现,那一天,五百英尺高空中的风势和地面上的风势是不一样的。

关于济慈的谈话慢慢结束了,我们打开午餐包,克拉莉莎从包里拿出酒瓶,握住瓶底把它递给我。如前所述,我的手掌刚碰到瓶颈,我们就听到了那声叫喊,一个男中音,声调因为恐惧而不断抬高。它标记出整个事件开始的序幕,当然,也是尾声。在那一刻,我生命中的一章——不,应该是一整出戏——落下了帷幕。早知如此,如果再多一两秒钟时间,我倒会让自己缅怀几许。我们结婚相爱七年,膝下无嗣;克拉莉莎·梅隆也恋上了另一个男人,不过随着他两百岁诞辰的到来,他已经不会惹什么麻烦了。事实上,他还在我们激烈的交锋中帮过忙,那是我们平衡生活的一部分,是我们谈论工作的方式。我们俩住在伦敦北部一幢带有装饰派艺术风格的公寓大楼里,对生活的忧虑比普通人要少——过了一年左右手头拮据的苦日子,没来由地担心自己患了癌症,朋友们离婚的离婚、病倒的病倒,我对自己工作的不满偶尔会狂热地发作,而克拉莉莎对此则十分恼火。但不管怎样,我们自由奔放、亲密无间地生活着,存在着,没有什么能威胁到我们。

我们从野餐旁站起来,眼前看到了这样一幅景象:一只灰色的巨型气球,有一栋房子那么大,形状像一滴泪珠,已经降落在了田野上。气球着陆的时候,驾驶员肯定刚从乘客吊篮里跨出半个身子,腿就被一根绑在锚上的绳索缠住了。现在,由于猛刮的狂风把气球推着抬着吹向陡坡边缘,他被半拖半拽着拉过田野。吊篮里有个小男孩,十岁光景。在风突然停歇的间隙,那个男人站直身体,抓向吊篮或者男孩。接着,又是一股劲风袭来,男人仰面横过身子,在崎岖的地面上跌跌撞撞地前进,试图将他的脚插进地里抓牢受力点,或者是想抓住他身后的锚,把它固定在地里。即使他能解开缠在脚上的那条连着锚的绳子,他也不敢那样做。他需要用自己的重量将气球拖在地上,而大风也可能会把那根救命绳索从他手里夺走。

我跑过去时,听到他在朝男孩叫喊,催他赶紧从吊篮里跳出来。但是气球在田野上一路颠簸,震得男孩不停地从一边跌到另一边。他重新找回了平衡,把一条腿跨到篮子外面。气球上下晃动,撞在一道小圆丘上,男孩又朝后摔了进去,不见了身影。然后他又站了起来,朝那个男人伸出胳膊,回喊着什么——我分不清那是回答,还是因为恐惧而变得含混不清的惊叫。

我离他们只剩下一百码远了,这时情势得到了控制。风小了下来,男人站稳脚跟,俯下身把锚插进地里。他已经解开了缠

11

在腿上的绳子。不知道是因为沾沾自喜,还是耗尽了力气,或者仅仅是大人让他那么做的——反正出于某种原因,那小男孩依然留在吊篮里,没有出来。硕大高耸的气球来回晃动,左右倾斜,拼命想挣脱束缚,不过还是被驯服了。我放慢了脚步,但并没停下来。在直起身的时候,那个男人看见了我们——至少看见了我和那两个农场工——并朝我们挥手示意。他依然需要帮助,不过我很高兴自己可以放慢速度,从容走路了。两个农场工这会儿也走了起来,其中一人在大声咳嗽。然而,那个开车的男人约翰·洛根却了解一些我们不知道的情况,他还在向前飞奔。至于杰德·帕里,我的视线正好被拦在我们中间的那只气球挡住了,看不见他。

狂风在林梢上重新聚集起它的暴怒,我立刻感觉到了背后那股强大的推力,接着它击中了气球。气球停止了单纯滑稽的摇摆,突然间静止下来,唯一在动的只有球体本身,波浪般的皱纹沿着隆凸的表面泛起,所吸收的势能正在那里汇聚集中。它挣脱了,锚在一片飞溅的碎土中腾空而起,气球和吊篮朝空中蹿出了十英尺高。男孩被甩向后面,不见了踪影。驾驶员手里抓着绳子,被拽到了离地面两英尺高的天上。要不是洛根及时赶到,拉住了气球上许多悬垂绳索中的一根,那气球早就把男孩带跑了。现在,两个男人都被气球拽着拉过田野,而我和两名农场工也重新奔跑起来。

我率先赶到。当我抓起一根绳子时,吊篮已经升到了头顶的高度上。小男孩正在里面尖叫,尽管风势很猛,我还是闻到了一股尿味。几秒钟后,杰德·帕里抓住了另一根绳子,而两个农场工——约瑟夫·莱西和托比·格林——紧接着抓住了另外两条。格林猛地爆发出一阵咳嗽,但他还是坚持着,紧紧抓住绳索。驾驶员正在大声地对我们喊着指示,但他显得过于狂乱,没人听他的话。他刚才挣扎了太久,现在已经精疲力竭、情绪失控了。我们五个人一起拉住绳子,气球总算安定下来。不管那个驾驶员在喊什么,我们只需站稳脚跟,一点点用力往下拽,把吊篮拖到地上就行了——而这正是我们开始在做的事情。

到这时,我们正好站在陡坡之上,地面沿四分之一坡度①急剧沉降,然后朝底部延伸,形成一道缓坡。在冬天,这里是当地孩子们玩雪橇的好去处。一时间,我们七嘴八舌开口了。我和那个司机想把气球从陡坡边拉走,有人认为应该先把小男孩救出来,还有人极力主张把气球拉下来,以便我们将锚固定好。我觉得这些意见并没有冲突,因为我们可以一边往下拉气球,一边朝田野后退。不过第二个主张占了上风。驾驶员还有第四个主意,但没人知道、也没人关心那是什么。

有一点我应该交代清楚。我们或许有个大致相同的目的,但我们绝不是一个团队。没机会,也没时间。时间地点的巧合和乐于助人的禀性把我们几个人聚在这气球下面。没人负责这件事——或者说,人人都在负责,我们陷入了一场口角之争。那个驾驶员面色通红,声嘶力竭,大汗淋漓,我们却无视于他。无

---

① 四分之一坡度(gradient):指每前进四米便升高或下降一米。

13

能就像热量一样从他身上发散,而我们这时也开始根据自己的主张大声发号施令起来。我知道,如果我是领头的,没人和我争执,那么悲剧就不会发生。事后我听到其他几个人也都这么说,不过当时没有时间,也没有机会去展现一个人的性格魄力。任何一个人带头,任何一个明确的计划,都比什么都没有要强啊。在人类学家研究过的人类社会中,从依靠狩猎采集度日的原始时代直到后工业化的今天,每一个社会都有领导者和被领导者,而用民主程序从来无法有效地解决任何紧急情况。

把乘客吊篮拉到我们能看得见里面的高度,这并不特别困难。我们碰到了一个新问题:男孩蜷缩在吊篮里,双臂环抱住脸庞,两手紧紧地揪着头发。"他叫什么名字?"我们问那个面色通红的男人。

"哈利。"

"哈利!"我们大喊。"来啊,哈利! 哈利! 抓住我的手,哈利! 快从那儿出来,哈利!"

可哈利蜷缩得更厉害了。我们越喊他的名字,他就越向后缩,好像我们说的每个字都是掷向他的石头一样。他已经意志麻痹,处于一种被称作"习得性无助"的状态中,这种状态在处于异常压力下的实验动物身上往往表现明显:所有解决问题的冲动都没了,连求生的本能都丧失了。我们将吊篮拽到地上,稳住了它,正要倾身进去把男孩抬出来,这时,那驾驶员却用肩膀把我们推到一边,想要自个儿爬进去。后来他说他早就告诉过我们他想干什么,可当时我们只听见自己的叫喊和咒骂声了。他的举动看起来很荒谬，可后来我们发觉，他的意图是完全理智的：他想拉下一根纠结在吊篮中的绳索，给气球放气。

"你个大蠢蛋！"莱西吼道，"帮我们把这小子弄出去！"

在疾风逼近的前两秒钟，我听到了它的声息，就像是一辆特快列车穿越树梢一样向我们飞驰而来。一个哀鸣般的轻飘声音"呼"的一下，在半秒内顿时变得震耳欲聋。后来在调查中，伦敦警察厅就那天的风速所采集的数据也成为了证据的一部分——据说当时有几股阵风达到了每小时 70 英里的速度，而这股风肯定也是其中之一。不过，在让它来到我们身边前，先让我定格片刻——在静止中有一份安全感——来介绍一下我们这圈人吧。

在我的右边，地面陡然下降。左边紧挨着我的是约翰·洛根，一位来自牛津的家庭医生，42 岁，妻子是位历史学家，他们有两个孩子。他在我们这群人中并非最年轻的，但身体却是最棒的。他是郡级的网球运动员，还加入了一个登山俱乐部，在西部高地①的一支山地救援队里做过一段时间。洛根显然是个温和而又沉默寡言的人，不然他刚才一定会让自己成为那个说了算的。在他的左边是约瑟夫·莱西，63 岁，农场工人，还兼职打打零工，他是当地一支草地滚球队的队长，和妻子住在位于陡坡底部的沃灵顿小镇里。他的左侧是同伴托比·格林，58 岁，也是农

---

① 西部高地（Western Highlands）：位于英国苏格兰中西部，全长 95 英里，南起格拉斯哥，北至威廉堡，全英国最高的山脉——本尼维斯山脉就在这里蜿蜒起伏。

15

场工,未婚,和母亲一起住在罗素沃特村。两人都在斯托纳宅邸的庄园里工作。格林就是那个老是像烟鬼般咳嗽的人。接着往左转,那个想爬进吊篮里的驾驶员名叫詹姆斯·盖德,55岁,是一家小广告公司的主管,和妻子以及成年子女中的一名智障患者一起住在里丁市。调查中,验尸官干巴巴地列举指出,盖德违反了六条基本安全操作程序。他的气球驾照被吊销了。篮子里的那个男孩叫哈利·盖德,10岁,来自伦敦的坎伯威尔区。在我对面、其左侧地势向下沉降的那个人,就是杰德·帕里。他28岁,无业,住在汉普斯特区,靠一笔遗产过日子。

　　这就是我们所有的人。在我们看来,那个驾驶员已经放弃了他的权威。我们气喘吁吁,情绪激动,一心想着各自的方案,而那个小男孩已无力参与决定自身生死存亡的救援:他缩成一团,用双臂抱住头,把世界挡在外面。我、莱西还有格林正试图把他拉出来,而盖德现在爬到了我们的头顶上,洛根和帕里还在高声叫喊他们各自的建议。盖德已经把一只脚伸到了他孙子的脑袋旁,格林在咒骂他,这时,事情发生了:一只强有力的巨拳呼地猛击气球,一下,两下,第一下就已经很猛,而第二下更狠,将盖德从篮子里嘣的震了出来,摔在地上,然后把气球抬升了近五英尺,让它直直地蹿向天空。盖德那沉沉的体重一下子减掉后,力的平衡被打破了。绳子迅速磨过我紧握的手掌,把掌心灼得生疼,但我还是在绳索只剩下两英尺长的末端时尽全力抓住了它。其他人也紧抓不放。吊篮现在已经飘到头顶上了,我们站在那儿,胳膊上举,就像礼拜日的教堂敲钟人。我们被惊得鸦雀无声，还没来得及叫喊，第二记重拳就到了，又把气球撞了起来，向西飘升。刹那间，我们突然就这么脚下腾空，全身体重都落在了抓住绳子的拳头上。

双脚离地的那一两秒钟在记忆里占据的空间之大，不亚于在一条地图上未加标注的河流上漫漫溯行。我的本能冲动就是：坚持住，一定要把气球拉下来。那男孩已经无力自救，马上就会被气球带走。西边两英里外有高压电缆。一个小孩孤立无援，需要救助。我的责任就是要坚持住，我想我们每个人都会这么做。

几乎就在我想抓紧绳索救下小孩的同时，在连一波神经脉冲传播开都不到的时间里，其他的念头诞生了。我飞快地算计着眼下如对数般急剧增加的情况变量，心中还混杂着恐惧。我们在上升，气球越向西飘，地面就越发下沉。我知道，我必须把腿和脚环扣在绳子上，但绳梢还不及我的腰部，绳子也正从我的手里滑脱。我的腿在空气中胡乱踢动。每过几分之一秒，我们和地面的距离就不断增加，到时候松手就来不及了，或者会造成致命的后果，而这一刻迟早会到来。和我相比，蜷缩在篮子里的哈利则安安全全。气球也许会在山脚下安全降落，而我坚持不放手的冲动或许不过是几分钟前所做努力的延续，只不过是我未能尽快调整罢了。

接着，连一下肾上腺素激发的剧烈心跳都还没过去，另一个变量又打破了平衡：有人放手了。于是，气球和拉着它的我们又往上蹿了好几英尺。

我当时不知道、后来也从未发现到底是谁先放了手。我不愿相信那个人就是我,不过每个人都说自己不是第一个。可以确定的是,如果我们谁也没有松手,那么再过几秒钟,等那股阵风平息下来,我们几个人的体重应该可以把气球带到斜坡下四分之一的地方着陆。然而,就像我所说的,我们没有形成一个团队,没有任何计划,也没有任何可以打破的共识——失败也就无从谈起。所以我们就可以说——没错,人不为己天诛地灭?日后回想此事,我们都会因为这种做法合理而感到高兴吗?我们从未得到那份宽慰,因为在骨子里,我们受着一条更深刻、更自然的古老传统的约束。合作——我们人类早期狩猎成功的基础,它是人类语言能力进化背后的动力,也是产生社会凝聚力的黏合剂。事后我们所感受到的痛苦证明:我们心里清楚,我们已经辜负了自己。不过,放弃也是人的本性之一。自私同样是刻在骨子里的。这就是我们作为哺乳动物的矛盾所在——把什么献给别人,把什么留给自己。脚踏这一路线,人人相互制衡,这就是所谓的道德。在奇特恩斯的陡坡上方数英尺高的空中,我们这群人陷入了旷古以恒、进退两难、无法解脱的道德困境:是我们,还是我自己。

有人说选择自己,那么,再说"我们"就没有任何意义了。大多数情况下,只有当善有善报时,我们才会做好人。一个好的社会可以让大家感觉好人有好报。突然间,在吊篮底下悬着的我们成了一个坏社会,正在分崩离析;突然间,明智的选择变成了保全自己。那男孩又不是我的孩子,我可不会去为他搭上一条命。我刚瞥见一个人影落下——可他到底是谁呢？——就感到气球骤然上升，一切便尘埃落定了。利他主义没有用武之地，做个好人没有任何意义。我放手了，向下坠落了约摸十二英尺，侧身重重地摔在地上，大腿上跌出了瘀青。在我周围——在我落地之前还是之后，我不太确定——好几个人砰然坠地。杰德没有受伤，托比·格林扭伤了脚腕，而年纪最大的约瑟夫·莱西，以前曾经在伞兵团服过兵役，落地后也只是一时喘不过气而已。

等我站起身来，气球已经飘到五十码开外了，有一个人仍然挂在绳子上。是约翰·洛根。对他这样一个既是丈夫、父亲，又是医生、山地救生员的人来说，利他主义的火焰肯定燃烧得更为炽烈一些。它不需很旺。我们四个人都放手了，那气球一下减轻了六百磅的重量，肯定会急速往上升。一秒钟的迟疑都有可能让他失去选择的余地。当我站起来看到他时，他已经身在一百英尺高的空中，而且还在冉冉上升，而他身下的地面同时也在沉降。他没有挣扎、踢来踢去或者拼命抓着绳子往上爬。他顺着绳索一动不动地悬吊着，所有力量都集中在越来越无力的拳头上。他的身影越来越小，几乎成了天上的一个黑点。我们看不到小男孩的身影。气球带着吊篮继续向西飘去，洛根变得越小，情形就愈发恐怖，简直到了滑稽的境地，就像是一台绝技表演、一个笑话、一部动画片那样。我猛地惊笑了一声，因为这实在太荒谬了，完全就像是发生在兔八哥、汤姆和杰瑞身上的那种事情。有那么一瞬间，我甚至以为：这不是真的，只有我自己能看到这幅可笑的场景，我彻底的不相信可以让洛根医生回归现实,安全返回地面。

　　我不知道其他人是站着还是趴着,托比·格林可能还在弯腰揉着他的脚踝。不过我的确记得那被我的笑声打破的寂静。没有惊叫,没有像刚才那样大声喊出的指示,只有无声的绝望。此时此刻,洛根已经在两百码开外,离地面大概有三百英尺远了。我们的沉默是对死亡的许可,就像一份死刑判决书,或者,是一份惊惧下的羞愧,因为风现在已经停住,只是在我们背后轻抚。他在绳子上吊了那么久,我都开始相信,他也许能挺到气球落下来,或者等小男孩恢复意识、找到阀门给气球放气,再或者有一道神光、上帝,或者其他一些卡通角色现身,将他救下来。即使我还心存希望,我们还是看见,他滑到了绳子底端,不过仍然悬在上面,两秒,三秒,四秒,然后他放手了。即使在那个时刻,还有那么一刹那的工夫,他看上去没有下坠,而我还在想着:没准儿还会有某种奇异的物理法则,或是一股急剧上升的热气流,或是比我们现在看到的这骇人一幕更令人震惊的现象出现,能干预其中,把他托起来。我们看着他坠落,你甚至能看出他在加速。没有原谅,没有对肉体、勇气或者善良心肠的特别优待,只有无情的地心引力。不知从哪里——可能是来自于他,也可能是来自某只冷漠的乌鸦——传来一声尖锐的叫喊,撕破了静止的长空。坠落时,他仍保持着悬在绳子上的那副姿势,就像一根坚硬的黑色小棍。我从未见过比这个坠落中的活人更恐怖的景象。

第二章

　　最好还是说慢一点吧。让我们仔细回顾一下约翰·洛根坠落后的那半分钟。在那同时或紧随其后发生了什么,大家说了些什么,我们做了什么或者没做什么,我想了些什么——这些要素都需要分别列举。在这桩事件发生后,又发生了太多的事情,有那么多的歧路和从中继续岔出的歧路,都起始于那最初的时刻,爱与恨的火种也从这里开始被点燃,一路熊熊燃烧。因此,让我停在这里稍作回顾,甚至卖弄一番,只会对我助益多多。对事实最好的描述,不见得要与它发生的速度同步。大部大部的论著、整个整个的研究部门都投入到了对宇宙历史最初几秒钟的探索之中。研究宇宙混沌和动荡的理论多得令人眼花缭乱,却都建立在对初始条件的假设之上,而要描述这些极其重要的假设,则需要煞费苦心的努力。

　　我已经标记出了自己的开端,从我接过酒瓶和一声绝望的叫喊开始,由此引发了一大堆后果。但是,这个针眼就像欧几里得几何学中的一个点那样,只是概念上的,尽管它看似正确,但我本可以将它预设在我从机场接回克拉莉莎后一起计划去野餐的时候,或者在我们决定行程路线的时候,或者决定在那块田野

21

上共进午餐的时候，又或者在决定何时开饭的时候。事情发生总会有前因。一个开端就是一处陷阱，而对事情开端的选择，取决于它能如何解释接下来发生的一切。皮肤与酒瓶的冰凉接触以及詹姆斯·盖德的叫喊——它们同步发生的时刻构成了一次过渡，形成了一条偏离预先设计轨道的岔路：从我们未曾品尝的美酒（当晚，我们把它喝了个精光以麻痹自己）转向命运的召唤，从我们共同分享的美丽人生与愿景转向我们即将忍受的折磨与苦难。

当我扔下酒瓶穿越田野，朝着那只气球和在地面上磕磕撞撞的吊篮奔去，朝着杰德·帕里和其他人奔去的时候，我选择了一条将我与安闲舒适的生活隔绝的岔路。与绳索的搏斗，队伍的分崩离析，以及洛根的飞走——这些都是构成我们故事的明显主干。但如今我却意识到，在紧接着他坠落的那些时刻里，有一些更加微妙的因素对未来起到了强大的支配影响。洛根坠地的那一时刻本应成为这个故事的结局，而不是我当时可能选择的又一个开端。那天下午本应仅以一场悲剧就此结束。

在洛根坠地的那一两秒钟里，我产生了一种似曾相识的感觉，而且我马上就找到了它的来源。回到我脑海中的，是我在二三十岁时偶尔会做的噩梦，每次都让我从大叫中惊醒过来。它们的背景各不相同，但基本要素却完全一致。我梦见自己站在一处突出的位置上，目睹着远方正在发生的一场灾难——地震，摩天楼大火，沉船，火山爆发。我可以看见许多无助的人们正惊恐地四下奔逃，由于距离的关系，他们成了一个毫无个体差异的

22

群体,必死无疑。令我恐惧的是,他们清晰可见的规模和所遭受的巨大灾难之间,形成了鲜明对比,暴露出生命那轻贱的一面;成千上万个只有蚂蚁般大小的人尖叫着,即将陷入毁灭的境地,而我却无能为力。当时我并没有对这梦境回想太多,只是感觉到了它对我情感上的冲击——恐惧、负疚和无助——还有一种预感灵验的恶心感觉。

在我们下方,平缓延展的陡坡上是一片被用作牧场的草地,以一排截头柳树作为边界。在那之外是一片更大的草场,绵羊和几只羊羔正在那里吃草。从我们眼中的全景来看,洛根就落在这第二块草场的中心位置。我本以为,在冲撞发生的那一刻,那木棍般的小小身形会如一滴黏稠的液体,顺着地面四下奔涌或倾泻。但在死寂中我们看见,他的身形缩成一团,挤成一个小点,仿佛经过了重新组装。二十英尺外离他最近的那只绵羊只顾继续吃草,几乎连头都没有抬一下。

约瑟夫·莱西正在照料他那已经无法站立的朋友托比·格林,在我身旁就是杰德·帕里,在我们后面一段距离的是詹姆斯·盖德。盖德并没有像我们那么关心洛根,而是呼唤着他的孙子,那个被气球带走、飞越牛津峡谷并朝那排电缆铁塔飞去的小男孩。他推开我们,往山下跑了几步,似乎想要去追赶气球。我记得自己当时愚蠢地想:那可是他的基因投资啊。克拉莉莎来到我身后,用双臂搂住了我的腰,并将头深深地埋在我的后背上。让我吃惊的是,她已经哭了起来(我可以感觉到衬衫被沾湿了),而对我来说,悲伤似乎还离着老远呢。

23

如同在梦中一般，我既是主人公，又是旁观者。我在行动，同时又能看见自己行动；我有思想，同时又能看到它们从我眼前的一块屏幕上浮过。就像在梦里一样，我的情绪反应都不在了，或者是显得不合时宜。克拉莉莎的眼泪不过是桩事实，而我则双脚分开牢牢插在地上，两臂交叉抱在胸前，心里对自己采用的这种方式感到满意。我朝那片田野眺望，思想在眼前的屏幕上滚动：那个人死了。我感到体内一阵发热，一份对自己的怜爱油然而生，不禁用交叉的双臂抱紧自己。随即产生的结论似乎是：而我还活着。在任何特定的时间里，谁生谁死都是随机的，而我恰好还活着。就在这时，我发觉杰德·帕里正盯着我，那张皮包骨似的瘦长面孔被一种痛苦而疑惑的表情深深锁住。他看上去很可怜，就像一条即将挨打的狗。我的视线和这个陌生人清澈灰蓝的眼眸相遇，刹时间，我感觉自己可以将他融进这股沾沾自喜的心灵暖流之中：我还活着。我甚至想去安慰性地拍抚他的肩头。屏幕上，我的思想显示：这个人吓坏了。他想让我帮助他。

　　如果我早知道这个眼神在当时对他意味着什么，以及他后来将如何理解它并通过它建立起一个精神生活世界的话，我绝不会如此热情。在他那带有一丝疑问的痛苦眼神中，孕育着一粒我完全没注意到的感情萌芽。我所感觉到的那种愉快的冷静，其实只是我身处惊悸之中的征兆。我朝帕里友好地点点头，忽略了我身后的克拉莉莎——我是一个大忙人，要一次性解决所有问题——用一种自认为低沉而令人安心的口吻对他说："没事了。"

这句冠冕堂皇的谎言在我的肋骨间回荡,令我感到舒适无比,我几乎又把它说了一遍。也许我的确这么做了。我是自洛根坠地后第一个开口说话的人。我把手伸进裤兜,摸索一切可以在这时拿出来的东西,一只手机。年轻人的眼睛微微睁大,我把这看作是对我的敬佩,不管怎么说,起码当我把那个高密度的小钢板拿在手心并用大拇指摁下 999① 的时候,我是这么认为的。我存在于这个世界之中,全副武装,能力非凡,联系广泛。当紧急事务处理电话接通时,我叫了警察和救护车,清晰简洁地描述了这场事故、搭载着孩子飘走的气球、我们的方位以及到达这里的捷径。这是我唯一可以用来遏制自己兴奋的事情。我想大声叫喊些什么——指令、劝慰或者含糊的元音字母。我的嗓音尖锐,语速很快,也许我显得很高兴。

当我挂掉电话时,约瑟夫·莱西说:"他不需要救护车了。"

格林从他的脚踝上抬起视线。"他们需要用救护车把他运走。"

这下我想起来了。当然。这就是我所需要的——找点事情做做嘛。此时的我狂乱不已,正想打架、跑步、跳舞,随便什么都行。"他可能还没死,"我说,"总会有这种可能性的。我们得下去看看。"

说出这句话的时候,我开始意识到自己的腿在颤抖。我想

---

① 999 是英国本土及部分英联邦国家、前海外属地的紧急求助电话号码。

要健步下坡,但我不敢确定自己能否保持平衡。上坡也许会好一些。我对帕里说:"你也来。"我本来是想提个建议,但话说出口却成了一个请求,我需要他这么做。他看着我,什么都说不出来。每一个细节,我的每一句话、每一个手势、每一个字都被他捕捉、收藏、包装,为他今后一整个冬天的痴迷和执念做足了储备。

我松开克拉莉莎环在我腰间的双臂,转过身。我当时没有想到,她想要紧紧抱住我。"我们下去吧,"我轻声说道,"也许我们有办法。"我听到自己语调柔和,声音刻意低沉。我置身于一出肥皂剧中。现在他在对他的女人讲话。这是一幅亲昵的场景,一组双人特写镜头。

克拉莉莎把手放在我的肩上。后来她告诉我,她当时突然有种想扇我耳光的冲动。"乔,"她轻声说,"你得歇一歇了。"

"怎么了?"我提高声音问。一个男人躺在草地上正在死去却无人问津。克拉莉莎看着我,尽管她看上去像是要说什么,却没有告诉我为什么应该歇一歇。我转过头,招呼其他那些站在草地上等着我的人,我想告诉他们现在要做什么。"我要去下面看看他。有没有人一起去?"我没有等待回答,而是迈着小步前行,开始下山。我感到膝盖软弱乏力。二十秒后,我回头瞅了瞅,没有一个人动弹。

我继续向下走,心中的狂躁开始平息,我的决定使我感到孤单无助。恐惧不仅仅在我心里,也在那片草地上,像一团扩散开来的迷雾,在荒野中心愈发浓重。但我现在没有选择,只能往前走,因为他们都在看着我,这时回头就意味着要爬回山上,承受双倍的耻辱。随着愉快的情绪逐渐平息,恐惧渗入心头。我不想见到的那个死人此刻正在田野中央等我。如果我发现他奄奄一息,濒临死亡,那就更糟糕,我就不得不独自面对他,采取急救措施,就像聚会上玩的许多愚蠢把戏那样。他不会中招,无论如何都会死的,而且是死在我的手里。我想转身去叫克拉莉莎,但他们都在看着我,我知道,况且我在山上又如此口出狂言,羞愧难当。这段漫长的下坡路就是对我的惩罚。

我来到山脚下那排截头柳树前,跨过一条干涸的沟渠,然后爬过一道用带刺铁丝网做的篱笆。这时,我已经走出了他们的视野,恶心得直想吐。我对着树干撒了泡尿,双手颤抖得厉害。后来我就站着不动,以推延穿越草地的时间。处在别人的视线范围之外,是一种生理上的解脱,就像在沙漠的烈日下有了一片荫凉。我能感觉到洛根的位置,但即使离得这么远,我还是不想看他一眼。

那些对这场撞击几乎没有瞟一眼的绵羊,在我大步从它们中间走过的时候,却盯视着我,摇摇晃晃地退后跑开。我觉得稍微好受些了。我将洛根放在视线边缘,但即便如此,我也能看到,他并非平躺在地上。有样东西从田野中央凸显出来,就像一根短粗的天线,代表着洛根生前或者死后的自我。直到离他二十码远,我才让自己看他。他笔直地坐着,背朝向我,好像正在沉思,又好像在凝视气球和哈利飘走的那个方向。他的姿势显现出一种平静。我从他的背后靠近,看不见他的前半身,这让我

27

本能地感到不大自在,但同时又很高兴,因为到现在我还没看到他的脸。我仍心存侥幸,希望能有一种技术、一条我毫不知晓的物理法则或者方法,能够让他活下来。他如此安静地坐在草地上,仿佛在经历了一场可怕的遭遇后,他正在让自己镇定下来。我在心里又产生了一线希望,然后愚蠢地清清嗓子,问道:"你需要帮助吗?"同时我也明白,这句话不会被其他人听见。当时,我的表现并非特别可笑。我可以看到在他衬衣领口处卷曲的头发,还有耳朵上方被太阳晒伤的皮肤。他身上的花呢夹克没有破损,只是奇怪地塌了下来,因为他的肩膀窄了许多,比任何一个成年人的肩膀都要窄,从脖根以上没有横向延伸开来的部分。他的骨架结构已经在身体内部坍塌,使得脑袋就像搁在一根加粗的木棍上。看到这一幕,我开始意识到,方才被我误作平静的原来应该是空虚。没人在那里,只有毫无生气的平静。由于以前我也见过尸体,现在,我再一次明白了,为什么在科学出现之前的时代中,人们需要创造出灵魂这个东西。一切就像夕阳沉下天际的幻影那般清楚明白。无数相互联系的神经与生化交流停止了运行,联合起来给了我们的肉眼一份暗示,一粒火花熄灭、抑或是一种重要元素缺失的简单错觉。不论我们认为自己的科学知识有多么渊博,对死亡的恐惧和敬畏始终会让我们瞠目结舌。也许令我们感到惊奇的并非他物,而正是生命本身。

　　抱着这些想法(我想以此保护自己),我开始围着尸体打转。它坐在地面上的一块凹痕中。直到看到——与其说看,不如说是一瞥——洛根的脸,我才明白:他死了。尽管皮肤仍完好如初,但那已经完全不是一张脸了,因为骨架已经粉碎。在我匆忙移开视线之前,那张脸给我留下的印象,就像是一幅极具毕加索风格、强烈颠覆透视法的图景。或许,那双竖直排列的眼睛只是我的臆想而已。我转过身,看见帕里正穿过草地向我走来。他肯定一路紧跟着我,因为他已经走到可以与我交谈的距离了。他肯定也看见了我在树荫下停留的情景。

越过洛根的头顶,我看着帕里慢慢靠近,他冲我喊道:"不要碰他,请你不要碰他。"

我没想要碰他,但我什么也没说。我看着帕里,就好像第一次见到他一样。他把两手搭在屁股上站着,没有盯住洛根,而是盯着我看。甚至在那时,他就对我更感兴趣。他过来是要告诉我一些事情。他又高又瘦,满身骨头和肌肉,看上去很健壮。他穿着牛仔裤,脚下蹬着一双系有红色鞋带的崭新运动鞋。他的骨头感觉要爆出来了,当然不是像洛根那样。他的指关节硕大而突出,在皮带上蹭来蹭去,皮肤白皙紧绷,颧骨也很高,轮廓突出,和他的马尾辫在一起,看上去像个苍白的印第安武士。他的外表引人注目,甚至带有一点威胁性,但一开口他就露馅了:他的声音迟疑无力,听不出口音,但又带着一丝伦敦土腔的痕迹或回音——是抛却的往昔,抑或是装腔作势的腔调。与他那一代人相同,帕里习惯在陈述句的结尾用上扬的疑问句音调——卑微地模仿美国人或澳大利亚人,或者像某个语言学家解释的那样,深陷于相对判断的泥潭之中,因而在确认世间万事万物时过于犹豫不决,过于歉疚抱愧。

当然,我那时根本没有想到这些。我听到的是一句无力的哀怨,于是我放松了很多。他说的话是:"克拉莉莎很担心你?我说我下来看看你怎么样了?"

我的沉默带着些许敌意。以我的年纪,足可以对他直呼他人的名字表示不满,也讨厌他自称知道克拉莉莎的心思。那时我甚至还不知道帕里姓甚名谁。即使一个死人坐在我们中间,社会交往规则仍然难违啊。后来我从克拉莉莎那儿得知,帕里走到她面前,自我介绍了一番,然后就转身跟着我下山去了。关于我的事,她什么都没有对他讲。

"你还好吗?"

我说:"我们现在没办法,只能等啊。"说罢朝一块田地开外的马路方向作了个手势。

帕里走近几步,低下头看看洛根,然后转过来看我,那双灰蓝色的眼睛在闪烁。他很兴奋,但没人能猜出有几分兴奋。"其实,我倒觉得我们可以做点事。"

我看了看表。从我给急救服务打电话到现在,已经过去了一刻钟。"你请便,"我说,"想做什么就做吧。"

"是我们可以一起做的事?"他说着,一边在地上寻找一块合适的地方。我突然间有种疯狂的想法:他想要对一具尸体做出粗鄙的猥亵行为。他弯下身,带着一副邀请我的表情。这时我明白了。他正要跪在地上,准备做祷告。

"我们可以做的事情,"他以一种不容嘲笑的严肃口气说,"就是一起祈祷?"我还来不及反对——当时反对是不可能的,因

30

为我已哑口无言——帕里就补充道:"我知道这很难,但你会发现它管用,就像现在这个时候。要知道,它真的管用。"

我跨出一步,从洛根和帕里身边走开。我很尴尬,首先想到的是不要去冒犯这位虔诚的信徒。但我随即控制住了自己的情绪。他可没有担心会冒犯我。

"我很抱歉,"我和颜悦色地回答,"这完全不是我的作风。"

帕里这会儿已经跪下身去,正试图和我讲道理。"你看,我们先前并不认识,你也没有理由信任我。但是上帝通过这场悲剧将我们带到了一起,因此,你知道,我们应该去搞清我们可以弄清楚的一切?"看到我纹丝未动,他接着说:"我觉得你特别需要祈祷?"

我耸了耸肩。"抱歉。但你还是继续吧。"说话时,我带上了一丝美国腔,想装出一种漫不经心的样子,尽管我自己并没有感觉到。

帕里没有放弃,他依然跪在地上。"我想你还没有明白。知道吗,你不应该把这看成是一种责任。它就好像是对你自身需要的回应。这和我没任何关系,真的,我只是个信使而已。这是一份礼物。"

他这样坚持着,而我最后的一丝尴尬也由此消失了。"谢谢,但是不用。"

帕里闭上眼睛,深吸了一口气,并非为了祈祷,而是在积聚力量。我决定上坡走回去。他听到我离开,便站起身走了过来。他实在不想让我走,竭力想说服我,但同时他也不会失去耐心。

31

他懂得礼节,因此他说话时看上去带着一丝苦涩的微笑。"请不要拒绝。我明白,一般你不会去做这件事。我的意思是,你根本不用相信什么,就让你自己去做,我向你保证,我保证……"

他在"保证"这个词上磕绊了一下,这时我打断了他并后退几步。我怀疑他随时都会伸出手来碰我。"听着,我很抱歉。我要回去找我的朋友了。"我不能忍受与他分享克拉莉莎的名字。

他一定意识到了,现在他能留住我的唯一机会,就是彻底转变说话的口气。我已经离开了几步远,这时他尖叫起来:"好吧,行啊。那就请你告诉我一件事。"

这句话让人无法抗拒。我停下脚步,转过身来。

"到底是什么东西在阻止你?我是说,你能不能告诉我,你自己到底知不知道,是什么东西在阻止你?"

一时间我并不想回答他——我想让他明白,他的信仰并不能构成我的义务。但随后,我又改变了主意,说:"没什么。没什么东西在阻止我。"

他再次走到我面前,两臂下垂,手掌向上翻起,手指戏剧性地摊开,就像一个通情达理的男人感到了困惑。"那你为什么不冒险试一试呢?"他世故地一笑,"也许你会明白它能带给你的力量。求求你了,为什么不试一下呢?"

我又一次犹豫了,几乎什么也没有说。但我决定,他应该知道实情。"因为,我的朋友,没人会听你的祷告。天上什么神灵都没有。"

帕里侧过头,脸上慢慢绽放出无比愉快的笑容。我怀疑他是否听懂了我的意思,因为他的表情就好像听到我在说自己是施洗约翰①一样。就在这时,越过他的肩头,我注意到两名警察正在翻越一道有五根栅栏的大门。在他们穿过田野向我们跑来的时候,其中一人用手按住帽子,显出一副启斯东笑剧②里糊涂警察的模样。他们前来执行涉及约翰·洛根命运的官方流程,而在我看来,这也将我从杰德·帕里散发出的爱与怜的能量中解放出来。

---

① 施洗约翰(John the Baptist):圣经人物,耶稣基督的表兄,在耶稣基督开始传福音之前在旷野向犹太人劝勉悔改,并为耶稣基督施洗。同时他也是伊斯兰教的先知。
② 启斯东(Keystone):启斯东影片公司,1912 年成立于美国,因启斯东笑剧而闻名。1914 年至 1920 年初,在启斯东影片公司的默片笑剧中,经常出现一队愚蠢而无能的警察形象。

第三章

当晚六点，我们回到了家中。厨房里的一切看上去都是老样子——悬在门上的挂钟，克拉莉莎的装满烹饪书的书架，清洁女工前天留下的手写花体的字条。而我吃早餐时用的咖啡杯和报纸也摆在一起，原地未动，仿佛有些亵渎之意。克拉莉莎将行李搬进卧室的时候，我收拾了一下桌子，打开了野餐酒，摆上两只玻璃酒杯。我们面对面坐下来，开始讨论。

在车上我们说得很少。能从车水马龙中一路穿梭平安回家，仿佛已经足够了。现在，我们一口气倾泻了出来，就像进行事后的检讨，在想象中重新经历这桩事件，对情况进行详细盘问，将悲伤再次排演，以驱散心中的恐惧。那天晚上，我们无休止地重复谈论着这些事件，重复着我们的看法，重复着那些我们斟酌再三以与事实相符的话语和字眼。我们重复的次数如此之多，以至于让人只能这样猜想：这是在上演一场仪式，这些话不仅仅是一份叙述，也是一种咒语。不断的重复有种抚慰人心的效果，这份抚慰也同样来自于玻璃酒杯那熟悉的重量，来自于那张曾属于克拉莉莎曾祖母的冷杉木桌上的纹理。在留着刀刻印迹的桌面边缘，有几处浅而光滑的凹痕，我一直以为，它们都是被手肘磨出来的，就和我们的一

34

样。先人们肯定也曾围坐在这张桌前,讨论过许许多多的危机和死亡。

克拉莉莎在匆忙中开始讲述她的故事,她说起胡乱晃动的绳索和这一群混乱不堪的男人,说起那些叫声和骂声,然后是她如何跑上前,试图帮助他们,却又找不到一条多余的绳子。我们一起大骂那个驾驶员詹姆斯·盖德和他的无能,但这只能带给我们暂时的安慰,过了一会儿,我们又会想起我们该做却没有做的事情,如果我们当时做了,也许洛根就不会死去。我们的谈话又跳到了他放手的那一刻,就像我们在那天晚上其他许多时间里做的那样。我告诉她,在坠落之前,他看上去就像悬在空中,而她则告诉我,弥尔顿的一句片断如何从她眼前闪过:"万能的主从天庭将他用力抛下,将那迅速升起的火焰扔上轻渺的天空。"①然而我们一次又一次回避那个时刻,仿佛它是一只野兽,我们一圈一圈围着它,一点一点逼近它,直到把它逼进死角,才开始用言语驯化它。我们又回到了与气球和绳索的搏斗上。我感到了因为内疚而产生的懦弱,那是一种说不出口的感觉。我给克拉莉莎看了看绳子在我手心里留下的印记。我们已经在不到半小时的时间里干掉了那瓶葡萄酒。克拉莉莎抬起我的手,轻轻地亲吻我的手心。我盯着她的眼睛——那对惹人怜爱的美丽绿色双眸——然而,这样的情形无法持续,我们无法奢享这份

---

① 出自弥尔顿《失乐园》卷一。

35

安详宁静。她的脸一阵抽搐,刹那间哭出声来:"可是天哪,他掉下去的时候!"我赶忙起身,从架台上取下一瓶博若莱①。

我们又回到了那场坠落,以及洛根过了多久摔在地上,两秒,抑或是三秒的讨论中。刹那间我们仿佛又回到了现场周围,身边有警察,也有救护人员。有个人想抬起运送格林的担架一端,但他的力气不够大,最后还是在莱西的帮助下,才把格林一路抬离现场。从汽车修理厂来的故障抢修车拖走了洛根的汽车。我们试图想象那一情景:这辆空车被送往正在牛津的家中翘首等待的洛根太太和她的两个孩子那里。但这也同样叫人无法忍受,于是我们又回到了自己的故事中。沿着叙事的主线布满了死结和恐惧的纠结,我们一开始无法正视它们,只能在退下之前触碰一下,然后重新回来。我们成了牢房中的囚徒,不停地向狱墙冲去,用脑袋将它们撞得往后退。慢慢地,我们的监狱变得大了起来。

令人奇怪的是,当回忆起杰德·帕里时,我们有种安全的感觉。她告诉我,他是怎么朝她走过去、说出他的名字的,然后她也介绍了自己的名字。他们没有握手。接着他就转过身跟着我下山了。我把祈祷的故事当作笑话讲给克拉莉莎听,把她逗得哈哈大笑。她用十指扣住我的十指挤压着。我想告诉她我爱她,可突然在我们中间出现了洛根坐在地上的形体,僵直不动。

---

① 博若莱葡萄酒(Les Vins du Beaujolais,或简称为 Beaujolais)是生产于法国中部偏东的博若莱地区的葡萄酒。

我不得不去描述他的样子。回忆比当时现场看到的情景更加糟糕。肯定是当时在震惊之下我的反应产生了迟钝。我开始告诉她，他的五官如何看上去都错了位，然后我打断了自己的描述，告诉她当时所见和现在的回忆之间的差别，以及某种梦一般的理想逻辑让无可承受之痛变得相当普通，当洛根粉身碎骨地坐在地上时，我根本不想与帕里交谈。而且就在我说这件事的时候，我明白过来，我还是在回避洛根，回避着我已经开始的那段描述，因为我还无法接受现实，而同时我又想让克拉莉莎知道这一现实。她耐心地看着我，而我正沉浸在飞速闪过的一帧帧记忆、一段段情感和一幕幕现实之中。事实上，我并非无话可说，只是我觉得我无法跟上我思维的速度。克拉莉莎推开椅子走到我的身旁。她轻轻托着我的头靠住她的胸部。我闭上嘴，合上眼，感觉自己被包在她毛衣纤维的强烈气味中，这气味像是户外的空气，我仿佛看见了在我面前逐渐展开的天空画卷。

过了一会儿，我们又各自回到了自己的座位上，身子斜探过桌面。我们就像专心工作的工匠，将记忆中参差不平的边缘打磨光滑，将那说不出的事铸成词语，将一份份孤立的感觉串联成故事。我们专注于我们的"工作"，直到克拉莉莎不禁又谈起坠落，谈起洛根滑下绳子时那精确的一刻，在那宝贵的最后一秒钟里，他挂在那儿，然后就放手了。她不得不去回顾这幅场景，她的震惊正在于此。她把整个经过又重复了一遍，反复念叨着《失乐园》中的诗句。然后她告诉我，即使他已悬在半空，她在心中也同样期望着他能得到拯救。浮现在她脑海中的是天使，但不是弥尔顿笔下被抛出天堂的堕落天使，而是象征着全部美好与正义的化身，他们金色的身影划过云端，扫过天际，俯冲而下，将那坠落的人揽入自己的怀中。在那让人神志迷糊、思想爆炸的一秒钟里，在她看来，洛根的坠落仿佛连任何天使都无法阻挡，他的死亡否定了他们的存在。这需要否定吗？我本来想问，但克拉莉莎紧紧抓住我的手说："他是个好人。"她对我用了一种近乎恳求的口气，就好像我马上要谴责洛根似的。"那个男孩还在吊篮里，洛根不肯放手。他自己也有孩子。他是个好人。"

在克拉莉莎二十刚出头时，一次常规的外科手术让她永远失去了生育能力。她相信是医院把她的病历单和另一个女人的搞混了，但这一点无法得到证实，而漫长的立案过程一再拖延，阻碍重重。慢慢地，她将这份哀痛埋在心底，重新开始建设自己的生活，并保证孩子将是其中的一部分。她的侄子、侄女、教子、教女甚至是邻居或老朋友的小孩们都很喜爱她。她一直记得他们所有人的生日和圣诞节日。在我们家中，有一个房间既是儿童室又是少年活动中心，孩子们或者青年人有时会在里面住宿。克拉莉莎的朋友们都认为她是一个既成功又快乐的人，大多数时候他们都是对的。但偶尔有些事还是会碰巧激起克拉莉莎暗藏在心中的失落感。在气球事件发生的五年前——那时我们已经认识有两年多了——克拉莉莎大学时代的好友玛乔丽四周大的宝宝不幸因一种罕见的细菌感染而夭折。在宝宝五天大的时候，克拉莉莎曾去曼彻斯特看过那小家伙，并帮忙照顾了他一星期。孩子夭折的消息令她深受打击。我还从未见过她如此肝肠寸断。她最感到痛苦的还不仅仅是小宝宝的命运，而是玛乔丽的丧子之痛，她将这当成了自己的损失。这件事显示出克拉莉莎是在哀悼一个虚幻的孩子，一个因受挫的爱而变得似有似无的孩子。玛乔丽的痛苦变成了克拉莉莎自己的痛苦。几天之后，她的心理防线重新恢复，她又忠心耿耿、尽职尽责地帮助起这位老朋友来。

这是一个很极端的例子。在其他时候，这个未能怀上的孩子几乎没有激起她的情感波澜，直到时机来临。现在，从约翰·洛根身上，她看到一个男人为了不让她自己所承受的悲剧重演而准备英勇赴死。那孩子不是洛根的，但他也是一位父亲，他能理解。他的这份爱意突破了克拉莉莎的心理防线，带着那种央求的口气——"他是个好人"——她正在请求她的过去和那无法出世的孩子原谅自己。

最叫人无法接受的是：洛根死得一文不值。那个叫做哈利·盖德的男孩最后毫发无伤。我松开了绳索。我成了杀害洛根的帮凶。但即便我心中感到内疚和憎恶，我仍试图让自己相信，我松手是对的。如果我不这么做，我和洛根会一起掉下去，而克拉莉莎现在只能一个人孤零零地坐在这里。那天下午晚些时候，我们从警察口中得知，男孩已经在西边十二英里外安全着陆。他一意识到自己已经孤身一人，就不得不清醒过来，开始自救。他不再被他祖父的惊慌失措所吓倒，而是控制住气球，完成了所有正确的程序：他让气球飞高，越过高压电缆，然后打开气阀，在一座村庄旁的田野上来了个漂亮的软着陆。

克拉莉莎平静了下来,她用指关节撑住下巴,双眼盯着桌子的纹理。"是的,"我终于开口了,"他想救那孩子。"她缓缓地摇头,仿佛在确认一些还未说出口的想法。我等待着,对自己能撇开自己的感情来帮助她颇感满足。她察觉到我注视的目光,抬起头来。"这一定意味着什么。"她含糊不清地说。

我犹豫了。我从不喜欢以这样的方式思考。洛根的死没有意义——这是震撼我们的一部分原因。好人有时会遭遇不幸而死去,不是因为他们的善良需要经受考验,而恰恰是因为没有什么事物或人去考验。没有人,除了我们。我沉默良久,她突然说:"别担心,乔。我不是突然跟你发癫。我的意思是,我们该如何理解这件事?"

我说:"我们想帮忙,可是帮不上啊。"

她笑了,摇了摇头。我走到她的椅子旁边,抱住她,吻了她的额头。她叹了口气,把脸贴在我的衬衫上,抱住我的腰,声音低沉地说:"你真是个傻瓜。你太理智了,有时就像个小孩……"

她是指理性是一种纯真的表现吗?这个问题我一直没有得到答案,因为此时她的手轻柔地从我的臀部移向了我的会阴。她爱抚着我的睾丸,一只手留在那里,另一只手解开了我的腰带。她脱去了我的上衣,亲吻着我的肚皮。"我会告诉你它意味的一件事,傻瓜。我们一起看到了一些可怕的事。它不会离我们远去,我们必须互相帮助。这就意味着,我们得相互爱得更深。"

当然了。为什么我就没有想到这一点呢?为什么我就没有从这方面去想呢？我们需要爱。我一直在试图拒绝她的爱，连碰碰她的手都觉得不合适，仿佛那是一种纵容，是对死亡的大不敬。当所有的谈话和回顾结束后，我们就会回到爱的暖流之中。是克拉莉莎将我引向了这件事的本质。我们牵着手走进卧室。她坐在床沿上，而我则为她宽衣解带。我亲吻着她的香颈，这时她把我拉近身旁。"我不在乎要做些什么，"她耳语道，"我们什么也不必做。我只想抱着你。"说罢，她钻进被子躺下，顶起膝盖，而我也脱去了衣服。当我进入的时候，她用双臂搂住我的脖颈，让我的脸离她的更近些。她知道，我最喜爱这种温柔的环抱，这让我获得了一种归属感，感觉扎实和幸福。我知道，她喜欢闭上双眼，让我去亲吻它们，然后是鼻子和下巴，就好像她是该睡觉的孩童，直到最后，我才会找到她的双唇。

我们常常责备自己总是坐在椅子里浪费时间，衣着整齐地交谈，而我们明明也可以躺在床上，脸对脸肉贴肉地聊天。这段做爱之前的宝贵时光，用一个伪临床术语来假称，叫作"前戏"。世界会变得又窄又深，我们的声音会逐渐融入肉体的温暖中去，谈话就变得富于联想而不可预测了。肌肤相亲和呼吸相闻就是全部。有些简单的话到了嘴边，我却不愿大声说出来，因为它们听起来太乏味——只是一些像"我们到了"，"再来一次"，"对，就这样"之类的呻吟。就像在一个重复的梦境中的某一时刻，这无边无际、纯洁无邪的数分钟时间被遗忘了，直到我们回返其中时才想起来，然后我们的生命又回到了本质之中，重新开始。当我们坠入静默时，我们会挨得紧紧的，双唇紧贴，让这前戏延迟我们肉体结合的时间。

　　就这样,我们到达了这里,又一次,这是一种解脱。卧室里光线黯淡,更为浓重的黑暗似乎无穷无尽,像死亡一样冰寒。我们是无限空旷中的一点热源。下午发生的事情充斥着我们的记忆,但我们通过交心将它们驱逐出脑海。我问她:"你感觉怎么样?"

　　"害怕,"她回答,"非常害怕。"

　　"可你显得并不怕。"

　　"我感觉内心在发抖。"

　　我们没有回头沿着这话题去谈洛根的事,而是开始讲起令人战栗、颤动人心的故事。就像通常在这些谈话中发生的那样,童年始终是中心话题。克拉莉莎七岁时,有一次她们举家去威尔士度假。她有一个五岁的堂妹,在一个阴雨濛濛的早晨失踪了,六个小时后仍未找到。警察来了,还带来了两条追踪警犬。村民们在外面对蕨丛来了个地毯式搜索,而且有一阵子还有架直升机在高地上盘旋寻找。就在日暮时分,小女孩终于被找到了,原来她在一个谷仓里躺在麻布袋下面睡着了。克拉莉莎记得,在那天晚上,大家在租来的农房里举行了一个庆祝会。她的叔叔,也就是那女孩的父亲,刚刚把最后一位警察送出门,当他回到屋子里时,他脚一软,重重地坐进扶手椅中。他的双腿剧烈地抖动着,孩子们好奇地看着克拉莉莎的婶婶跪在叔叔面前,用手抚慰地摩挲他的大腿。"那时,我没有把这一举动和寻找我的堂妹联系起来,只是从一个孩子的角度观察这奇怪的事情。我想,或许这就是他们所说的喝多了,那两只膝盖在裤管里跳上跳下的。"

我则讲述了自己在十一岁时第一次面对公众表演吹小号的故事。我那时太紧张了,双手抖动得非常厉害,以至于我无法将吹口对准嘴巴,也不能适当控制自己的嘴型,吹出一个音符。于是,我把整个吹口紧紧咬在牙齿中间,将它固定住,半唱半吹地演奏完了我负责的部分。在儿童圣诞管弦乐队制造出的一片嘈杂刺耳的噪音中,没有人注意到我。克拉莉莎说:"现在你在浴室里模仿吹小号还是挺像的。"

讲完颤动人心的故事后,我们开始聊起舞蹈(我不喜欢跳舞,可她却喜欢),然后便转到了"爱"这个话题上。我们彼此交心,告诉对方那些恋人们永远听不厌和说不烦的情话。"你一达到彻底痴狂的境地,我就愈发爱你。"她说,"理智的头脑终于吃不消了!"

"这才刚刚开始呢,"我向她保证,"再多呆会儿。"

提到我在洛根坠地后所采取的行动,它打破了那段可怕的回忆对我们心灵的困扰,但其效力也只持续了半分钟左右。我们贴得更近了,亲吻着对方。重修旧好所带来的全部坦诚,增强了最终进入我们心灵的情感,就像一场持续了一周、伴随着威胁和辱骂的争吵,最后甜蜜地消融在了相互谅解之中。我想,我们无需谅解对方,除了将那场死亡所带来的重压从彼此的肩上卸下,可每当心澜荡漾时,这些情绪就会爆发出来。为了这份沉迷,我们已经付出了高昂的代价,而我还得驱避这样一幅图景:

在牛津,有一幢黑洞洞的房子,孤零零的,就像坐落在沙漠中,从楼上的一扇窗户里,两个孩子正困惑地看着母亲的那群面色阴郁的客人们到来。

后来,我们睡着了。当我们醒来时,已是将近一个小时以后,我们也饿了。我们穿着睡衣走进厨房,乱翻了一通冰箱,发现还需要找一些人来陪伴我们。克拉莉莎去打电话了。感情上的安慰,性,家,酒,食物,社会——我们需要重树我们的整个世界。不到半小时,我们就与朋友托尼和安娜·布鲁斯坐在了一起,吃着一份我订购的泰国外卖,一起诉说着我们的故事。我们夫唱妇随地讲着,沿着事件的脉络铺陈下去;有时听的人插进话来想打断我们,但我们还是继续说下去;而另一些时候,我们会退让一步,让他们接过话匣子;还有些时候,我们一起开口议论纷纷。不过总的来说,我们的故事听上去越来越连贯一致。它有了具体的轮廓,现在正从一处安全的场所被讲述出来。我看着朋友们,在听我们讲故事的过程中,他们那机警聪慧的面庞变得黯淡下去。他们受到的震动只是我们自己内心深处惊悸的缩影,更像是出于善意而好心模仿出来的情绪。正因如此,我们禁不住诱惑,开始添油加醋夸大其词,仿佛用一根绳索将横亘在真实经历与奇闻异事中间、使之泾渭分明的深壑连通,将它们串在一起。在以后的几天甚至几周里,我和克拉莉莎将我们的故事复述了许多遍,讲给我们的朋友们、同事们和家人们听。我发现我一直说着同样的话,用着同样的形容词,按着同样的顺序来描述。我们根本不用再次经历,甚至根本不需要重新回忆,就可以去——描述发生的所有事件了。

凌晨一点钟，托尼和安娜告别了我们。当我送完他们回来时，我发现克拉莉莎正在浏览一些教学讲义。当然，她的休假已经结束了。明天是星期一，她要去上课了。我走进书房，翻看那本内容早已谙熟的日记——两场会晤，一篇下午五点钟之前要完成的文章。在某种意义上，我们已经安然渡过这场灾难。我们彼此拥有，还有为数众多的老朋友们的支持。我们渴望也需要投入到有趣的工作中去。我站在台灯的灯光下，盯着差不多半打杂乱堆积、尚未回复的信件，感觉自己终因它们而放下心来。

我们又聊了半个小时，只因为太累，已没力气爬上床睡觉。两点，我们终于睡着了。灯关上才五分钟，电话铃就响了，把我从蒙眬的睡意中拉了回来。

我清楚地记得他说的话，这一点我敢肯定。他说："是乔吗?"我没有回答。我已经听出了这个声音。他说："我只是想让你知道，我理解你现在的感受，我也感觉到了，我爱你。"

我挂了电话。

克拉莉莎埋在枕头里嘟哝："谁啊?"

也许是因为太累了，也许我的遮掩是为了保护她，但如今我知道，当我翻身躺下对她说话的时候，我犯下了第一个严重的错误。我说："没事。打错了。睡吧。"

第四章

尽管第二天我们醒来时,这些事件仍然在我们头顶游离不散,但这充满责任的一天,对我们来说,实在是一份安慰。克拉莉莎在八点半离开家门,去学校给本科生教授浪漫主义诗歌课程。她参加了一场本院系的管理层会议,和一位同事一起吃了午饭,批改了学期论文,并对一名研究生进行了一个小时的辅导,那名学生正在写关于利·亨特①的论文。傍晚六点,她回到家里,而我还在外面没有回来。她打了几个电话,冲了个澡,然后和她的哥哥卢克一块儿去吃晚餐。卢克已经结婚十五年了,他的婚姻目前正濒临瓦解。

我一大早起来就洗了个澡,然后端着一小壶咖啡进了书房。有那么一刻钟左右,我觉得我有可能会屈服于那些专属自由职业者的诱惑——看报纸,打电话,做白日梦。我脑子里有一大堆题材可以用来盯着墙壁发呆。不过我还是振作起精神,强迫自己写完了一篇关于哈勃太空望远镜的文章,准备发给一家美国杂志。

我对这项工程的兴趣已经延续好几年了。它体现出一种不合时宜的英雄主义与高贵气质:不用于军事目的,也不用于急功近利的商业用途,而是被一种简单而高尚的动力所驱使——为了知晓和理解更多的知识。望远镜上天后,科学家们才发现,望远镜上那块八英尺厚的主镜片磨得过平,差了千分之十英寸。这时,下面地球上民众们的普遍反应却不是失望,而是兴高采烈和幸灾乐祸,整个星球都拿它当作令人捧腹的笑柄。自从泰坦尼克号沉没以来,我们就对技术人员一向苛刻挑剔,对他们那些不着边际的宏伟目标冷嘲热讽。现在,我们有了迄今为止太空中最大的玩具,据称有四层楼那么高,它被制造出来是为了给我们带来视觉上的奇迹,捕捉可以用来揭示宇宙起源的图像,以解开我们在时光之初的诞生之谜。可它却失败了,不是因为电脑软件中运算系统的神秘故障,而是出于一个世人皆能理解的错误——目光短浅,采用了过时的磨制方法和抛光手段来制作镜片。一时间,哈勃变成了电视里滑稽搞笑节目的主要对象,和"麻烦"、"破烂"等词汇押韵,验证了美国终端科技工业的衰微。

哈勃的构思固然宏伟,而挽救哈勃的行动在技术上更是超群出众。宇航员进行了数百小时的太空行走,十面纠正镜片被超人般精确地设置在问题镜片的四周边缘,而在地面上的控制中心里,如瓦格纳管弦乐队般庞大的科学家群体和电脑设备在原地检测指挥。从技术层面上讲,这比把一个人发射到月球上

---

① 利·亨特(Leigh Hunt, 1784—1859):英国新闻记者、散文作家、诗人暨政论家,与同时代的著名诗人济慈、雪莱等人相交甚密,其雄健论述颇具洞察力与可读性,诗作相当幽默、细腻。代表作有《拜伦及其同时代诸君》、诗集《里米尼的故事》与脍炙人口的《自传》。

更加困难。错误被纠正了,距今120亿年久远的图像从太空中传来,清晰而真切。人们忘却嘲笑,换以惊讶和好奇——只有一天——然后又开始各行其是。

我一口气工作了两个半小时,没有休息。那天早上,当我在电脑里输入我的文章时,不安困扰着我,那是一种让我难以确定的生理感觉。有些错误是再多的宇航员也纠正不了的,就像我昨天的那样。可我到底做了什么,或者没有做什么呢?如果这种感觉是"愧疚",那么它究竟从何而来?是在气球下面抓住绳子,还是放手的时候,是后来靠近尸体附近,还是昨晚在电话上的时候?这份不安依附在我身上,并深入我内心,就像是一种没有洗过澡的感觉。但当我停止打字,停下来将整个事情回想一遍后,我发现那根本不是愧疚。我摇摇头,字打得更快了。我不知道我是怎样把深夜来电的想法全部抛之脑后的,我设法把它和昨天遇到的所有麻烦混在一起。我觉得自己仍处于惊愕之中,我想要保持忙碌以抚慰自己。

我比截稿时间提前了五个小时完成了这篇文章,作了些修改,把它打印出来,然后用传真件发到了纽约。我给牛津市警察局去电,在电话转接了三个部门之后,我得知法院将组织一个陪审团听取约翰·洛根的死亡调查,死因裁判庭①很可能会在六周内召开,参与这一事件的我们所有人都要参加。

---

① 死因裁判庭(Coroner's Court):简称死因庭,是英国法律体系下的一种特别法庭,权限只在于决定死者的死因。法庭由死因裁判官主持,由陪审团商议对案件的裁决。

我乘坐出租车前往索霍区,去会见一位电台谈话节目的制作人。他把我引进办公室,对我说,他想做一档关于超市蔬菜的节目。我告诉他我对这个不熟悉。这位名叫埃里克的制作人随即站起身来,做了一番激情四溢的演讲,让我大吃一惊。他说,对于像四季荷兰豆、草莓这一类食品的需求,正在损害一些非洲国家的自然环境和当地经济。我说这可不是我的研究领域,然后我告诉他某几个人的姓名,让他不妨试着与之联系。随后,尽管我几乎与他素不相识,或者正是出于这个原因,我回应了他的满腔热情,给他讲述了那场事故的来龙去脉。我情不自禁啊。我得对什么人说出来呀。埃里克很耐心地听着,他摇头晃脑,适时地做出些回应的声音,不过他看我的眼神怪怪的,就好像我是一个受到传染的病毒携带者,带着一种新近变异的厄运病毒踩进了他的办公室。我本可以中途打住,或者以一个不够自然的结局收场,但我还是说了下去,因为我欲罢不能啊。我是在讲给自己听,对我来说,一条金鱼也可以成为好听众,和一个谈话节目制作人没什么分别。等我说完以后,他赶紧向我道别——还有一场会见在等着他,以后他有了其他主意会再和我联系。当我走出来、踏上污秽肮脏的米尔德大街时,我感觉自己也被玷污了。那种无可名状的感觉又回来了,这一次,它让我感到沿着后脖颈传来一阵刺痛,肚子也疼了起来,隐隐又产生了一股想要拉屎的冲动,这在今天已经是第三次了。

　　整个下午,我都在伦敦图书馆的阅览室里度过,查阅一些与达尔文处于同一时代、却更加默默无闻的人物的资料。我想写

49

一篇关于轶闻和叙事在科学文献中消亡的文章，我的观点是，达尔文那一代的科学家是最后一批能在其出版的论文中讲述故事的人，而在今日看来，这种做法已经成了奢望。这里有一封 1904 年写给《自然》杂志的信，一份通讯员稿件，投给该杂志的一个长期合作通讯项目，研究的对象是动物的意识，尤其探讨了是否可以认为像狗这样的高级哺乳动物对其行动造成的后果具有认知。作者 X 先生有一位亲密的好友，这位朋友的狗特别喜欢趴在书房壁炉边一张舒适的椅子上。有一次，在吃完正餐后，X 先生和他的朋友退到书房里，去品尝一杯波尔图红葡萄酒。那只狗被赶下了椅子，它的主人坐在了这个位置上。狗蹲在炉火旁，在沉默中静静地待了一两分钟，然后来到门边，呜呜叫着让人放它出去。它的主人热心地站起来穿过房间，这时 X 先生看到，那条狗猛冲回来，又一次占据了它最喜爱的位置。有那么几秒钟，它的嘴边露出了一丝毫不掩饰的得意表情。

作者由此得出结论，说那只狗肯定有一个计划，它对未来有一种知觉，知道自己能通过深思熟虑的欺骗手段去改变现状，而在开展行动的意向和达到目的后的欢喜结果之间，肯定有一种记忆行为起到了中介作用。这篇文章里让我感兴趣的是，叙事的影响力和吸引力如何遮蔽了科学的判断。从任何科学考察标准来讲，这个故事，无论有多么动听，都是在胡说八道。没有任何理论可以印证，也没有任何术语可以定义，它只是一个没有意义的例子，一种赋予动物人格体现的可笑的拟人论调。我可以很轻松地用一种说法来解释这件事情，从而让它变得更符合生物的自然反应,或者把那条狗描述成一种命中注定要永远活在当下的可怜生物:被主人赶下椅子后,它在炉火旁找了个次佳的位置蹲下,在那里舒舒服服地烤火取暖(而不是在动坏脑筋),直到发觉自己需要出去撒泡尿,于是它便按着平时主人教它的做法去了门边。突然,它注意到那个自己无比珍视的宝贵位置又空了出来,便一下子忘记了从自己膀胱里传来的内急信号,跑了回去,重新占据了椅子。那副洋洋得意的表情不过是它高兴情绪的瞬时表现而已,或者仅仅是观察者把自己的想法放在狗身上的心理映射罢了。

　　我自己就舒舒服服地坐在一张皮质光滑的大扶手椅上,看到眼前的三名读者都在睡觉,每个人的大腿上都放着书或杂志。图书馆外,圣詹姆斯广场上车流熙攘,喧闹无比,就连送快件的摩托车也像其他人节奏紧张的高速运动那样,听来令人昏昏欲睡。阅览室内,隐蔽的古老管道中传出低沉含糊的汩汩水声,而在附近,传来一下脚踩在地板上的嘎吱声响。有个人站在杂志架后面,我看不见他的身影。他挪动了几步,停了一两分钟,然后又开始动弹。仔细回想起来,我发觉,从我模模糊糊地意识到这种声音的出现直至现在,已经将近有半个小时了。我心想,自己是否可以和这个家伙讲讲道理,请他保持静立,或者建议他拿上一叠杂志,然后安静地坐下来。那个叫我烦心的家伙又稍微动了一下,闲庭信步,传来四声嘎吱嘎吱的响动,然后一切复归宁静。我继续阅读 X 先生的文章,想了解他对犬类心智能力的论述,但现在我的心已经分神了。当那个人开始穿过房间往外走的时候,我决定,即使我现在从纸上看不进任何东西,我也不会抬起头去看他。但随后,我又打消了这个念头。我只看见一只白鞋,还有红色的什么东西从我眼前一闪而过,然后,弹簧门"吱"地发出一声叹息,合上了。那扇门正通向阅览室外面的楼梯。

既然那个浪费时间的好动家伙已经走开,我的烦恼又转移到了图书馆的管理上。众所周知,这座图书馆里面总是有噪音,特别是书架上那一排排嗡嗡作响的荧光灯,没人能修好它们。或许我在威尔康图书馆里会更高兴一些。这里的科学类藏书少得可怜,仿佛人们只需要通过阅读小说、历史和传记类书籍就足以了解这个世界。这座图书馆难道是科学文盲开办的吗?他们怎还敢自诩接受过教育?莫非他们真以为只有文学才是我们文明中最伟大的知识成果?

我在心里痛骂了足足两分钟。这股愤怒团团包围着我,让我对自己视而不见。然后我猛地回过神来,因为单纯的自我意识突然苏醒了,告诉我就算是那位 X 先生也无法为他朋友的狗代言。当然啦,让我焦躁的并不是那吱呀作响的地板或图书馆馆方,而是一种发自内心、尚待我自己去弄明白的情绪状态。我往椅背上一靠,开始收拾笔记。这时我仍未领会到那只鞋还有颜色所提示的意义。我盯着放在大腿上的那页纸,在我的思绪失去控制之前,我所写下的最后一些话是"意向性,意图,企图驾驭未来"。当我写下这些字的时候,它们指的是那条狗;可现在,当我重新阅读它们时,我开始烦躁不已。我找不出一个合适的字眼来描述我的感觉。肮脏，玷污，疯狂，有生理性质，却又与道德相关。没有语言就没有思想，这个说法明显是错的。我拥有一种思想，一份情感，一种知觉，并正在寻找那个适合去形容它的字眼。"愧疚"对应了过去，那么，哪个词又和未来有着同样的联系呢？"意向"？不，不是对将来的影响。"不祥之兆"。对未来感到焦虑，感到厌恶。"愧疚"和"不祥之兆"，这两个词被一起捆定在从过去到未来的主线上，在"现在"这根枢轴上转动——只有在"现在"这个时刻才能去体验它。它并不是"惧怕"，"惧怕"太集中了，又有一个对象。而"恐惧"的分量又太重了。是害怕将来。那么就是"忧虑"。对，差不多就是它了。是"忧虑"。

在我前面，三只瞌睡虫纹丝不动。弹簧门的摇摆幅度慢慢减小了，从假想的层面上更进一步，现在空气中只剩下了四下回荡的分子运动。刚刚离开的那个人是谁？他为何离开得如此突然？我站起身来。是了，就是忧虑。一整天里，我都处在这种状态中。它很简单，只是惧怕的一种形式。对结果的害怕。我一整天都在害怕。我会这么迟钝，竟从一开始就没有意识到吗？在埃克曼[①]那著名的跨文化研究中，它不是和厌恶、惊讶、愤怒和欢欣一起，是一种最基本的情感吗？害怕，以及从他人身上得到的关于害怕的认知，与杏仁核中的神经活动有关，而杏仁核深陷在代表我们是哺乳动物的那一部分大脑里，能让人猛然做出迅

---

① 保罗·埃克曼（Paul Ekman）：美国心理学家，就职于加利福尼亚大学医学院，主要研究情绪的表达及其生理活动、人际欺骗等。1991年获美国心理学会颁发的杰出科学贡献奖。

速的反应——难道不是这样吗？可我自己的反应却并不迅速。它姗姗来迟，犹抱琵琶半遮面。污染，困惑，夸夸其谈。我的惧怕感让我觉得害怕，因为我还不晓得它的来由。它会对我产生什么影响？我在它的驱使下会做出什么事情？这两个问题让我心生畏惧。我一直盯着房门，视线始终无法移开。

也许只是因为视觉暂留①引起的错觉，或者是由于神经受阻、感知上出现了延误所致，不过在我的眼中，即使我已经在拔脚朝门口走去，感觉上我仿佛仍然弯腰坐在我那张光滑的皮椅里。宽阔的楼梯上铺着红色地毯，我一步两阶地跑下去，在中间的楼梯平台上抓着端柱一个转身，甩开三大步，飞下最后一段楼梯，冲进书籍预订和目录查询的图书馆大厅，扰乱了那里平静的空气。我在人群中闪展腾挪，跑过读者留言簿和像小学生般胡乱堆在一起的小背包与外套，穿过大门，来到图书馆外的大街上。圣詹姆斯广场的交通陷入了瘫痪，路上看不见一个行人。我寻找着一双白鞋，一双系着红色鞋带的运动鞋。我快速地在拥堵停滞的车流中穿行，身边经过的车辆都在耐心而有节奏地颤动着。我很清楚，如果我自己不想被位于图书馆门前的人看见，我就得站在东北方向的街道拐角处，在原来的利比亚大使馆对面的位置上。途中，我朝左面的约克公爵大街瞥了一眼：人行

---

① 视觉暂留（visual persistence）：人眼在观察景物时，光信号传入大脑神经需经过一段短暂的时间，光的作用结束后，视觉形象并不立即消失，这种残留的视觉称"后像"，视觉的这一现象则被称为"视觉暂留"。

道上空空如也,而街道上车满为患。如今汽车就是我们的市民。我抵达了街角处,站在栏杆前。没有人,甚至连个公园里的醉汉都没有。我在那里站了一会儿,四下环顾,调整呼吸。以前,那位女警官伊芳·弗莱彻①就是在这里被一名利比亚人从街对面的窗户里开枪打死的。在我的脚边,有一小丛用毛线捆扎起来的金盏花,像是一个孩子带来的。用来装花的果酱瓶已经被打翻在地,里面有一点点水。我一边继续朝四面张望,一边跪下来,把那些花放回瓶子里,然后将瓶子推得离扶栏更近一些,这样它就不会再被人踢翻。我不由自主地觉得,这样做会给我带来好运,确切地说,是保护。我还觉得,在这样充满希望的抚慰行动中,在抵挡那些疯狂猛烈而不可预测的力量的过程中,所有的宗教都得到了创建,所有的思想系统都得到了展现。

然后,我又回到了阅览室里。

---

① 1984 年,利驻英国大使馆门前发生反对利比亚领导人卡扎菲的示威活动。在此过程中,利使馆内有人向外开枪,造成当时正负责维持秩序的英国女警察伊芳·弗莱彻(Yvonne Fletcher)中弹身亡。英国因此中断了与利比亚的外交关系,直至 1999年利方承认对此案负责才复交。

第五章

　　那天我还参加了另外一场会晤,担任一项科学图书奖的评委。等我回到家,克拉莉莎已经出门,去见她的哥哥了。我需要和她谈谈。在持续三个小时努力保持清醒理智、审慎公正之后,我已经快要精神错乱了。在我们那舒适而几近雅致的公寓里,熟悉的摆设和室内风格显得更加紧迫逼仄,而且不知怎的有些灰扑扑的。我调了一杯金酒加汤力水,来到电话留言机旁,喝了下去。最后一条留言信息里是一阵气喘吁吁的短暂停顿,然后是一下挂上话筒的咔哒声。我得和克拉莉莎谈谈帕里,我得告诉她昨天夜里他打来过电话,他今天是怎么跟踪我进了图书馆的,还有我感受到的这种不安,这份忧虑。我想去餐厅找她,但我知道,她那私通奸识的哥哥现在应该已经开始滔滔不绝地咏唱起了即将离异的单身素歌①。这是一种令人痛苦的自我辩护,与爱情向仇恨和冷漠的嬗变共鸣相和。克拉莉莎跟她的嫂子感情不错,她肯定会听得目瞪口呆。

　　为了让自己冷静下来,我转向了解决痛苦的晚间诊所——电视新闻。今晚的新闻有:在波斯尼亚中部的一片森林中发现一处巨大的坟场;一位身患癌症的政府官员私筑爱巢;一桩谋杀案进入第二天的开庭审理。这些熟悉的新闻报道模式安抚了我:战争节奏的音乐,主持人那流利急促的语调,令人舒心的事实——一切苦难都是相对而言的——以及那最后的麻醉剂——天气预报。我回到厨房,又调了一杯酒,然后端着酒杯坐在厨房餐桌旁。如果帕里今天一整天都在跟踪我,那么他就知道我住在这里;如果不是这样,那就是我心理脆弱,想得太多了。可是,我的心理状态根本就没问题,而他的确跟踪了我,我得把这件事好好想个明白。我可以把他昨天深夜打来的电话归因于压力和独自喝闷酒,但要是他今天跟踪我的话,那我就不能这么想了。而我知道,他今天肯定跟踪了我,因为我看见了他的白色运动鞋和红色鞋带。除非——对事物保持怀疑的习惯证明我头脑清醒——除非那红色是我臆想出来的,或者只是我视觉混合的产物。毕竟,图书馆的地毯也是红色。但是,在朝那只鞋瞥一眼的时候,我看到红色和白色交织在一起。在我看见他之前,我就已经感觉到了他在我的背后。这种直觉并不可靠——虽然不大情愿,但我还是准备承认这一点了。可那人就是他。就像许多生活无忧的人们一样,我马上联想到了最糟糕的情况。他有什么理由要来谋杀我呢?难道他认为我嘲笑了他的信仰?也许他又打来过一次电话……

---

① 素歌(plainsong):即格里高利圣咏(Gregorian chant),是产生于6世纪、统一于8世纪的一种天主教圣咏礼仪音乐,因其表情肃穆、风格朴素被称为素歌,其风格肃穆节制,演唱形式为无伴奏男声,语言为拉丁文,节奏即兴,使用教会调式,内容主要来自《圣经》和《诗篇》。

我拿起无绳电话，按下末位号码重拨键。电脑合成的女声报出了一个陌生的伦敦号码。我打了过去，边听边摇头。不管我的怀疑有多么明智，确认的结果仍让我感到惊讶。帕里的电话留言机说道："请您在语音提示后留言。愿上帝与您同在。"是他，他说的是两句话。他的信仰居然可以这样影响深远，从他的留言机里、从他那句平凡乏味的大白话中体现出来。当时他说，他也感觉到了，那是什么意思？他想要什么？

我朝金酒看了一眼，决定不去喝它。一个更加亟待解决的问题是，在克拉莉莎回来之前，我将如何打发这个夜晚呢？我知道，如果现在不做出清醒的选择，我就会闷头沉思，纵酒滥饮。我不想会见朋友，我无需娱乐消遣，我甚至感觉不到饥饿。这样的空虚感似曾相识，唯一能够摆脱它们的方法就是工作。我走进书房，打开灯和电脑，摊开我在图书馆做的摘录。现在是八点十五分。三小时内，我就可以把这篇科学叙事的文章基本搞定。理论方面我已经有了一个大致的轮廓——虽然我自己并不见得相信这一套，但我的文章可以围绕它去写。提出论点，据证说明，考量反面观点，最后在结论中加以重申。它本身就是一种叙事文体，也许有点陈旧，但是在我之前，已经有无数的撰稿人屡试不爽。

工作是一种逃避——此时此刻，我甚至没有怀疑这一点。我无法回答自己提出的问题，而思考也毫无助益。我猜想，克拉莉莎在午夜之前不会回来，于是我便沉溺在那严肃而肤浅的论点之中。不出二十分钟，我就已经进入了渴望的理想状态，思想专一，方向明确，仿佛进入了一所高墙环绕、空间无限的监狱。这种情形不是经常发生的，但那天晚上我非常感激，我不必抵御杂七杂八的漂浮残物：新近记忆的碎片，未竟之事的信物，或者性渴求的可怖残骸。我的海滩是一方净土。我没有受到咖啡的诱惑而离开座位，而且尽管我喝了杯汤力宁水，现在也没有任何尿意。

正是十九世纪那种业余爱好者的文化，才孕育了轶事科学家——全是些没有固定职业的绅士和空闲时间充裕的牧师们。达尔文本人在乘坐小猎犬号环游世界之前，也曾梦想在乡间生活，平平和和，什袭而藏。即使在天才和机遇改变了他的人生之后，他的故居也更像是牧师寓所，而不是实验室。当时占主导地位的艺术形式是小说，它们叙事宏伟，篇幅铺漫，不仅勾画个人命运，展现整个社会景象，而且直面公共时政。大多数受过教育的人都阅读当代小说。讲故事的技艺深植于十九世纪的灵魂。

随后发生了两件事：科学变得愈发艰深，并且变得专业化了。它进入了大学，牧师讲道式的叙述让位于艰难深奥的理论，这些理论即使没有实验证明的支持，也能完美成立，并且具有自己的形式美学。与此同时，在文学和其他艺术领域，出现了一种崭新的现代主义，它崇尚形式和结构的特质，追求内部的一致性和自我指涉。这种艰深难懂的艺术如同神圣的庙宇，被崇高的艺术家祭司们管辖把守，凡夫俗子无法擅自进入。

同样的情况也发生在科学界。例如，就拿物理学来说，在爱因斯坦提出广义相对论之后，一小群欧洲和美洲的科学精英们很快便接受了这一理论,并为之欢呼喝彩,而采用观察数据去证明这一理论则是很久以后的事情。爱因斯坦在 1915 和 1916 年向世界宣告了这一理论,它挑战常识,提出引力不过是一种由在物质和能量共同作用下的空间/时间几何畸变所引起的效应,并预测光线会在太阳引力场的作用下发生偏折。早在 1914 年,一支考察队就曾前往克里米亚半岛观察日蚀,以验证光线弯曲这一现象,却因战争的干预未能实现目标。1919 年,另一支考察队踏上征程,前往大西洋上的两座偏远岛屿进行观测,确认的结果迅速传遍了世界,然而,在拥抱这一理论的热望中,某些不精确或者不太方便的数据受到忽略。更多的考察队相继启程,观察日蚀,以验证爱因斯坦的预测:1922 年在澳大利亚,1929 年在苏门答腊,1936 年在苏联,以及 1947 年在巴西。直到五十年代,由于射电天体测量学的发展,实验证明才提供了无可争议的证据,而事实上,这么多年的实践努力并无多大意义。从二十年代开始,广义相对论就被写入了教科书。它的整体影响力无比强大,形式异常完美,令人无法抗拒。

于是,逶迤的叙事让位于形式美学,艺术如此,科学亦然。我一整个晚上都在敲打键盘。我已经花太多时间在爱因斯坦上了,现在正在绞尽脑汁寻找另一个例子,以证明一种理论是由于其形式精致而被人接受的。我对论证越是信心不足,键盘就敲打得越快。从自己过去的经验中,我找到了一个反面例子——量子电动力学。这一次,科学家们首先进行了大量的实验证明,以建立关于电子和光的一系列观点,然而那个理论,特别是迪拉克①提出的原始模型,却迟迟没有得到广泛认可,因为里面存在着矛盾,存在不平衡。简而言之,这个理论缺乏魅力,粗糙不精,就像一支唱走了调的歌曲。丑陋的东西终究是难以被人接受的。

我连续忙活了三个小时,写下了两千字,本想举出第三例,但开始有些精力不济。我把稿子打印出来,放在膝上,定睛阅览。如此微不足道的推论,如此牵强附会的例证,竟然让我全身心投入了这么长时间,着实令我愕然。反例从字里行间一下子涌了出来。我能炮制出什么证据来证明,狄更斯、司各特、特罗洛普、萨克雷②等人的小说曾经影响过任何一部科学理论著作上的哪怕一个逗号呢? 不仅如此,我所使用的例证都大大地跑了题。我在拿十九世纪的生命科学(那只在书房里耍诡计的狗)和二十世纪的硬科学进行比较。仅在关于维多利亚时期物理学和化学的年鉴记录里,就有无法穷尽的卓越理论,里面没有一点倾向于叙事的成分。而从二十世纪的科学或者伪科学思想中诞生的典型产物又究竟是什么呢? 人类学、精神分析学——像这样的学科,编起故事来简直是肆无忌惮。弗洛伊德使用了最高级的说书技巧和一名守卫庙宇的祭司所具备的全部管辖艺术,来

---

① 保罗·迪拉克(Paul Dirac, 1902—1984):英国理论物理学家,量子力学创始人之一,首创量子力学的变换论和辐射的量子论,曾获1993年诺贝尔物理学奖。

② 狄更斯(Charles Dickens)、司各特(Walter Scott)、特罗洛普(Anthony Trollope)、萨克雷(William Thackeray):此四人都是19世纪英国的著名作家。

证明他的理论全部建立在科学的真实性而非伪造能力之上。而二十世纪二十年代的那些行为主义者和社会学家的情况又如何呢？那情形就像一群穿白大褂的巴尔扎克一举横扫了大学院系和实验室。

我用纸夹将十二页文稿固定好，在手里掂了掂分量。我刚刚写下的这些东西并不真实，都不是为了追求真理而写。它们不是科学，而是新闻报道，发表在杂志里的新闻报道，其最终的评判标准在于可读性。我把这些文稿拿在手里摇晃着，想给自己更多的慰藉。我已经有效地转移了注意力，我可以再根据反证写出另外一篇内容连贯的文章（二十世纪见证了叙事在科学文献中的汇总，云云），而且无论如何，这只是一份初稿，在一周左右的时间里，我还可以重写嘛。我把文稿往桌上一扔，就在它们落在桌面上的时候，在这一天里，我第二次听见身后传来那种地板嘎吱作响的声音。有人就在我身后。

那种被称作交感神经系统的原始玩意儿真是不可思议，我们和其他所有物种都拥有它。我们之所以能够继续存活，都得归功于它能使我们灵活转身，在投入战斗时行动敏捷、出手有力，或在逃跑时目光炯炯。进化让我们所有物种都具备了这种效能。深埋在心脏组织中的交感神经末梢分泌出去甲肾上腺素，随之心脏猛地一颤，开始加速搏动。更充分的氧气，更多的葡萄糖，更旺盛的能量，更敏捷的思维，更强健的四肢。这种系统的历史是如此古老，沿着我们哺乳动物和哺乳动物以前的进化分支一路发展下来，年代如此久远，以至其运行从未进入我们的高级意识。不管怎样,我们没有时间去反应,即使有,其效率也不会很高。我们只能得到影响。令人心悸的那一颤好像是与对威胁的感知同步发生的,甚至就在主管视觉和听觉的大脑皮层将进入我们眼睛和耳朵里的信息整理分析成为意识的时候,那些强效的去甲肾上腺素液滴仍在分泌。

我转过身,从椅子中站起来,抬起双手,准备自卫或甚至发动攻击。在做出这一连串动作之前,我那颗冰凉的心第一次恐慌地悸动了一下。我不妨猜想,现代人除了自身之外并没有其他天然的掠夺者,还拥有一切玩具、精神构建和舒适房间,相对而言容易麻痹大意,受到偷袭。松鼠和画眉只能对迟钝的我们嗤之以鼻,微微一笑。

来人是克拉莉莎,我看见她穿过房间,急冲冲地向我走来。她双臂大张,就像动画里的梦游者那样。天知道高级中枢产生了怎样的复杂干扰,我就顺其自然,将我刚才由于原始恐惧而引发的动作,转变成了一个主动投出并得到回馈的温柔拥抱。当她用双臂紧紧扣住我的脖子时,一阵由爱意而产生的痛苦实实在在地与欣慰混在一起,难以割舍。

"哦,乔,"她说,"我一整天都在想你,我爱你,我和卢克度过了一个可怕的夜晚。哦,上帝啊,我爱你!"

哦,上帝,我也爱她。不管我有多么想克拉莉莎,不管是在记忆里还是在期待中,这种重新与她相见的感觉,这股在我们中间流动的纯洁爱意,她的触觉和嗓音,还有这具极富异性魅力的肉体,除了令我感到熟悉外,还总能给我带来一阵惊讶的悸动。

63

或许这种健忘是功能性的——那些不能将自己的心灵和思想从所爱的人身上挣脱的人们,命中注定会在与生活的斗争中失败,无法留下子孙后代。我和克拉莉莎站在书房中央那张布哈拉小地毯中部的黄钻图案上,深情地拥抱接吻。在接吻的过程中,我听她零星地讲述了她哥哥做下的一堆荒唐事:卢克准备离开他那和蔼美丽的妻子和两个漂亮的双胞胎女儿,还有那栋位于伊斯灵顿区①安妮女王大街上的住宅,欲与三个月前刚认识的一名女演员同居。接下来是更为严重的健忘表现。在吃烤扇贝的时候,他说他正在考虑辞去工作,编一个剧本——事实上只是一出独白剧,由一个女人挑大梁——以后有机会在肯萨尔格林②一家理发店楼上的房间里上演。

"在我们途经肯萨尔格林,"我起了个头,克拉莉莎接着背诵,"去往天堂之前。"③

"真有勇气,"我说,"他现在住的地方肯定小得像个毯。"

"勇气个屁!"她猛地抽了口气,那双碧眼抛给我一个愤怒的眼神,"女戏子一个! 他正活在陈词滥调里边呢。"

***

① 伊斯灵顿区(Borough of Islington):是大伦敦下属的 32 个自治市之一,位于伦敦中心偏北,于 1965 年由原来的伊斯灵顿与芬斯贝利两个都会自治市合并而成。

② 肯萨尔格林(Kensal Green):位于伦敦市西北部布伦特大区内的一块居民区,与肯萨尔赖斯(Kensal Rise)相邻,以张伯伦路和肯萨尔赖斯火车站为界划分,是伦敦著名的肯萨尔格林公墓(Kensal Green Cemetery,又名绿色公墓)的所在地。

③ 此句出自 20 世纪英国作家 G. K. 切斯特顿的诗篇《起伏的英格兰之路》(The Rolling English Road)。G. K. 切斯特顿(Gilbert Kaith Chesterton, 1874—1936):20 世纪英国文学上最杰出的文人之一,著名记者、散文家、思想家、小说家、传记作家和评论家。

那一秒钟,我仿佛成了她的哥哥。她意识到了这一点,便又一次把我拉近,亲吻我。"乔,我一整天都想要你。经过昨天,昨晚……"

我们依然紧紧相拥,从书房走向卧室。克拉莉莎继续向我讲述她哥哥破碎的家庭,而我向她描述自己刚刚写就的文章。同时我们着手准备,欲踏上性爱和睡眠的暗夜之旅。傍晚进门时,我一心只想与克拉莉莎聊聊帕里,而此时我已远离那一兴致。工作为我披上了一层出神、满足的薄纱,而她回到家——尽管故事悲戚——让我完全恢复了正常。我现在什么也不怕了。在我们就像昨晚那样面对面躺下的时候,说出帕里打来电话的事,来打扰我们的欢乐时光——这样做到底对不对呢?想想我们昨天亲历的那一桩惨剧,我要不要说出自己感觉被人跟踪的烦躁疑心,来破坏我们之间的这份温存甜蜜?灯光昏暗,不久它们就会熄灭。约翰·洛根的幽灵仍在这间屋子里徘徊,但他再也威胁不到我们了。明天再说帕里的事吧。所有的紧迫感都消失了。我闭上眼睛,在双重的黑暗中亲吻克拉莉莎诱人的双唇。她在我的指关节上顽皮地狠狠咬了一口。有时,疲惫就是一剂催情妙药,令人忘却其他一切杂念,让沉重的四肢感觉动作缓慢,促成慷慨的给予、温存的接纳和无尽的放荡。我们就像从网中挣脱出来的生灵,在各自的一天中翻滚跌落。

黑暗中,我们床边的电话保持沉默。早在几个小时以前,我就拔掉了电话线。

第六章

　　本世纪里,曾几何时,豪华的白色远洋邮轮在大西洋的波涛
中乘风破浪,往返于伦敦和纽约之间,为居民建筑的式样带来了
一种设计灵感。二十年代,一座颇似玛丽王后号①的巨型建筑群
落在梅达谷②拔地而起,现如今,这里只剩下了舰桥部分——我
们的那幢公寓,在许多棵法国梧桐间隐约现出一点洁白。它轮
廓圆滑,厕所里装着舷窗似的玻璃窗,在楼梯井浅浅的旋梯上还
安有照明设施。钢架边框的窗户低矮且呈长椭圆形,与城市生
活的喧嚣风格形成鲜明对比。地上铺着结实的橡木地板,可供
许多对舞伴在上面跳起轻快的狐步舞。
　　选择最顶层两座公寓套间的好处在于,它们带有几扇天窗,
还有一条曲折的旋转铁梯,可以引人走上一块屋顶平台。我们
的邻居是一位事业有成的建筑师,和他的男友住在一起,平时都
由他的男友收拾屋子。他们在属于自己的那一部分空间里搭建
了一座梦幻花园:铁线莲缠绕着支杆蔓生,尖尖的长叶朴素无
华,从河床里拾来、被盛放在开口黑色木箱中的大鹅卵石中间钻
出,带有一点日本园艺的风格。

入住后的一个月里,我和克拉莉莎异常忙乱,将剩余仅有的一点精力都投在了房间的装修上面,因此,在我们这一边的屋顶平台上,只有一张塑料桌和四把塑料椅,都用螺丝固定住,以免大风将它们吹跑。脚下,屋顶上的沥青如同大象的皮肤般褶皱四起,沾满灰尘。在这里,你可以坐在电视天线和卫星锅之间,眺望绿意盎然的海德公园,倾听西伦敦的滚滚车流传来沉闷的隆隆声响,心情平静。在桌子的另一边,我们邻居那收拾得干净整洁的神社一览无遗,更远方则是北面郊区那些无限延伸的土灰色房顶。第二天早晨七点,我离开仍在沉睡的克拉莉莎,带着自己的咖啡、论文和昨晚写好的部分,来到了这里,在椅子上坐下。

然而,我并没有开始阅读,而是想着约翰·洛根,想着我们是如何害死他的。前天发生的事件,在昨日就已变得模糊,而今早明媚的阳光又让那幕场景在我的脑海里亮堂起来。我端详着掌心的擦痕,感到绳子仿佛又握在了手中。我仔细地算计着:如果盖德和他孙子都在吊篮里,如果我们能够坚持住不放手,如果我们平均每人有一百六十磅重的话,那么毫无疑问,八百磅的重量会让我们保持贴近地面;如果第一个人没有放手,那么毫无疑

---

① 玛丽王后号(Queen Mary):英国著名皇家邮轮,以英王乔治五世的妻子玛丽王后的名字命名,长1 018英尺,排水量达80 174吨,1934年下水,是第二次世界大战前欧洲上流社会歌舞升平的奢华生活达到顶峰时的产物。

② 梅达谷(Maida Vale):位于伦敦西部威斯敏斯特市的一处富人居住区。

问,我们其他人也一定会留在原处。最先放手的那个人是谁呢?
不是我。不是我。我甚至大声地喊了出来。我记得有一个身影
陡然下落,然后气球猛然向上抬升,但我没法分辨那个人是在我
的前面,还是在我的左边或者右边。如果我弄清楚了位置,我就
能知道那个人是谁。

　　我们能责备他吗? 我喝着咖啡,心想。这时,随着高峰时段
的来临,楼下车流发出的动静渐渐增大。要把这件事想清楚实
在是太困难了。我的脑中涌出许多针锋相对、平庸沉闷的废话,
却对解决问题毫无帮助。一方面,它只是引发山崩的第一颗石
子,而另一方面,我们的队伍当时已经开始分崩离析。那个人是
事故发生的导火索,但他在道德上并不应为此承担全部责任。
思想的天平出现了倾斜,从利他主义偏向了利己主义。这是出
于恐惧,还是理性考虑的结果? 我们到底是真的害死了他,还是
仅仅拒绝了和他一起赴死? 不过,如果我们当时患难与共,和他
一起吊在绳索上,也许就没有人会死去了。

　　还有一个问题:我该不该去看望洛根夫人,告诉她事情的经
过呢? 她理应从一位目击证人口中得知,她的丈夫是一位英雄。
我仿佛看见,我们面对面地坐在木凳上,她一袭黑色丧服,就像
哑剧里的寡妇,两个孩子紧紧地站在她的身边,抱着她的膝盖,
不愿看我。我们身在一所监狱牢房里,高高的窗户上安着铁栅
栏。这是我的牢房吗? 我有罪吗? 此情此景,来自于我模糊记
得的一幅带有维多利亚晚期叙事风格的油画,题目叫"上次你去
看望父亲是在什么时候?"。叙事——这个字眼让我心头一紧。

昨天晚上我都写了些什么乱七八糟的东西啊！如果我告诉洛根夫人，她丈夫见义勇为，慷慨献身，那么我们自己的胆小怯懦，她又怎么可能避而不谈？或者他死于自己的愚蠢？他是英雄，是软骨头们导致了他的死亡；或者说，我们是幸存下来的人，而他则是那个计算失误的傻瓜。

我深陷在沉思中，直到克拉莉莎在桌子对面坐下，我才注意到她。她将双手捂在咖啡杯上，笑着给我一个飞吻。

"你在想那件事吗？"

我点点头。在她的体贴和我们的爱情征服我之前，我必须告诉她。"你还记不记得，在事情发生的那天晚上，我们正要睡着的时候，电话铃响了？"

"嗯。有人打错了。"

"是那个扎马尾辫的家伙。你知道，就是那个想让我做祷告的人，杰德·帕里。"

她皱了皱眉。"你当时为什么不说？他想干什么？"

我没有停顿。"他说他爱我……"

在听懂这句话之前，她愣住了，世界仿佛瞬间凝固。然后她笑了，很轻松、很开心的样子。

"乔！你怎么没告诉我！很难为情，是吗？你这笨蛋！"

"除了这个原因以外，还有别的呢。后来嘛，由于没告诉你这件事，心里很不是滋味，所以就更难启齿了。再说，我也不想搅了我们昨晚的好事嘛。"

"他都说了些什么？只是'我爱你'，就这样？"

"是的。他说,'我也感觉到了,我爱你……'"

克拉莉莎用手捂住嘴,露出一副小姑娘的俏皮模样。我没想到她会这么高兴。"和一个变态基督徒搞地下同性恋!我都等不及要告诉你那帮搞科学的朋友了。"

"好吧,好吧。"她对我的揶揄却让我轻松了许多。"还有更多的呢。"

"你们要结婚了。"

"听我说嘛。昨天他跟踪我了。"

"我的天哪!他走火入魔了!"

我知道我必须打破她的这份轻嘴薄舌,尽管它给了我不少安慰。"克拉莉莎,这太吓人了。"我告诉了她帕里在图书馆里现身,还有我如何跑到外面的广场。她打断了我的话。

"可你在图书馆里并没有真的看见他。"

"他走出门的时候,我看到他的鞋了。白色运动鞋,系着红色鞋带。肯定就是他!"

"但你并没有看见他的脸。"

"克拉莉莎,那就是他!"

"别生我的气,乔。你没有看见他的脸,他也没在广场上。"

"是的。他已经走了。"

现在她看我的眼神和刚才不一样了,说话也小心起来,颇像一位拆弹专家。"让我把这件事理清楚。在你看见他的鞋之前,你就已经感到被人跟踪了?"

"那只是一种感觉,很不好的感觉。直到我在图书馆里有时

70

间思考的时候,我才意识到严重性。"

"然后你就看见他了。"

"没错。他的鞋。"

她瞟了眼手表,喝了一大口咖啡。她上班要迟到了。

"你该走了,"我说,"我们可以晚上再聊。"

她点点头,但没有抬头看我。"我真不明白是什么使你心烦意乱。某个可怜的家伙对你有意思,还四处跟踪你呢。拜托了,这是个玩笑而已嘛,乔!故事倒挺有趣的,你以后可以讲给你的朋友们听。最坏也就是件麻烦事嘛。千万别放在心上啊!"

她站起身,我就像个孩子一样难过极了。我喜欢她所说的话。我想听她用不同的方式再说一遍。她绕过桌子来到我这边,亲了亲我的额头。"你工作太辛苦了,放松一下自己吧。还有,记着我爱你。我爱你。"我们又一次深深相吻。

我跟着她下了楼,看着她准备离去。或许是在匆忙收拾公文包的时候,她向我投来的微笑中隐藏着一丝担忧,或许是在她告诉我晚上七点回来、白天会给我打电话时,她的口气有些焦虑,我站在抛光的镶木地板上,感觉自己就像个正在接受探访的精神病人,而探访时间已经临近尾声。别把我和我的思想留在这儿,我想。把它们带走,让我解脱吧。她穿上外套,打开门,想要和我说什么,却什么也没说出来。她想起还需要带上一本书。她去取书的时候,我在门口徘徊。我知道自己想说什么,也许我还有点时间。那个人并不是"某个可怜的家伙"。他纠缠着我不放,就像束缚在固有经验中的农场工人那样;而且他和我一样,

71

都对另一个人的死亡负有责任,或者至少来说,我们都卷进了那桩悲剧。他还想让我和他一起做祷告。也许他是感觉受到了侮辱。也许他是个报复狂。

克拉莉莎带着书回来了,她把书塞进公文包里,嘴里同时还叼着几页文件。她半只脚已经跨出了房门。当我开始说起我的文章时,她放下公文包,把手和嘴都空出来。"不行,乔,我不能听你说了。我已经迟到了。是一个课堂讲座。"她犹豫着,内心挣扎了一会儿,然后说:"说吧,那就快点说吧。"就在这时,电话铃响了起来,我如释重负。我原以为她要去指导学生,不用上课。如果让她错过了,会耽误她更多的时间。

"我去接电话,你走吧,"我轻快地说,"晚上我再告诉你。"

她给我一个飞吻,拔腿就走了。接电话的时候,我还听到了她下楼梯的脚步声。"是乔吗?"那个声音说,"是我,杰德。"

惊讶中,我一时无言以对,这对我来说真有点不合情理。毕竟,他前天还打来过电话,他就在我嘴边,就在我脑海中啊。他如此固执地留在我的脑海中,竟然让我忘记了他是一个客观存在的人,一个可以操纵电话系统的物质实体。

报出名字以后,他停顿了一会儿,而见我沉默,他又开口了。"你给我打过电话。"家家都有末号重拨的功能。电话已经今非昔比。无情的巧妙发明使电话极具私密性、挑衅性。

"你想要干什么?"话刚出口,我就后悔了,想把它收回去。我不想知道他要干什么,或者更确切地说,是我不想让他告诉我。其实呀,这并不是个问题,更像是表明敌意的一种姿态。接下来的话也是如此。"是谁把我的号码给了你?"

帕里听上去很高兴。"这可就说来话长了,乔? 我去了……"

"我不想听你的故事,不要你给我打电话。"我差点就说"或者跟踪我"了,但有什么东西让我欲言又止。

"我们需要谈谈。"

"我不需要。"

我听见帕里倒吸了一口气。"我想你需要。至少我认为你需要听一下。"

"我要挂了。如果你再打电话我就报警。"

这句话听上去很傻气,就像人们常说的那些废话一样(比如"我要去告那些混蛋"),毫无意义。我了解当地的警局。他们事务繁重,被压得死死的,况且行事得分轻重缓急嘛。像这种事情市民应该自行解决才是。

帕里立刻对我的威胁做出了回应。他的声调抬高,语速也变快了。他必须在我挂电话之前把事情说清楚。"听我说,我向你保证,只要见我这一次,就一次,听我把话说完,我就再也不会来找你了。我向你保证,郑重承诺。"

郑重,更像是恐慌吧。我琢磨着:也许我该见他,就让他见我,让他明白,我和他幻想世界中的那个人截然不同。就让他说吧。不然的话,就要变本加厉了。也许我还可以重新拾起那久违了的一点好奇心。等故事完结了,我便可以去了解帕里的一些情况,这可很重要,否则他会继续留在我的心里,而我也会在他的脑子里挥之不去。闪念之间,我还想让他把上帝从天上请

73

下来，为他的郑重承诺签名作证，不过我并不想刺激他。

"你在哪里?"我问。

他犹豫了一下。"我可以来找你。"

"不行。告诉我你在哪里。"

"我在电话亭，就在你家楼下大街的头上?"

他张口说，他开口要，毫无廉耻啊。我很震惊，但我决计不露声色。"好的，"我说，"我这就过去。"我挂掉电话，穿起外套，拿上钥匙，离开了公寓。一路下楼梯的时候，我欣慰地闻到克拉莉莎身上那股迪奥之韵①的清香，它依然在空气中悠悠飘散。

---

① 迪奥之韵(Diorissimo)：由法国迪奥公司于 1956 年推出，被推选为五十年代的经典香水，成了往后创造典型女性柔美气质香水的典范。

第七章

在我们的公寓大楼外，一条林荫大道笔直地沿着上升的路面伸展，道路两旁栽种着新叶初萌的法国梧桐。我一踏上人行道，就看见帕里站在一百码外街角的一棵树下。看到我后，他把双手从兜里掏出来，抱拢双臂，然后又放下。他刚准备朝我走过来，然后又改变了主意，转身回到那棵树边。我慢慢地走向他，感到自己的焦虑逐渐消失。

我越靠近，帕里就退得越远，一直退到树下。他靠着树干，大拇指钩在裤兜上，装出一副若无其事的样子。实际上，他看上去很落魄。他的个头显得比那天要矮小，一身皮包骨头，尽管还是梳着马尾辫，但已经不再像个健壮的印第安武士了。我走近他时，他不愿与我四目相视。确切地说，他只是紧张地扫过我的脸庞，就垂下了眼睛。我伸出手，心里轻松了很多。克拉莉莎说得对，他头脑古怪，却并无恶意，顶多算个讨人嫌的家伙罢了，根本不像我原先以为的那样是个威胁。现在，他带着一副可怜相，蜷缩在新生的梧桐叶下。是那场事故，还有震惊所带来的余波，扭曲了我的理解。我把一场闹剧理解成了难以言状的威胁。我们握了握手，他并没有用力。开口时，我的语气坚定，却又带着

75

一丝仁慈。他很年轻,论年纪顶多可以做我的儿子。我说:"你最好告诉我这都是怎么回事。"

"这附近有家咖啡馆……"他朝爱德华尔路①的方向点了点头。

"在这儿谈就行,"我说,"我的时间不多。"

风又吹了起来,而且在微弱的阳光下仿佛刮得更猛了。我拉紧外套,束紧腰带,这时,我瞥了一眼帕里的鞋。今天他没穿运动鞋,而是穿了一双棕色软牛皮鞋,也许是手工定制的。我走过去,靠在近旁的一堵墙上,双臂交叉抱在胸前。

帕里从树下走到我面前,盯着自己的双脚。"我更愿意进屋里谈。"他带着一丝哀求说道。

我什么也没说,只是等待着。他叹了口气,头朝下看着我家楼下的大街路面,然后目光跟上一辆驶过的汽车。他抬起头,望着天空中高耸厚重的积云,又检查了下右手指甲,但就是不能看着我。当他终于开口说话时,我觉得他的视线集中在人行道的一条裂缝上。

"出事了。"他说。

他没有继续往下说,于是我问:"出了什么事?"

他深吸了口气,还是没有看我。"你知道出了什么事。"他愠怒地说。

我试着帮他开场:"我们是在谈那次事故吗?"

---

① 爱德华尔路(Edgware Road):穿过伦敦西部威斯敏斯特市内的一条主要街道。

"你知道出了什么事,你就是想让我把它说出来。"

我说:"我想你最好快说,我马上就得走了。"

"都是因为控制,不是吗?"他用青春期叛逆似的目光瞟了我一眼,又垂下了眼帘。"敷衍了事太傻了,你为什么就不说出来?这没什么可害臊的。"

我看了看表。正是一天中最适合我工作的时段,我还得到伦敦市中心去取一本书。一辆空出租车正向我们驶来,帕里也看到了。

"你以为你在这件事上表现得很冷静,但这太荒谬了!你不会一直保持沉着的,这你清楚。现在一切都变了。请别再这样装模作样的了!求求你……"

我们眼睁睁地看着那辆出租车开过。我说:"你叫我出来见你,是因为你有话要说。"

"你的心可真狠,"他说,"但是你拥有绝对的权力。"他又深吸了口气,好像在为某个高难度的马戏动作做准备。他直视我的眼睛,坦率地说:"你爱我。你爱我,而除了回报你的爱,我别无他法。"

我什么也没说。帕里又深吸了口气。"我不知道你为什么选择了我。我只知道,现在我也爱上了你,并且这份爱是有原因的,为了一个目的。"

一辆救护车带着呼啸的警笛声驶来,我们不得不等它开过去。我在考虑如何回答,是否可以用发怒把他赶走。但在喧嚣渐渐远去的几秒钟内,我决定坚定而理智地回答。"瞧,帕里先生……"

"杰德,"他急促地说,"叫我杰德。"他的语气不再带有那种疑问的味道了。

我说:"我不认识你,也不知道你住在哪里,做什么工作,或者你是谁。我也不是特别想知道这些。我以前见过你一面,现在我可以告诉你,无论从哪方面来说,我对你都没有感觉……"

帕里说话时发出一串喘息,盖过了我的声音。他双手前推,像是在抵制我的话。"求你别这样做……真的,事情本来不必弄成这个地步的。你用不着对我这样子。"

我们俩顿时都定住了。我心想是不是该离开他,到路边找辆出租车。也许谈话只会使事情变得更糟。

帕里抱起胳膊,腔调变得坦率而世故起来。我想,也许他正在拙劣地模仿我讲话。"瞧,你没必要这样做。你可以让我们俩都免受这么深重的苦难。"

我问他:"你昨天跟踪过我,是不是?"

他把目光转向别处,一言不发。我想他这是默认了。

"是什么原因让你认为我爱你呢?"我竭力想让这个问题听上去诚恳一点,而不仅仅是矫饰。尽管我很想离开,我还是有兴趣知道答案。

"别这样,"帕里低声说,"请别这样。"他的下唇在颤抖。

但我紧逼道:"我记得我们在山脚下谈过话。如果你在事故后感到心中不安,这我能够理解。我自己就这样觉得。"

就在这时,令我大吃一惊的是,帕里用双手捂住脸放声大哭。他也努力想说些什么,但一开始我没法听清,然后才勉强听了出来。"为什么? 为什么? 为什么?"他不停地说。接着,他稍微缓过来了一点,问道:"我对你做了什么? 为什么你要一直这样折磨我?"说完他又开始嚎啕。我从靠着的墙上站起来,从他面前走开几步。他在我背后哽咽着,试图恢复正常的声音。"我不能像你那样控制自己的感情,"他说,"我知道,这给了你支配我的权力,但我没办法啊。"

"相信我,我没有什么情感要控制的。"我说。

他带着几分渴望与绝望交织的表情,看着我的脸。"如果这是个玩笑,那么现在该停止了。它正在伤害我们。"

"瞧,"我说,"我现在必须要走了。我不想再听到你的消息。"

"哦,天哪!"他痛哭道,"你竟用这种态度说这番话。你到底想让我做什么?"

我感到一阵窒息,便转过身,迅速朝爱德华尔路走去。我听见他在身后追赶。他追了上来,一把拽住我的衣袖,想要拉我的胳膊。"求你了,求你了,"他上气不接下气地说,"你不能就这样一走了之。告诉我些什么,给我讲讲小小的理由。我要的是真相,或者只是一部分真相就行。告诉我,你这是在折磨我。我不会问你为什么的。但是请你告诉我,你现在就是在折磨我。"

我抽出胳膊,停了下来。"我不知道你是谁,也不清楚你想要什么,我不在乎。现在你让我独自待会儿好吗?"

他突然满腹怨恨。"太滑稽了,"他说,"你甚至懒得说服我。

这实在是太侮辱人了嘛。"

他把手搭在屁股上,我第一次发觉自己在估量他,看他能有多大能耐。我的块头比他大,平时还在坚持锻炼身体,但我一生中还从未和其他人交过手。况且,他比我年轻二十岁,关节粗大,如果打起来他还会孤注一掷——不管那是出于什么理由。我挺直腰板,使自己看上去更高大一些。

"我从未想过要侮辱你,"我说,"直到现在都是。"

帕里将双手从屁股上放下来,向前摊开。他那丰富的情感状态及它们之间的迅速转换,实在让我感到头疼。理智,眼泪,绝望,含糊的威胁——而现在,又是诚挚的恳求。"乔,求你了,看着我,想起我是谁,想起一开始是什么感动了你。"

他和我对视了一秒,眼白格外澄澈,然后移开目光。我开始明白了,这是他与人谈话时的习惯。他先吸引你的目光,然后转过头,仿佛在和他身旁的人、或是一只栖在他肩头的隐形生物说话。"不要否认我们的关系,"他对那生物说,"不要否认我们曾经的拥有。请不要再敷衍我了。我知道,你会觉得这种想法难以接受,你还会奋力抗拒,但我们是为了同一个目的才走到一起的呀。"

我本应该继续向前走,但他那激烈的口气让我顿了一下。出于好奇,我反问他:"目的?"

"就在他摔下来以后,在那座山顶上,有某种东西在我们之间传递。纯粹的能量,纯粹的光明?"帕里又开始活跃起来,将短暂的痛苦抛在身后,这样一来,疑问似的变音又回到了他的话语中。他接着说："我爱你,你也爱我,这是事实,但它并不重要。它只是一种手段……"

手段?

看到我皱起的眉头,他就像给傻子解释显见的道理:"通过爱,将你引向上帝。你会像发疯似的抗拒它,因为你离自己内心的真情实感还是如此遥远? 但我知道,圣主基督就在你的心里。在某种程度上,你也知道这一点。这就是为什么你要运用你的知识、理智、逻辑来抗拒它,并用你这种超然的、仿佛一切都与己无关的方式说话的原因? 你可以装作不知道我在说些什么,也许是因为你想伤害我、支配我,可事实上,我是带着礼物来的。那个目的,就是将你引向圣主基督,他就在你的心里,他就是你本人。那就是爱的礼物的真正含义。这真的很简单?"

听着他的这番宏论,我竭力不张口结舌。事实上,他心地那么虔诚无害,显得如此颓唐沮丧,满口又是如此胡话连连,我真的为他感到悲哀啊。

"瞧,"我尽可能和蔼可亲地说,"你究竟想要什么?"

"我希望你能敞开心扉,向……"

"是的,是的。但你究竟想从我这里得到什么呢? 或者说,你想找我做什么?"

这个问题难住了他。他在衣服下面不安地扭动着身体,然后又看了看他肩膀上的东西,说:"我想见你?"

"然后到底要做什么?"

"聊聊天……彼此了解。"

81

"只是聊天？没别的了？"

他既不回答，也没看我。

我问他："你总是提到'爱'这个字。你是指性吗？你想要的是不是这个？"

他似乎认为这不公平，说话时又带上了哀鸣的腔调："你很清楚，这事儿我们不能这样子谈。我已经告诉你了，我的感觉并不重要。我们有一个目的，我不指望你现在就弄懂。"

随后他又讲了很多诸如此类的话，但我只是三心二意地听着。真是不同寻常啊：在五月里一个冷飕飕的早上，我穿着外套，站在自家楼下的大街上和一个陌生人聊天，而所谈及的内容更适合于恋爱或者婚姻触礁的场合。我仿佛落进了自身的裂缝中，陷入了另一种生活、另一种性取向、另一份过去和未来。我进入了新的生活中，在这里，另一个男人可以对我说：这事儿我们不能这样子谈，我的感觉并不重要。此外，像你他妈的到底是谁啊？你在说什么呢？这样的话，我很容易便管住了自己的嘴，没有说出口，这让我也感到惊讶。帕里的话激起了我的反应，那是我心中旧有情感的子程序。我需要调用自己的意志力，才能消除这一感觉：我欠这个男人，我对他有所隐瞒是不讲道理啊。在一定程度上，我也在这出家庭情景剧中配合演出，即使我们的舞台仅仅是一条满地狗屎粒的人行道。

另外，我还在考虑自己是否需要帮助。帕里知道我的住处，而我对他却一无所知。我打断了他的话头，说："你最好把你的地址给我。"这句话肯定会引起他的误解。他从兜里掏出一张名片，上面印着他的姓名，还有一处地址，在汉普斯特区的霍格劳巷①。我把名片放进钱包里，快步走开。刚才我已经看到另一辆出租车正掉头朝我们开来。在某种程度上，我仍然可怜帕里，但很明显，继续和他谈下去也没什么帮助。他急切地赶到我身边。

"你现在要去哪儿？"他像个好奇的孩子似的问道。

"请不要再烦我了。"我边说边向出租车招手。

"我知道你真实的感情。如果从某种意义上来说，这是一场考验，那你完全没有必要这么做。我永远不会让你失望的。"

出租车停下了，我打开车门，感觉有点狂乱。我正要关车门，却发现帕里正把着它。他并不想进来，不过他的确还有事要对我说。

"我知道你的困扰，"他探身进来，靠在震动的柴油发动机上，"因为你太善良了。但是，乔，痛苦是不得不去面对的。唯一的解决方法就是我们三个谈一谈。"

我本来决定不再和他多说，可又忍不住问："三个？"

"克拉莉莎。解决这个问题最好直截了当……"

我没有让他说完。"开车。"我对司机说，然后双手并用，猛地关上了牢牢抓在帕里手中的车门。

---

① 汉普斯特（Hampstead）位于伦敦市西北部卡姆登区内，距查林十字车站四英里，霍格劳巷（Frognal Lane）位于其中，在汉普斯特和西汉普斯特之间。

车开动了,我回头望去,看见他站在马路当中,孤苦伶仃地朝我挥手。但从他脸上的表情看,毫无疑问,他就像一个正沐浴在爱河中的幸福男人。

第八章

　　我让司机带我去布卢姆斯伯里①，然后身子往后一靠，让自己平静下来，回想前天跑到圣詹姆斯广场上寻找帕里时那种断断续续的感觉。当时，他代表着我认为充满了莫名恐惧的未知，而现在，我把他看作是一个迷茫、古怪而不敢直视我的年轻小伙儿，他的缺陷和情感渴求令其于人无害。他是个可悲的家伙，一个讨厌鬼，但毕竟不是威胁。就像克拉莉莎说的那样，他是一个趣味盎然的故事中的角色。经过如此热切的相遇后，我却能够把它从我的思想中清除出去，这或许有些反常，但在当时，这似乎既合理又必要——早上我已经耽搁太多时间了。出租车开了还不到一英里，我的思绪已经飘向了当天要做的工作上。前天，我在希思罗机场等候克拉莉莎时，这篇文章就已经在我的脑中初具雏形。

　　我特地预留出这一天，用来撰写一篇关于微笑的长文。有一份美国科学期刊杂志将用一整期的篇幅刊登文章，主题被编辑称为一场"心智革命"。生物学家和进化心理学家们正在重塑社会科学。标准社会科学模式这一大战后的共识正在不断分崩离析，人的本性需要重新考量。我们刚降生到这个世界时，既不是白纸一张，也不是什么万能学习机，更不是我们所处环境的"产物"。如果我们想要认清自己，就必须知道自身的由来。我们像地球上的所有其他生命一样进化，许多先天的不足和能力伴随着我们来到这个世界，而它们全由基因决定。我们的许多特点，我们的脚形，我们眼睛的颜色，都是固定好的；而在其他方面，例如我们的社会行动、性行为以及语言习得，都需要我们在生活中让它们自然发展。不过，这一进程并非具有无穷无尽的可能性。我们都有一种本性。人类生物学家的言论证实了达尔文的观点。我们通过面部表情流露内心情感的方式，在所有的文化中都基本相同，而婴儿的笑容是特别容易单独区分和加以研究的社会信号。它同时出现在卡拉哈里沙漠里的桑人婴孩[2]和曼哈顿上西区的美国幼童的脸上，并且具有相同的作用。爱德华·O·威尔逊[3]曾绝妙地说道，它"促成了对父母之爱和亲密感情的更丰富的分享"。然后他接着说，"在动物学术语中，它是一种社会行为释放器，是与生俱来、相对恒定的信号，作为媒介引导着一种基本的社会关系。"

几年前，科学类图书的编辑们满脑子里只有混沌的宇宙。

---

① 布卢姆斯伯里（Bloomsbury）：位于伦敦市中心，在卡姆登区南部，以其华美的公园和建筑、著名的花园广场、诸多医院和学术机构而闻名。

② 卡拉哈里沙漠（Kalahari desert）：亦称喀拉哈里沙漠，是非洲南部内地高原的一个盆地状的大平原，总面积约93万平方公里，主要居民是操班图语的非洲人和操科伊桑语的桑人（!Kung San，亦称布须曼人Bushmen）以及少数的欧洲人。

③ 爱德华·O·威尔逊（Edward O. Wilson）：美国著名生物学家、博物学家，"社会生物学"的奠基人，是最早宣传"生物多样性"概念的人之一，1975年出版《社会生物学：新的综合》一书，开拓了"社会生物学"这一争议巨大的学说。

现如今，为了挖掘关于新达尔文主义、进化心理学和遗传学的每一种可能的观点，他们绞尽脑汁，恨不得把桌子捶烂。我不是在抱怨。这些工作确实干得不错，但克拉莉莎对整个项目却基本上持否定态度。理性主义已经走向疯狂的绝境。"这简直就是新基要主义①，"有天晚上她这么说。"二十年前，你和你的朋友们全都是社会学家，将所有人的倒霉运都怪罪在环境上。而现在你们却要我们相信，自己受制于基因本身，每件事情都有它存在的理由！"当我把威尔逊的话读给她听时，她心烦意乱。所有的一切都被剥得赤裸裸的，她说，并且在这个过程中，一些更重要的意义被人遗忘了。对于婴儿的笑容，动物学家提供的观点其实并没有什么价值，它的真谛是在父母的眼里和心中反映出来的，只有在那份流露出来的爱意中，只有经历了时间的检验，它才会显得有意义。

我们正在进行一场深夜餐桌讨论会。我告诉她，在我看来，她最近花在济慈身上的工夫太多了。毫无疑问，他是个天才，但他同时又是一位蒙昧主义者②，认为科学将世界中的奇妙之处剥蚀殆尽，而事实上情况恰好相反。如果我们珍视婴儿的笑容，那么为什么不去仔细思忖它的源头，研究他们为什么会笑？我们

---

① 基要主义（Fundamentalism）：近现代基督教新教神学思潮之一，起源可追溯至19世纪末，其基本主张是强调恪守基督教基本信仰，反对现代主义尤其是圣经评断学。一般称持上述主张者为基要派。

② 蒙昧主义（obscurantism）：一种反对理性、反对科学的唯心主义思潮，认为人类社会的种种罪恶都是文明和科学发展的结果，主张回复到原始的蒙昧状态。

是不是该说,所有的婴孩都被某个神秘的笑话逗乐了?或者,上帝亲临人间逗他们发笑呢?或者,最叫人匪夷所思的是,因为他们从母亲那儿学会了如何微笑?可是,聋盲婴儿也会微笑呀。因此,人类的笑容一定是与生俱来的,而且是出于物种进化的考虑,具有某种合理的存在因素。克拉莉莎却说,我没听懂她的意思,对局部细节进行分析没错,但这样做却容易失去对整体的把握。我同意她的观点,综合分析当然也是至关重要的。可克拉莉莎又说,我还是没听明白,她是在谈论爱。我说我也在讲爱,还告诉她,尚在襁褓中咿呀学语的婴孩更多是为了自己而汲取这份爱意。她说,不,你还是不明白。于是我们就此停止了讨论。毫无敌意哇。我们曾在很多场合以不同的形式作这样的交谈。这次,我们真正谈论的是我们自己的生活现状:我们身边没有孩子。

我在迪龙斯书店①取到了书,花二十分钟浏览了一遍。我很想立即开始写作,便乘坐出租车回家。当我付好钱、转过身来的时候,我看见帕里正在公寓大楼的入口旁等着我。我在指望什么啊?难道就因为我的思绪放在别处,他就会从我的眼前消失吗?当我走近他时,他看上去有点面带愧色,但还是站在原地没动。

_____

① 迪龙斯(Dillons):英国知名图书销售连锁店品牌,于1932年建立,品位严肃高雅,现由英国著名的EMI音像公司所拥有。

等我走开一段距离之后，他开口了。"你让我等，所以我等你。"

门钥匙就在我的手里。我犹豫了一下，想告诉他我从没说过这种话，并提醒他那份先前作出的"郑重承诺"。我也在寻思，把他的话再从头到尾听一遍，对我是不是有好处，或许我可以更多地了解他的精神状况。不过，我们现在正站在一条狭窄的砖石小径上，在两排经过修剪的冬青树丛之间，我又要被拖进另一出家庭情景剧中了，这一点让我顿时兴味索然。

我亮出钥匙，对他说："你挡着我的路了。"

他还是拦在我前面，挡住大门，说："我想跟你谈谈那次事故。"

"可我不想。"我又朝他走了两步，仿佛他是一个幽灵，我可以直接将钥匙穿过他的身体，插进锁孔里。

他又开始哀求起来。"听着，乔，我们有很多事情好谈，我知道，你现在也在想那件事。我们干嘛不现在坐下来，一起聊聊，看我们能解决什么问题。"

我简短地说了声"抱歉"，然后用肩膀往前一挤，将他挤到了一边，这让我有些吃惊，因为他比我想象的还要轻。他任凭自己被我挤到一边，让我能够把门打开。

"问题是，"他说，"我是秉持宽恕之意而来的。"

我走进屋里，准备好拦住他，不让他跟着我，但他仍然呆在原地没动。关上大门时，透过安全玻璃，我看见他还在对我说着什么,好像又是"宽恕"这个词。我乘坐电梯上了楼,刚来到家门口,就听见屋里的电话响了。我以为是克拉莉莎,她说过会给我打电话,便赶紧跑过门厅,抓起了话筒。

是帕里。"请不要逃避这一切,乔。"他说道。

我挂断电话,并把话筒摘下来放在一边。接着我又改变了主意,把它重新挂回座机上,关掉电话铃声,打开留言机。我刚穿过起居室走到窗前,它就开始嘀嗒嘀嗒地工作了。帕里就在外面,站在对街能被我看见的位置上,手里拿着一只手机搁在耳边。我听见他的声音从身后的留言机里传出来,在大厅里回荡:"乔,上帝的慈爱会找到你。"他抬起头朝上看,肯定在我走到窗帘后面之前就看见了我。"我知道你在那里,我能看见你。我知道你在听……"

我回到大厅里,调低留言机的音量,然后走进浴室,用冷水洗了把脸。我注视着镜子里自己那张滴水的面孔,寻思着要是别人被像我这样的人骚扰,将会是一幅什么样的情景。这一时刻,还有当克拉莉莎在田野里递给我那瓶酒的时候,都可以作为一个起点,因为在我看来,正是从那一刻起,我才开始真正地明白,这一切不会在当天就画上句号。我回到大厅里,再次来到电话留言机旁,心想,这下子我跟人家拉扯上了。

我打开留言机上的盖子,里面的录音带还在旋转。我把音量旋钮调高了一个刻度,听见帕里微弱的声音从里面传出来:"……一走了之,乔,但是我爱你。是你启动了这一切。现在你哪能说溜就溜……"

我快步走进书房，取下传真机上的电话，拨通了警局的号码。在我接通前的几秒钟里，我发觉自己不知道该说些什么。一个女声传了出来，简洁而带着几分怀疑，想必在经历了一整个工作日的慌乱与苦恼之后，她已经有点麻木了。

　　说话时，我用了一种低沉沙哑、富于理性的音调，听上去像个负责任的市民。"我要报案，有人骚扰我，有计划地骚扰我。"电话转接给一名男警官，同样小心而冷静。我重复了刚才的话。片刻犹豫之后，他提出了第一个问题。

　　"是你被人骚扰吗？"

　　"是的。我已经被……"

　　"那个骚扰你的人现在和您在一起吗？"

　　"这会儿他就站在我家门外边。"

　　"他有没有对你施加过任何身体伤害？"

　　"没有，可他……"

　　"他有没有威胁过要伤害你？"

　　"没有。"我明白，我的申诉必然得吃官僚主义那一套了。没有哪种设备无比精良，可以处理每一份个人叙述。既然哀怨得不到发泄，我就只能把自己的故事整合为一种可辨可认的大众形式，从中聊以自慰。帕里的行为得被归纳为一种犯罪。

　　"他对你的个人财产造成威胁了吗？"

　　"没有。"

　　"或者对第三位当事人呢？"

　　"没有。"

"他有没有企图讹诈你?"

"没有。"

"你有证据可以证明他蓄意要找你的麻烦吗?"

"呃,没有。"

话音一变,从公事公办的中性口气滑向了近乎诚挚的询问。我仿佛听出一丝约克郡的口音。"那你能告诉我他做了什么吗?"

"他一直打电话骚扰我,还带着……"

那个声音立刻恢复原状,公事公办,就像在念一张调查流程表。"他有没有采取猥亵或者侮辱你的行为?"

"没有。听我说,警官,您为何不让我解释清楚。他是个疯子。他不会放过我的。"

"你知道他究竟想要什么吗?"

我顿住了。我第一次意识到,在那个男人的声音背后,还有其他人的说话声。或许,在警局里坐着好几排警官,都像他那样戴着耳机,成天面对着诸如抢劫、谋杀、自杀和持刀强奸之类的案件。我则与其他人为伍——光天化日下企图让我皈依宗教。

我说:"他想拯救我。"

"拯救你?"

"是的,转化我。他鬼迷心窍,绝不肯放过我。"

那个声音突然插进来,他终于不耐烦了。"抱歉,先生,这不是一起警务事件。除非他对你造成伤害,或对你的财产造成损失,或者对这两者构成了威胁,否则他的行为就不算犯法。试图转化你的信仰并没有违法啊。"然后,他带着些许责备的口气终结了我们的紧急通话。"在这个国家,我们享有信仰自由。"

我回到起居室窗前,俯瞰帕里。他不再对我的留言机说话,而是站在那儿,两手插在兜里,面向公寓,像个史塔西①特工那样不动声色。

我泡了一杯咖啡,做了些三明治,回到自己那面对另外一条街的书房里坐下,继续阅读(确切地说是慢慢浏览)我做的笔记。我无法集中注意力,帕里的骚扰加剧了我以前心中产生的不满——我所有的观点都来自于别人。它时常回到我的心头,往往是在我对其他某些事感到不悦的情况下。我只是在简单地核对和吸收他们的研究成果,然后再把它们传播给广大普通读者。人们夸我有天赋,能将复杂的事物解释清楚。在科学领域的许多重大突破背后,人们经历了无数的挫折、反复和由于幸运而随机获得的成功,我则可以利用它们编写出像模像样的故事。这是真的,总得有人在研究人员和普通民众之间牵线搭桥,为人们做出更高层次的解释,而实验室里的工作人员一般都过于繁忙,或者过于小心谨慎,因而没有做这些事情。另外我要承认的是,时尚科学界就像一座茂密的丛林,其中最高的那些树木——恐龙,黑洞,量子魔术,宇宙混沌学说,超弦理论,神经系统科学,以及对达尔文学说的重新回顾——每一棵都是摇钱树,让我着实

① 史塔西(Stasi):Staatssicherheit 的缩写,正式名称为 Ministerium für Staatssicherheit(国家安全部),1950 年 2 月 8 日成立。成立宗旨是担任德意志民主共和国的政治警察,负责搜集情报、监听监视、反情报等业务。

挣了一大笔钱，并且就像蜘蛛猴①那样在上面荡秋千。我的每本书都被装订成带有精美插图的硬皮精装本，里面还附有电视纪录片和电台广播讨论的内容，以及在这颗星球上最舒适的地方举行的会议的图片和介绍。

在我情绪不好的时候，那种"我是条寄生虫"的想法就会回来。倘若我以前没拿过物理学学位和量子电动力学博士学位的话，也许我还不会这样觉得。我本应该已经带着自己的原子增量理论，站在人类知识的高山上。然而，在七年备受约束的严格学习之后，我的内心躁动不已，难以平静。我离开了大学校园，不计后果地天马行空，四处游历，耽误了太多时间。等我终于回到了伦敦，我又和一位朋友做起了生意，打算在市场上推广一组精致的相控电路设备——这个小玩意是我在读研究生时利用空余时间研究出来的，可以用来增强某些微处理器的性能。当时我们以为，世界上每台电脑都会需要一个。有家德国公司请我们飞往汉诺威，头等舱的机票由他们出。有那么一两年，我们以为自己会变成亿万富翁。然而，在申请专利时，我们失败了。来自爱丁堡郊外一座科技园区的某个研究团队已经抢先一步拿下了专利，而且他们的电子器件比我们的要好。后来，电脑行业朝另一方向突飞猛进，我们的公司甚至从来就没有售出过产品，而

---

① 蜘蛛猴(spider-monkey)：悬猴科中的特殊成员之一，也是猿猴类中最有趣的一种动物。生活在中南美洲的热带森林里。因为它们的身体和四肢都很细长，在树上活动时，远远望去就像一只巨大的蜘蛛，故得此名。

爱丁堡的那支研究团队也宣告破产。当我想重新拾起量子电动力学的研究工作时,我的履历上已经出现了一个巨大的空当,我的数学知识正在日益陈旧,况且我已临近而立,在这个竞争激烈的游戏中,我的年纪显得太大了。

最后一场面试结束后,我以前的老教授送我出门,从他表现出的格外亲切的态度中,我已经领悟到:自己的学术生涯就此结束了。我冒雨走在展览路①上,思索着该怎么办。当我经过自然历史博物馆时,豪雨倾盆而下,我便和其他几十个人一起跑进博物馆里躲雨。我在一座梁龙的等身模型旁坐下,等着身上晾干,这时,周围旁观的群众让我产生了一种奇怪的满足感。大队人群经常让我隐约有种遁世心理,而这次,我从人们身上看到的好奇和惊叹仿佛让他们变得高贵起来。所有进场的观众,不论年纪大小,都被吸引到这里,在这头宏伟的巨兽脚下站立,连声惊叹。我偷听到一些人的谈话,除了他们流露出的热情以外,令我感兴趣的是,在普遍程度上,人们对科学都很无知。我听见一个十岁的小男孩问三个和他在一起的成年人,像这样的生物会不会追赶并吃掉人类。他很快得到了回答,而从中我可以听出来,那些成年人对生物进化历史的认知和事实相去甚远。

我坐在那里,脑子里开始思考一些和恐龙有关,却彼此全然

---

① 展览路(Exhibition Road):位于英国伦教南肯辛顿区,是世界闻名的人文精英集中的街区,繁华的街道上集中了大名鼎鼎的维多利亚和阿尔伯特博物馆、英国科学和自然历史博物馆、帝国学院、皇家艺术和音乐学院、歌德学院、法语学院、英国国家芭蕾舞团和皇家地理协会等诸多艺术和学术机构。

不相干的事情。我想起了达尔文在《小猎犬号游记》中的描述，说他在南美洲发现了大量的骨骼化石，而确定这些化石的年龄对支撑他的理论是何等关键。地质学家查尔斯·赖尔提出的观点曾给他留下深刻的印象。地球的年龄远比教会坚称的四千年古老。在我们这个时代，冷血与热血动物之争已尘埃落定，结果后者胜出。新的地质学证据显示，历史上曾发生过多起大灾变，扰乱了地球生命的发展历程。位于墨西哥的那处巨坑，很可能就是由流星撞击地球形成，而正是那颗流星终结了恐龙帝国，让那些在庞然大物脚下四处奔逃、像老鼠似的生物有机会扩大生存范围，从而为哺乳动物——乃至最后的灵长目动物——的蓬勃发展提供了条件。还有一种观点也充满了吸引力。这种观点认为，恐龙根本没有灭绝，而是服从了自然环境的需要，进化为我们在后花园里喂养的无害鸟类。

　　离开博物馆时，我已经在面试通知书的背后潦草地勾勒出了一本书的框架。我花了三个月阅读，六个月写作。与我合伙经商失败的那个人的妹妹是一名图片研究员，她很体贴我，同意延期支付她的报酬。书出版了，正好赶上任何一本恐龙图书都能畅销的好时机，因此销量不错，让我能够与人签约，撰写关于黑洞的科普类图书。我的写作生涯开始了，随着成功接踵而至，在科学领域有所建树的机会也向我关上了大门。我成了一位记者，一名评论员，一个自己所学专业的局外人。回想起来，当年我在做关于电子磁场的博士论文时，在参加研讨量子电动力学重整化理论的学术会议时，我曾是那般陶醉飘然，而现在，我却再也无法回到往昔的岁月之中。当年的我,虽然人微言轻,但毕竟不是一个旁观者,而是一个积极的参与者;如今呢,且不说科学家,就连实验室里的技术员或者学院的门卫,都不会把我当回事儿。

我坐在书房里,手边放着咖啡和三明治,对微笑的研究进展全无,而帕里正守望在人行道上。就在这一天,我又回想起这一切,回想起自己是如何走到今天这一步的,耳边不时响起留言机接入电话的咔哒声。每隔两小时我就走进起居室检查一趟,而他总是在那里,凝视着入口处,就像一条拴在商铺外的看门狗。只有一次我看见他正在给我打电话,大部分时间里,他都只是静静地站着,两脚微微分开,双手插在口袋里。在我眼里,他脸上的表情显得十分专注,使人联想到即将临近的幸福。

当我在五点钟朝窗外看的时候,他已经走了。我在窗前徘徊,想象自己能在空荡荡中看见他的形体,就像一根看不见的柱子,在垂暮时分逐渐暗淡的光线下隐约闪烁。随后,我走到留言机旁。红色的发光二极管上显示有三十三个来电。我使用浏览功能,跳过其他来电,找到了克拉莉莎的留言。她希望我一切平安,并说她会在六点钟回来,她爱我。另外还有三条工作留言,这样算来,帕里总共给我打了二十九个电话。就在我还在寻思这个数字背后的含义时,磁带开始转动。我调大音量,声音听上去像是在出租车里打来的。“乔,窗帘的主意不错。我马上就明白了? 我只想再说一遍:我也感觉到了,我真的感觉到了。”因为情绪激动,说最后这些话时,他的音调抬高了一些。

窗帘？我回到起居室里。它们就像平常那样挂在原处，我们从未取下它们。我把其中一条拉到一边，愚蠢地期望能找到一条线索。

然后，我又回到书房里坐下，没有继续工作，而是入神思索，一边等待克拉莉莎归来。我又一次开始回顾自己的生活，琢磨自己如何变成了今天这个样子。或许，我本可以改变自己人生的轨迹。荒唐的是，我还开始思索，我将如何回到原先的研究道路上，并在我五十岁之前取得一些新的成就。

第九章

从克拉莉莎的角度——或者至少从我事后推断的角度——来观察她回家时的情形,应该会更清楚。她爬上三层楼梯,手里提着五公斤重的皮包,里面装满书和论文,而在从地铁站回家的半英里路上,她一直提着它。这一天她过得很糟:首先,昨天她辅导的那名学生——一位来自兰卡斯特的生嫩女孩——哭叫着给她打电话,大吵大嚷,语无伦次。等克拉莉莎劝女孩平静下来后,她指责克拉莉莎布置的阅读任务过于繁重,无法完成,害她在研究上陷入了死胡同。浪漫主义诗歌课堂讲座上得也很差,因为被指定做讨论报告的两个学生没有准备任何材料,而其他小鬼也没在阅读上花心思。临近中午,她发现自己记事用的笔记本不见了。午餐期间,有位女同事一直抱怨她丈夫在床上过于温柔,缺乏征服她所需的侵略性,无法给她应得的高潮品质。下午,一场大学评议委员会议耗去了克拉莉莎三个小时,她发现自己不得不把票投给最不坏的选择:砍掉她所在院系预算的百分之七。会后她立刻前去接受校方管理层的"工作表现与效绩"面谈,对方提醒她,她一直没有按时填写《工作量定额进度表》,而且她用在教学、研究和管理上的时间比例也不平衡。

拖着大包上楼时，她感觉比平时更吃力，心想自己也许快要感冒了。她鼻梁发酸，眼睛刺痒，后腰上也开始发疼，而且痛感逐渐扩散开来——对她来说，这往往是病毒感染的可靠先兆。最糟的是，那场气球事故的记忆又袭上了她的心头。这段记忆始终留在她的脑海里，但这一天大部分时间里，她都与它保持距离，将它当成了一件轶事，单独存放在一格里。现在，它破格而出，侵入了她的内心，仿佛指尖沾上的气味挥之不去。从傍晚开始，她脑海里就一直浮现着洛根放手时的影像，伴随着这幅影像，那种惊恐无助的感觉也一直与她形影相随，并似乎因而产生了类似感冒或流感的生理症状。和朋友们谈这些事情好像已经没用了，因为在她看来，她已经无理性到了极点。走上最后一段楼梯时，她注意到，疼痛正逐渐扩散到她的膝关节上。或者，这只是因为你已经不再是二十来岁了，还要拖着一大堆书上楼梯？她把钥匙插入前门锁孔，感觉精神稍稍一振，因为她想起乔会在家里，他总是很善于在她需要的时候照顾她。

当她走进门厅时，他正在他的书房门口等她，看上去神情狂乱，她已经有些日子没见过他这样了。她认为这种神情与过于野心勃勃的方案、令人亢奋却通常很愚蠢的计划有关联，而在极其偶然的情况下，它们会来折磨她所爱的这个冷静而理性的男人。他朝她走来，还没等她完全走进门就开始说话。没有亲吻，也没有任何形式的问候，他劈头就说起被某个白痴骚扰的故事，话中对她语带责备，也许甚至还包含愤怒，因为她大错特错，现在事实证明他才是对的。她还来不及问他到底在说什么，事实上,她甚至还来不及放下手里的包,他又讲起了另外一件事,说他刚和一位在格罗斯特路的粒子物理研究所里工作的老朋友谈过话,他认为这位朋友也许能设法帮他和教授面谈。克拉莉莎一心想说的是:我的吻在哪儿? 抱住我! 照顾我! 可乔却讲个没完,活像是一年没见过其他人似的。

此时此刻,他对别人说话视而不见、充耳不闻,于是克拉莉莎举起双手,掌心朝外,做出投降状,说:"那太好了,乔。我要去泡个澡。"即便如此,他还是没住口,八成也没听见她说了什么。当她转身去卧室时,他也跟着她进去了,用不同的话一再地告诉她,他必须返回科学界。以前她听过这一套。事实上,那次发作大概是在两年前,是一场真正的危机,最后他的结论是,他已经和自己的人生达成了和解,而这种人生毕竟还不算坏——那本应该就是事情的终结。他提高嗓门,压过了水龙头的放水声,又开始讲起被人骚扰的故事。她听到了帕里这个名字,想起来了,噢,是的,那个人。她觉得自己足够了解帕里,他只是个寂寞无用的男人,一个信奉耶稣的神经病,很可能是靠他的父母生活,一心渴望与人建立关系,任何人都好,甚至就连乔也行。

乔站在浴室的门框里,赖着不走,就像某种新近发现的猿猴,可以一直说个不停,自己却毫无察觉。她从他身边挤过,回到卧室里,她很想叫他帮忙倒一杯白葡萄酒,但转念一想,他很有可能也自己来上一杯,然后坐在边上看她泡澡,不会来照顾她,而现在她只想独自呆上一会儿。她坐在床边,开始解靴子的鞋带。如果她真的病了,她尽可以对自己的想法直言不讳。不过,现在她处于发病的边缘,也许只不过是身体劳累所致,而且她又被周日发生的事弄得心烦意乱;再说,大惊小怪也不是她的作风。因此,她没有发作,而是抬起一只脚。乔单膝跪地,慢慢地帮她脱掉皮靴,这期间他一直没有停止说话。他想回到理论物理学界,想得到一家研究院所的支持,只要他能够回去,不管要教什么他都愿意,他对虚光子也有了些想法。

她穿着长筒丝袜站在地上,一边解开上衣的纽扣。肌肤袒露在空气中的感觉,还有脚底板透过丝袜踩在厚地毯上的触感,让她产生了一股模糊的亢奋,她想起昨天夜里和前天晚上的情景,那份悲哀,那些如跷跷板般来回起伏的情感,还有甜蜜的性爱。她也想起来了,他们彼此相爱,现在只是恰好处在非常不同的心境当中,两人需求迥异。如此而已。这种情况会改变的,没有理由从中得出什么重大结论,尽管她现在的情绪正在促使她这样做。她褪掉上衣,手刚触到胸罩上的纽扣,却又改变了主意。她感觉好些了,但还不够好,她不想给乔发出错误的信号——如果他还能够注意到的话。如果她能独自在浴缸里泡上半小时,然后她就可以去听他说了,而他也能去倾听她的话。交谈和聆听,所有这些应该都会对夫妻和睦有好处。她穿过房间,挂起裙子,然后又坐在床边,脱下长筒丝袜,一边心不在焉地听乔说话,一边在回想杰西卡·马洛,那个在午饭时抱怨自己丈夫太温和、性爱过于平淡的女人。你会碰上什么人,两人的夫妻生活有多么和睦——这里面有太多运气的成分在起作用,而在你无意识地选择自己的另一半时,同样也有无数个不同的结果。

因此,如果事实证明他们的房事并不如意,不管是谁,不管她再说多少话,都是没有用的。

乔在跟她说,虽然他在数学上已经远远落后,但这没有关系,因为现在有软件可以处理它。克拉莉莎看过乔工作,她知道,所有的理论物理学家都像诗人一样,除了天赋和好的构想之外,所需要的无非就是一张纸和一支削尖的铅笔——或者一台功能强大的电脑。如果他想要的话,他现在就可以回到书房,"重返科学领域"。他说他需要研究院系、教授、同事和办公室,其实那些都无关紧要,只不过是他面对失败的保护伞,因为他们绝不会让他进去的(她自己对大学院系就已经感到厌倦了)。她在内衣外面披上了一件浴袍。他又重新拾起了这份狂热的野心,是因为他情绪失望——对他来说,星期天里发生的事也会对他产生不同的影响。乔的头脑精细而缜密,但问题在于,他完全无视自己的情绪。他似乎没意识到,他的观点不过是胡言乱语,是一种异常现象,而其背后一定有某种原因。正因如此,他是个脆弱的人,但是现在,她无法产生想保护他的感觉。和她一样,他对发生在洛根身上的惨剧已经无动于衷,可他自己并没有意识到这一点。现在,她只想静静地躺在满是泡沫的热水里思考,而他则想着手改变自己的命运。

回到浴室后,她用擦背刷搅匀冷热水,加入杜松精油和丁香浴盐,想了想,然后又加入了一种香精,这是一位教女送给她的圣诞礼物,标签上宣称这种香精曾为古埃及人所使用,能给沐浴者带来智慧和内在的宁静。她把一整瓶香精都倒了进去。乔拉下马桶盖,坐在上面。她知道,以他们的关系,她可以请求他离开,让她独自待一会儿,而不会招致任何不良后果,但是他的激动情绪让她开不了口。尤其是现在他又回头去讲帕里了。当克拉莉莎坐进那缸绿色的水中时,她开始把注意力放到他所说的话上面。警察?你报了警?留言机上有三十三个来电?可她进门时,看到提示器上显示的数字是零。他坚持说是他把那些信息抹掉了。克拉莉莎在水里坐起身,又看了他一眼,他也直视着她的眼睛。十二岁时,她的父亲死于阿尔茨海默氏症①,她一直害怕自己和一个疯子生活在一起,所以她才选择了理性的乔。

也许是她这一眼中的某些东西,或者是她直起疼痛的后背的动作,或者是她惊愕地张开下巴的神情,让乔在说到"现象"这个词的时候卡住了,陷入一段短暂的沉默,然后又声音低沉地问:"怎么了?"

她仍然盯着他,没有移开目光,一边说道:"从我一进门开始,你就一直对我说个不停。把话放慢一会儿,乔。深吸几口气。"

他愿意完全按照她所说的去做,这令她有点感动。

"你感觉怎么样?"

他瞪着面前的地板,把两手放在膝盖上,随着呼气大声叹

---

① 即老年痴呆症。

道："烦。"

她在等他继续说下去,继续心烦下去,但他却在等待她的回应。他们听到浴缸后面正在收缩的热水管发出无规律的滴答声。她说:"我知道以前我说过这些话,所以别生气。你想想,是不是有可能你对这个帕里太小题大做了。也许他并不是那么严重的问题。我是说,请他进来喝杯茶,他很可能就不会再来烦你了。他不是让你烦心的缘由,他是一种症状。"说到这里,她想起了被抹除的那三十条留言。也许帕里,或者是乔口中描述的那个帕里,根本就不存在。她浑身一抖,缩身钻回水里,视线始终留在他身上。

他似乎在仔细琢磨她的话。"什么东西的症状,到底是?"

最后几个字里带着一股警告的冰冷意味,这让她把口气放轻松了些。"哦,我不知道。也许是没有从事原创性研究这一要命的挫折感吧。"她希望只是因为这个。

他又开始认真思考起来。回答她的问题使他仿佛感到很疲惫。他活像个要上床睡觉的小孩,正毫无顾忌地坐在马桶上,而她则在一边泡澡。他说:"事情正好相反。目前的这种状况很荒谬,我却对它无能为力。我火死了,就开始想我的工作,我理应从事的工作。"

"你为什么说对它——我的意思是,对这个家伙——无能为力呢?"

"我刚才告诉你了。在我和他谈话之后,他在我们家外面站了七个小时,几乎连动都没有动过。一整天他老是给我打电话。

警察说这种事情不归他们管。所以你要我怎么办呢?"

　　克拉莉莎心头一寒。每当别人冲她发火的时候,她总会有这种感觉。但同时,她意识到,自己已经做出了本来一心想要抗拒的事情,让自己被扯进了乔的精神状态,扯进了他的问题,他的两难境地,扯进了他的需求之中。在保护性的冲动面前,她无力招架。她小心提问,是想帮助他,而现在她所得到的回报却是他的敌意,而她自己的需求却无人问津。既然他不打算来关心她,她就准备自己照顾自己吧,可现在就连这条路也被堵死了。她飞快地开了口,用自己的问题把他的问话挡了回去:"你为什么要抹掉留言机上的信息?"

　　他吃了一惊。"你说什么?"

　　"这个问题很简单。三十条留言可以作为骚扰的证据,你可以把它们交给警方。"

　　"警察不肯……"

　　"好吧。那我可以听一听。它们可以给我当证据。"她从浴缸里站起身,一把抓下一条浴巾包住自己。这个突然的动作让她有些头晕。也许她的心脏出了什么毛病。

　　乔也站了起来。"我就知道会这样。你不相信我。"

　　"我不知道该想什么。"她用浴巾擦着身子,动作比平时迅猛。"我只知道,今天我过得很糟,而一回家又要面对你这过得糟糕的一天。"

　　"糟糕的一天。你以为我只是在讲过得很糟的一天?"

　　现在他们都回到了卧室里。她已经开始寻思自己是否做得

106

太过火了。可是事已至此,她已经提前跑出了浴缸,正四处寻找内衣,背上的疼痛也还在扩散。克拉莉莎和乔,他们很少吵架。她尤其不擅长争论。她向来就不能接受那些论战规则,它们容许或者逼迫你说无心之语,讲不实之词,揭扭曲的真相。她不由自主地感到,自己每说出一句带刺的话,不仅会让她离乔的爱越来越远,还会愈发远离以前所拥有过的全部爱意,并且让她感觉某种埋在心底的刻薄面目会暴露无遗,而这才是她的本来面目。

乔的身上还有另外一个问题。首先,他的情绪要转化为怒气需要很长时间,而就算他真的生气了,其聪明才智又会显得不合时宜,他会忘记自己要说什么,无法击中对方的要害。面对指控,他不会用指责回应指责,而是习惯性地想给出一份详尽理性的回答。他很容易被突然出现的干扰弄得不知所措。烦躁妨碍他理解自己所处的立场,直到事后,等他冷静下来了,雄辩思维才会在他的脑海中喷薄欲出。此外,他也很难去对克拉莉莎摆脸色,因为她是如此容易受伤。愤怒的字句会立刻在她脸上留下痛苦的烙印。

可是现在,他们似乎在演一幕无法停止的戏,处于一种肆意妄为的可怕气氛中。"那家伙太离谱了,"乔继续说,"他执迷变态。"克拉莉莎想要开口,但他挥手止住了她。"我没法让你认真看待这件事情。你一天辛苦下来,我没去按摩你那该死的脚,你只会关心这个。"这话扯到了近来某天的半小时温柔按摩时间上面,不仅让克拉莉莎大吃一惊,也让乔震惊不已。当时他并没有对此反感,事实上还乐在其中。她扭过头,但还是设法说出了原先要说的话:"你一提到他,人就会变得特别激动,就好像他是你虚构出来似的。"

"对!我懂了。我这是自作自受。是我命中注定,是我该遭报应。我还以为就算是你也不至于相信这种新时代的鬼扯。"

这个"就算是"来得莫名其妙,只是为了让节奏顺畅而无端加上的一个小小的强调词。克拉莉莎从来就没有对新时代的那套说法表现出半点兴趣。她惊讶地看着他,这种侮辱反倒使她解脱了。"你应该问问自己,究竟是谁心里执迷不悟。"言下之意就是,是他对帕里着了迷,这在乔听来实在是骇人听闻,以至于他都想不出别的话来,只说了一句"老天爷!"一腔激情无处发泄,驱使他大步穿过房间,走到窗前。窗外没有人。空气中充满了火药味,这让衣衫不整的克拉莉莎感到娇弱不堪,于是她趁自己的话让乔不知所措的这个时机,从衣架上抓下一条裙子。另外两个衣架掉在了地板上,但她没有像平常那样把它们捡起来。

乔深吸了一口气,然后从窗边转过身,把气吐出来。他刻意做出一副姿态,让自己冷静下来,表现得像一个拒绝被逼向极端的讲道理的男人,重新开始从一个合理的前提出发。说话时,他的口气平静,声带喘息,语速故意放慢。我们从哪里学到的这些伎俩?是像我们身上的其他情绪那样与生俱来,还是我们从电影里学到的?他说:"听着,问题就在外面,"他朝窗户做了个手势,"我刚才只是想得到你的支持和帮助。"

但是克拉莉莎没听他的理由。嘶哑的声音,以及"想得到"用的过去时态,在她听来都意味着他的自怜和指责,使她深感愤怒。他一直都在得到她的支持和帮助啊,这一点她根本不需要告诉他。但她没说出口,而是装出满腹委屈,和他算起旧账,换个角度去打击他。"他第一次打电话告诉你他爱你,当时你对我隐瞒了这件事,这你也承认了。"

乔完全惊呆了,他只能瞪着她,嘴巴徒然张合,极力想说出点什么来,而在这场论战中表现反常的克拉莉莎感到得意洋洋,这种感觉很容易和冤屈昭雪混淆在一起。在那一刻,她实实在在地感到自己遭受背叛,因此理直气壮地说道:"所以我该怎么想?你倒是告诉我啊。然后我们再来看看你需要哪种支持和帮助。"她边说边把脚伸进拖鞋里。乔正在开始找回自己的声音,太多抗议的念头同时出现,反而使他的脑海里一片混乱。"等等,你难道真的认为……?"

克拉莉莎意识到自己的话可能禁不起讨论,便打算见好就收,趁着自己被冤枉的感觉仍然甜美的时候离开房间。"好吧,那你就滚吧。"乔冲着她离开的背影大吼。他觉得他现在可不会介意抓起梳妆台前的凳子,把它扔出窗外去。该走出去的应该是他。犹豫了几秒钟后,他急冲冲地走出房间,在门厅里赶过克拉莉莎,从挂衣架上一把抓下外套,走了出去,狠狠地摔上了房门,心里很高兴她就在旁边,可以清楚地听见这声巨响。

离开公寓时,他惊讶地发现,外面天色已经非常黯淡,还下着雨呢。他用外套裹紧自己,系紧皮带。当他看见帕里正在砖石小径的尽头处等着他时,他继续大步向前走,甚至没有放慢自己的脚步。

第十章

在我的印象中，我一踏出房门，雨势就骤然加大了，但我没打算折回去拿帽子或雨伞。我没有理会帕里，而是怒气冲冲地大步前进，速度如此之快，以至于等我走到街角、朝四下里张望的时候，他已经在我身后五十码远了。我头发湿透，右脚那只鞋里也因为在鞋底上有条很久没去在意的裂缝而渗进了雨水。我身上的愤怒气息像冷光般四下发散，没有特定的对象，显得有些孩子气。帕里当然应该为插足于我与克拉莉莎之间而受到谴责，然而我的狂怒却是针对他们两人——他给我带来苦恼，而她没能支持我去对抗它——同时也是针对所有人、所有事，特别是这场无孔不入的雨，还有我不知道要去哪里这一事实。

还有另外一件事，像一层皮肤、一层柔软的外壳包裹着我的愤怒，限制它并使之显得更为戏剧化。那是一段若有似无的记忆，一件鸡毛蒜皮的小事，一份由记不清是什么时候读过的材料所引发的朦胧联想，它与我当时的阅读目的毫不相干，但就像童年梦境中的一个片段持久地留在了我的脑海里。现在它和我有关了，我想，它能对我有所帮助。关键词是"窗帘"，在我的想象中，这个词是用我自己的笔迹书写的。一如睫毛上的雨珠让路灯光线在我眼中显得离析破碎，这个词也仿佛分裂散开，被记忆显示屏边缘外的联想朝四面八方拉扯。我在心里看见了一座豪宅的远景，其再现效果就像是登在旧报纸上带有污渍的黑白照，带有高高的围栏，里面也许还有军人，一名安全警卫或是哨兵。但即使那条意味深长的窗帘就挂在这座房子里，我也不知道它有什么含义。

我继续往前走，路过一幢幢活生生的豪宅别墅。它们灯火通明，高耸于装有对讲机的大门之上，我瞥见大门后面有几辆随意停放的汽车。我的情绪如此恶劣，以至于可以刻意并且乐意忘却我们自己那幢价值五十万英镑的公寓，纵情想象自己是个贫困潦倒的可怜虫，在雨中匆匆路过有钱人家的宅邸。有些人好运连连，而我却浪费了自己一生中仅有的几次机会，现在我一文不值，这里没有人会来在乎我。自从进入青春期以后，我就再也没有像这样去自欺欺人，而发现自己还能做到这一点让我颇感愉悦，几乎就好像我能在五分钟里跑完一英里似的。但紧接着，当我再一次想起"窗帘"时，脑中却没有任何联想，就连半点影子都没有了。我开始放慢脚步，心想：人脑竟是这么一件细致精密却又华而不实的东西，一旦情绪状态发生变化，其他一百万条无法察觉的神经回路就都会受到影响。

就在我听到他高喊我的名字之前，我隐隐觉察到那个折磨我的人正在向我逼近。然后他又叫了起来："乔！乔!"我听出来他正在呜咽。"是你。是你开始的这一切，是你让这件事发生的。你一直在跟我玩游戏，一直都是，现在你还装作……"他没

111

能把话说完。我再次加快了脚步,在穿过下一条街时,我几乎是在奔跑了。他的哭叫声随着每一个刺耳的脚步声逐渐远去。我感到既恶心又害怕。我到达对面的街道,转头回顾,他一直跟着我,现在被困在了马路中间,等待车流出现一个缺口。稍不小心他就有可能栽倒在一排飞驰的车轮下,而我正希望这种事情发生,这个愿望很冷酷也很强烈,我却并不为自己感到惊讶或者羞耻。当他看到我终于回头去面对他时,他大声喊出了一连串的问题:"你什么时候才能放过我?你已经抓住了我的心,让我无法自拔。为什么你不承认你自己正在做的事呢?为什么你一直假装不知道我在说什么?乔,那么那些信号呢,为什么你又不断地向我发信号?"

由于仍然被困在马路中央,他的身影和话语不时被飞驰的汽车隔挡,他抬高了音量,嘶哑地吼叫,让我无法移开视线。我本应该继续向前奔跑,因为这是甩掉他的绝好机会。但是他的怒气咄咄逼人,我只能目瞪口呆地旁观,不过我始终没有放弃能使我解脱的那种可能性,一心希望能有辆汽车来撞死他,撞死那个站在离我二十五英尺远的地方、一边诅咒一边恳求我的家伙。

他说话尖声尖气的,语调渐扬,重复不断,仿佛动物园里一只孤苦伶仃的衰鸟近乎变成了人类。"你想要什么?你爱我,你想要毁掉我。你假装什么事都没有发生。什么都没发生!你这个混蛋!你在玩弄我……折磨我……向我发出该死的秘密小信号,让我一再走向你。我知道你想要什么,你这混蛋。你这个混蛋!你以为我不知道?你想将我带离……"这时一辆房屋般大小的搬家卡车驶过,我没听见他接下去的话。"……你以为你能将我带离他。但是你会来到我的身边。到最后……你也会到他身边来,因为你必须这样。你这个混蛋,你将会乞求怜悯,你将会匍匐在地上……"

帕里啜泣着,说不出话来了。他向我走近一步,但一辆汽车从马路中央疾驰而来,一路车笛鸣声大作,迫使他后退,而多普勒效应也使他的哀鸣被喇叭声压了下去。当他大声喊叫时,尽管我对他心怀敌意和反感,我一度几乎又可怜起他来。也许那不只是悲伤。看见他被困在路中央不停吼叫着,我感觉松了口气,因为那个人不是我,那种感觉就和看见一个醉汉或是精神分裂症患者在指挥交通时那样。我还在想,他的状况过于极端,对现实的构想如此扭曲,因此他伤害不了我。他需要帮助,但不会是我去帮他。这个想法和刚才那份空想的愿望并行不悖,我还是希望看到这个惹人厌的家伙被碾扁在柏油马路上。

听他叫嚷的时候,我的脑子里又冒出了第三股思绪和感觉。这份灵感来自于一个词汇,而这个词被他使用了两次:"信号"。每听到它一次,先前让我烦恼的那条窗帘就会扰动起来,两个词合成了一个基础的语法结构:用作信号的窗帘。现在我比以前更接近真相了。我几乎就要想起来了。一栋豪邸,一处著名的伦敦住宅,窗前的帘子被用来传递联络……

对这些脆弱的联想的苦苦探寻,令我想起了我书房里的窗帘,然后又想到了整间书房。我想到的不是它的舒适,不是那台灯的羊皮灯罩里发出的光线,不是布哈拉地毯上鲜亮的红色和蓝色,也不是我那幅夏加尔①油画仿制品(《躺着的诗人》,1915年)里的海底风格色调,而是那些填满了五个搁架、堆了整整一面墙的约百来英寸长的箱装文件,带标签的黑色箱子中塞满了剪报;在书房的另一面,在朝南开的窗户边,有台像小型摩天楼似的硬盘驱动器,里面存储着 3G 大小的数据,等着帮助我在这栋豪宅与"窗帘"、"信号"这两个词之间建立联系。

我想起了克拉莉莎,心里突然涌起一股欢悦的爱意,感觉要解决我们的争吵似乎也很容易——不是因为我态度恶劣或是做错了事,而是因为我的正确是如此显而易见又无可辩驳,只是她弄错了。我必须回去啊。

雨还在下,但已经小了些。前方两百码外路口的交通灯信号已经改变,从前进车流的状态来看,再过几秒钟帕里就有机会穿过马路了。于是我抛下了他,任他掩面而泣。他肯定没有看见我转过身,迈着轻快的脚步沿着一条狭窄的住宅区小道慢跑而下。即使凄凉的他想快跑追上我,我也可以在街区里曲里拐弯,不出一分钟就能甩掉他。

---

① 马克·夏加尔(Marc Chagall, 1887—1985):白俄罗斯裔法国画家、版画家和设计师,以其梦幻式的奇特意象和色彩亮丽的帆布油画而闻名。

第十一章

亲爱的乔:

我感觉幸福如同电流在我的体内流淌。我一合上眼,就能看见你昨晚在雨中的样子,虽然隔着马路,但我们之间那份无言的爱却有如钢缆一般强韧。我合上眼,大声感谢上帝赐予你生命,感谢他让我也同时存在于这个有你的世界中,感谢他让我们之间展开这段奇特的冒险。对我们之间发生的每一件小事,我都对他心怀感激。今早我醒来,看见一轮正圆形的日光投射在床边的墙壁上,我感谢他也让这轮日光照在你的身上!就像昨晚淋湿你的那场雨同样也淋湿了我,并将我们联系在一起。我赞美上帝,感谢他让我来到你的身边。我知道,我们会面对困难和痛苦,但他让我们所走的这条路之所以艰难,是有其意旨的。他的意旨!它考验我们,让我们变得坚强,并终将给我们带来更大的喜悦。

我知道我欠你一句对不起,但这句话实在太微不足道了。我赤裸裸地站在你面前,毫无设防,任凭你来处置,祈求你的原谅。因为从一开始,你就感受到了我们之间的爱情。当他坠落之后,在那座山丘上,在我们俩目光交会的那一瞬间,你就认出了它,认出了爱的一切真谛、力量和祝福,而我却迟钝愚笨,否认它,试图避开它以求自保,试图装作这一切从来没有发生、也不可能像这样发生,而你通过每一个眼神和动作想向我表达的一切,我却熟视无睹。我原以为,自己尾随你走下山丘,向你建议我们一起祈祷,就足够了。当时你生我的气是对的,因为我没有看见你已经看出来的东西。发生的事情如此明显,我为什么还要拒绝承认呢?你一定觉得我实在太不敏感,是一个十足的大傻瓜。当时你转身走开,离我而去,你这么做是对的。直到现在,每当我回想起你开始走上山坡的那一刻,想起你那垂垮的肩膀和沉重的脚步,以及从中透露出的那份遭受拒绝的失望,我就会大声埋怨自己的所作所为。我真是个大傻瓜!我差点就害我们失去那份共同拥有的东西。乔,以上帝的名义,请你原谅我。

现在,至少你知道了,我已经明白了你的心意。尽管你受到自身处境的限制,而且也很体贴地照顾着克拉莉莎的感情,你还是以别人的耳目都无法截取的方式欢迎了我,只有我才能了解那些方式。你知道我一定会来找你。你一直都在等我。所以那天深夜,一旦我明白了你用眼神对我说的话,我就必须打电话给你。当你拿起话筒的时候,我听出你松了一口气。你在沉默中接受了我的讯息,但别以为我没意识到你内心的那份感激之情。放下电话后,我不禁喜极而泣,而我猜电话那头的你也是一样。现在,人生终于可以开始了。所有的等待、孤独和祈祷终于开花结果了,我跪下身,一遍又一遍地感谢上帝,直至拂晓。那一晚你睡着了吗?我想应该没有。你一定是躺在黑暗之中,无法入眠,听着克拉莉莎的呼吸声,心里思索着这一切会把我们带往何方。

乔,现在你真的开始了一件不得了的事情!

我们有如此之多的话需要向对方倾吐,有好多事情都需要抓紧去弥补。对海床的探索已经开始,而海面却依旧平静。我此刻试图告诉你的是,你已经看到了我的灵魂(这一点我很肯定),你也知道如何深入我的内心世界,但你对我日常生活的细节几乎一无所知——我如何生活,我住在哪里,我的过去,我的故事。我知道,这些只是我生活的外衣,但我们的爱必须包含这一切。关于你的生活,我已经知道很多了。我已经将了解它当作我的工作,我的使命。你已经把我拉进了你的日常生活,并要求我去理解它。事实上,对你的一切我都无法抗拒。如果我参加关于你的考试,我一定会名列前茅,一样东西都不会弄错的。你会为我感到非常骄傲!

那么,来说说我的生活外衣吧。我有一栋房子,我知道在不久的将来,在某一天,你也会到这里来。这栋房子很美,它位于霍格劳街的一处拐弯路口旁,四周被草坪围绕,中央有一片私家庭院,外面没人能看见,就算他们走进大门(除了邮差以外几乎没有人进来过)、直接来到前门口也是如此。这里是法国某幢豪华建筑的缩影,甚至还带有褪色

117

的绿色百叶窗,屋顶上还有一个小公鸡状的风向标。这座房子是我母亲——她四年前死于癌症——从她的姐姐那里继承过来的,而我的姨妈刚从离婚协议中得到它不久,就在几星期后死于车祸。之所以告诉你这些,是因为我不希望你对我们的家庭留下错误的印象。我的姨妈嫁给了一个靠炒作房地产暴富的骗子,婚姻很不美满,不过我们家其他的成员都是靠普通职业谋生。我八岁那年父亲就去世了。我有个姐姐在澳大利亚,但母亲过世后我们就联络不上她了,而遗嘱上不知为何也没提到她。我有一群从未谋面的堂表亲,就我所知,我是我们家族中唯一一个在十六岁以后接受过正规教育的人。所以,这就是我,一座自家城堡的国王,上帝将这座城堡赐予我,自有他的意旨。

我能感觉到,四周都充满了你的存在。我不想再打电话给你了,有克拉莉莎在,会令人很尴尬,而写信可以让我感觉更接近你。我想象着你坐在我身边,看着我所看见的景色。此刻,我正坐在阳台上的一张小木桌旁,头上有顶棚,阳台从我的书房向外延伸,往外可以俯瞰中庭内院。雨水滴落在两株开花的樱桃树上,其中一株的枝条长得伸过栏杆,近得让我可以看见雨水形成椭圆形的水珠,透出花瓣那浅粉红的色彩。爱给了我一双新的眼睛,我的视野变得如此清晰,如此细致入微。老旧木柱上的纹路,下方湿润草坪上的每一片草叶,一分钟前在我手上爬过的小瓢虫那让人发痒的细小黑腿。我看到的每一样东西都让我忍不住想去触碰抚摸。我终于苏醒了。我感到自己如此生机勃勃,对爱的气息是如此敏感。

说到触碰和湿润的草叶,这让我不禁想起,当你昨晚走出家门时,你用一只手拂过树篱的顶端——起初我并不明白。我沿着那条小径走过去,伸手触摸你刚碰过的那些叶子,对每一片我都细心感受。我震惊不已,因为我意识到,那感觉和你没碰过的叶子不一样。这些湿叶闪烁着微光,从叶尖上向我的手指传来一种灼烧感。然后我明白了。你用某种特定的方式触碰了它们,以某种模式传递出了一个简单的讯息。你真的以为我会错过它吗,乔!这么简单,这么聪明,这样充满爱意。透过雨水、树叶和肌肤,以上帝创造的每一缕感官来感受那灼热的触觉,听见爱的呼声,这是何等的美妙啊!我本可以惊喜地在那里站上一个小时,但是我不想被甩在后面。我想知道在雨中你要带我前往何方。

不过还是让我回到海面上,继续讲述我的生活吧。我以前在莱斯特广场附近的某个地方给外国人教英语。这份工作尚可忍受,但我和其他老师们实际上总是有点合不来。他们身上普遍存在的轻佻让我很是不满。我想他们背地里一直在对我指手画脚,因为我很在乎自己的宗教信仰——这一点如今可不时髦!那笔财产和那栋房子一归入我的名下,我就辞去了那份工作,搬进了新家。我想自己这是在退隐江湖——伺机等待。我心里一直非常清楚,这处美得惊人的地方会交到我的手上,是有其意旨的。一个星期前,我还住在阿诺斯路上一座破旧的单身公寓里，现在，我却置身于汉普斯特的一座城堡中，银行里还存有一小笔钱财。我相信这是冥冥之中安排好的，而我的职责，我想（时间也证明我是对的）就是保持镇静，留意静默，随时做好准备。我祈祷、冥思，有时会在乡间漫步很长一段时间，我知道，他的意旨终有一天会向我们显现。我的责任就是用心去倾听感知，迎接那头一个征兆。尽管我做了这么多的准备，我却还是错过了它！在那座山丘上，当我们眼神交会的时候，我就应该知道的。直到那天晚上我回到家中，回归这里的沉默和孤独之后，我才开始明白过来，于是我打了电话给你……可到目前我只是在徒劳地兜圈子！

这座房子在等你，乔。藏书室，桌球房，有着漂亮的壁炉和大号的老沙发的起居室。我们甚至还拥有一座小型电影院（当然，看的是录像带），还有一间健身房和桑拿房。当然，我们面临的障碍如同山峦绵亘在前方！其中最大的障碍是：你拒绝相信上帝。但我已经看穿了这一点，而你也知道。事实上，这很可能也在你的计划之中。这是你跟我玩的一个游戏，半是诱惑，半是折磨。你是想试探我信仰的限度。我能这么轻松地看透你的意图，你是否觉得很可怕？我希望这能让你兴奋激动，就像你用那些讯息引导我那样，它们让我兴奋，犹如密码直接敲入我的灵魂。我知道你会皈依上帝，就像我知道我背负的意旨是通过爱领引你走到上帝身边。或者，换种说法来讲，我要用爱的治愈力量填补

120

你与上帝之间的隔阂。

乔，乔，乔……我承认，我把你的名字写满了五页纸。你可以笑我——但别笑得太厉害。你可以对我残忍——但也不要太过分。在我们玩的这场游戏背后有一项意旨，它不是我们能够去质疑的。我们一起所做的每件事情，我们所成为的一切，都在上帝的眷顾之中，我们这份爱的存在、形式和意义也都来自于他的爱。我们还有好多话要说，还有许多微妙的细节要谈。我们还要好好讨论一下关于克拉莉莎的事情。我想这件事应该由你来做主，让我知道你觉得该怎么办最好。你想让我和她谈一谈吗？我会非常乐意这么做的。当然了，我说的乐意不是指我很高兴，而是说我会有所准备。或者我们三个人应该一起坐下来，把事情好好说清楚？我确信会有办法能处理好这件事，减轻她的痛苦。但这必须由你主导，我会等你的消息，看你决定怎么做最好。写这封信时，我一直能感觉到，你就在我的肘边。雨已经停了，鸟儿们又开始了歌唱，空气变得更加清新。结束这封信就像一场别离。我禁不住觉得，每次我离开你，都会让你感到失望。我永远不会忘记在山脚下的那一刻，当时你以为遭到拒绝而转身离我而去，错愕于我拒绝在第一时间认出我们之间的爱。我永远不会停止向你说抱歉的。乔，你愿意原谅我吗？

杰德

121

第十二章

我在科学领域是个失败者，是个依赖于他人成果的寄生虫和边缘人——这种感觉并没有从我身上消失。事实上它从未消失过。我又像以前那样躁动不安了，也许是因为洛根的坠落，也许是被帕里骚扰所致，或许要归咎于出现在我和克拉莉莎之间的一道细微的情感裂痕。显然，困坐在书房里苦思冥想，并不能帮助我找到不安的源头或者解决办法。二十年前，我也许会花钱请个职业心理医生听我唠叨，但曾几何时，我已经对谈话疗法失去了信心。在我看来，那只是一桩让人假充时髦的骗局。如今我更喜欢开车解闷。在我收到帕里的第一封信的几天后，我开车前往牛津，去探望洛根的遗孀，琼。

那天清晨，公路上异常空荡，天色灰暗，光线平均，能见度也不错，而且我还是顺风，风力颇强。在陡崖前的那段平坦高地上，我几乎飙到了限速的两倍。这样势不可挡向前猛冲的高速飙行，使我必须拨出四分之一的注意力去瞟后视镜（小心警察，留神帕里），同时还要保持飙车时精神高度集中，这种状态让我感到情绪平稳，并带给我一种心灵得到净化的错觉。在距事故现场北面三英里远的地方，我沿着公路向下穿过白垩路堑，牛津

122

谷宛如一幅异乡画卷般铺展在我的眼前。在这片平坦朦胧的绿意之中，与我相隔十六英里、关在一栋维多利亚式的大房子里的，就是我此行要探望的那位伤心寡妇。我把车速降到七十，给自己更多一点时间回忆思索。

关于窗帘信号，我曾在资料库中进行过一次拉网式搜索，结果一无所获。我还随机地打开了几箱剪报档案查找，但由于没有明确的方向引导，半个小时以后我就放弃了。我曾经在什么地方读到过关于用窗帘作信号的故事，而且它和帕里有些关联。我想自己最好还是停止主动探究，希望更强烈的联想能帮助我的记忆突破重围，也许会在梦中给我答案。

我和克拉莉莎的情形也没好到哪儿去。没错，我们仍然交谈，态度亲切友善，早晨上班之前我们甚至还仓促地爱抚过一阵。吃早饭时，我读了帕里的信，然后把信递给她。她似乎与我同感，也认为帕里是个疯子，而我感觉受到骚扰是顺理成章的。我用了"似乎"这个字眼，是因为她显得并不是那么真心诚意，就算她说过我是对的——我想她的确这样说过——她也始终没有真正承认自己以前犯了错。我感觉她心里还有其他想法，没有做出最后决定；可我问她时，她又否认了这一点。她皱着眉头读了那封信，读到某处时还顿了一下，抬起头看着我，说："他的文笔还挺像你的嘛。"

然后她问我，我到底对帕里说了些什么。

"我叫他滚开。"我说，口气或许过激了些。她再次问起时，我气恼地抬高了嗓门。"你看看他说的树篱里有讯息那一段！

他发疯了,难道你看不出来吗?"

"看出来了。"她轻轻地说,然后继续读信。我想,我知道是什么在困扰她——是帕里那狡猾的伎俩,他在暗示我和他之间有段过去,有张契约,有种私通,有份用眼神和手势传递讯息的秘密生活,而我的否认似乎跟做贼心虚的否认没有什么两样,正好说明这一切都是真的。要是我没有什么好隐瞒的,我又何必这样着急?在读到信末倒数第二页上"关于克拉莉莎的事情"那一段的时候,她停了下来,没有看我,而是扭头看向一边,慢慢深吸了一口气。她放下一直捏在手中的信纸,用指尖触了触眉头。我暗自心想,她并不是相信帕里,只是他在信中如此狂热地相信自我,如此毫不做作、直截了当地表露情感——他显然的确体验到了他所描述的那些感觉——这就一定会使人相应地产生某些自动反应。就连一部烂电影也还会让人泫然泪下咧。有些深邃的情绪反应会摆脱高级理性思维的控制,迫使我们去扮演自己的角色,不论它和实际情况相差多远——我是个因秘密恋情被曝光而愤恨不已的情人,克拉莉莎是个遭到残忍背叛的女子。但当我试着说出这样的想法时,她看着我,轻轻摇头,显出对我的愚笨感到惊奇的样子。那封信的最后几行,她几乎连看都没看。

她突然站起身。我问:"你要去哪儿?"

"我得准备上班了。"她匆匆走出房间,我感觉对这件事我们不了了之了。我们应该团结一致,相互慰藉;我们应该肩并肩,背靠背,保护彼此,抵制这一侵犯我们隐私的企图。可是,这下子,我们好像已经被侵犯了。她回来时,我正想对她这样说,她却兴冲冲地吻了吻我的嘴唇。我们情意缱绻,在厨房里拥抱了整整一分钟。我们是在一起呀,我可没必要说出那番话。然后她挣脱身子,抓起外套,离开了。我想,我们之间还残留着一段模糊不清的分歧,尽管我不能确定那到底是什么。

我在厨房中逗留,清理好餐碟,喝完咖啡,然后收起那封信——出于某种原因,我把那些蓝色的小纸页和受教育程度不高联系在了一起。我们俩之间的和谐关系已经毫不费力地维持了数年光阴,现在在我看来,它却突然变成了一座煞费辛苦精心搭造的建筑,保持着微妙的平衡,就像一架古老的旅行钟。我们正在丧失让我们和谐相处的诀窍,或者说让我们不用过分操心就能继续幸福生活的诀窍。近些天来,我每次对克拉莉莎说话,都会意识到自己的言谈可能会造成什么后果。我是否在给她留下一种印象,让她以为帕里的单相思令我暗暗窃喜,或者我无意识中正在引导他继续下去,或者是我没有认清事实,正不知不觉地享受着自己控制他的权力,或者是——也许她是这样想的——控制她的权力?

自我意识是情欲欢悦的毁灭者。一个半小时前,我们俩在床上的表现就乏善可陈,仿佛在我们的黏膜之间隔着一层细薄的灰尘或沙砾,或者是和此物相对应的精神隔阂,却像海滩上的□□样真实可触。克拉莉莎走后,我坐在厨房里,脑中罗列出□□□心理到生理上导致房事不悦的悲哀因素——糟糕的想法,低落的性欲,稀缺的润滑——还有疼痛。

这些糟糕的想法有哪些呢？其中之一就是，我怀疑，在不受逻辑责任管辖的情绪领域中，克拉莉莎认为：帕里的问题是我自己造成的。他是只有我才能召唤出的幽灵，出自我那混乱而不健全的性格，而这种性格被她温柔地称为"天真无邪"。是我把他带到了我们中间，是我把他留在那里的，即使我口口声声地否认与他的关系。

克拉莉莎说我这样的想法是错的，或者是荒唐可笑的，但除此以外她并没多讲自己的态度究竟如何。那天早上，我们穿衣服时，她倒是谈起了我的态度。我很烦恼，她说。当时我正在穿皮鞋，便没有插嘴。她说，她不喜欢看到我又被那"返回科学界"的执念纠缠，因为我明明拥有一份如此值得享受的工作，而且又做得这样得心应手。她想要帮我，但在短短两天的时间里，我把全部心思都投在了帕里身上，人变得如此躁动，如此狂热，如此……她顿了一秒，寻找着合适的字眼。当时她正站在门口，腰间系着一条带有丝质衬里的褶裙。晨光中，她那白皙的肌肤让她的双眼看上去更加碧绿。她风致韵绝，仿佛遥不可及，而她选择的那个字眼更加强了这一印象。"……孤独啊，乔。在这整件事里你都是如此孤独，就连你对我说话的时候也一样。我觉得你把我关在了外面，你对我有所隐瞒，没有对我说出你的真心话。"

我只是看着她。在这种时候，要么是我一直就在置腹，要么就是我从来没有对她敞开心扉，而且也不做真心话。不过，当时我所想到的并不是这些。我刚认识她时经常冒出的一个意念:像我这么一个块头过大、长相平庸的傻大个,是怎么赢得这位白皙美女的芳心的呢? 然后一个新的坏念头飘然而至:她是不是觉得跟我在一起生活有些吃亏了呢?

她正要离开卧室走进厨房,那时我们都还不知道,帕里的信正等在那里。她误解了我的表情。她没有对我横加指责,而是恳求道:"我是说,就像你现在看我的样子。你在盘算着一些我永远无法知道的事情。就像你心里藏着两套复式账本,你认为这是接近事实的最好方式。可你难道不明白吗,这样做会让你自我封闭?"

我知道,就算我现在告诉她"我刚才只是在想你是那么可爱,我根本配不上你",她也是不会相信的。正因为这样,我在站起身时,心中不禁就想:也许是她才配不上我呢。好吧。收支平衡,复式记录。她说得对,而且加倍地对,因为我之前什么也没说,她也就永远无从知晓真相。我对她笑了笑,说:"我们吃早饭时再谈吧。"但后来我们谈的是帕里的信,而且谈话也不顺利。

在克拉莉莎离开家门、我清理好餐桌以后,我继续端着微热的咖啡坐在厨房里,把帕里的信塞回信封中。信封又紧又小,仿佛装着正在入侵我们家园的病毒孢子。更多的坏念头冒将出来:这其实只是个白日梦,但我得让它继续做下去啊。我突然想到,克拉莉莎是在拿帕里当幌子。毕竟,她对这件事的反应很奇怪,好像是在把我和帕里扯到一起,让困难加剧。这该怎么解释呢? 她是不是开始后悔和我一起生活了? 她会不会另有新欢?

如果她想离开我,那么,如果她能说服自己相信我和帕里之间真的有些什么关系,和我分手就会比较容易。她是不是有了情人?工作中认识的? 同事? 学生? 这会不会是一起不自觉的自我说服的典型案例呢?

我站起身。自我说服是进化心理学家们很爱用的一个概念。我曾为一家澳洲杂志写过一篇这方面的文章。那完全是人们坐在扶手椅上空想出来的科学,其理论如下:如果你在集体中生活——人类向来就是如此——那么,说服别人相信你的个人利益和需求,对你的福祉就至关重要。有时你必须利用狡猾的手段。很明显,最能让人信服的方法就是先说服自己,这样一来,你甚至根本不需要假装相信自己的话。倾向于自欺欺人的个体繁衍兴旺,其个人基因也由此流传下来。于是,我们吵闹争斗,因为我们特有的智慧永远服务于我们的特殊需求,而对我们自身的弱点故意视而不见。

穿过厨房时,我可以问心无愧地说,我不知道自己要去哪里。我来到克拉莉莎的书房前,心里想的是要进去拿回我的订书机。当我穿过小房间走向她的书桌时,我可能还在告诉自己,我是想去看看今早送来的邮件里有没有我的其他几封信和她的混在了一起——这种情况有时确会发生。我需要越过一堵道德屏障,而我猜想,当时我所用的方法正是我归咎在她身上的自我说服。

这间书房并不如克拉莉莎原先设想的那样严肃。她在大学里有一间办公室,真正的工作都在那里进行。这间书房是一处中转站，是设在家和工作之间的一个抛售箱，里面堆满了论文、书籍和学生的作业。这里也是教子教女们的追踪站，她在这里回复他们的信件，包装送给他们的礼物，把他们的画作和礼物杂乱地堆在一起。她还来这间书房里填写账单，给朋友们写信。在她这里，总会有邮票和高级信封，还有去年在大型展览会上买到的明信片。

来到她的书桌前时，我还真的做出寻找订书机的动作：我在一张报纸下面找到了它。我甚至还快慰地微微叫了一声。我这样做，是不是因为在这个房间里有某种存在，有某位冷眼旁观的神明，而我希望能说服他呢？我做出这些姿态——不管是基因还是社会本性使然——是不是出于对明察秋毫之神的残余信仰呢？我的表演，以及我的诚实、天真和自尊，在我将订书机塞进口袋后的那一刻轰然瓦解，但我并没有离开房间，而是继续翻看着书桌上的杂物。

当然，我再也无法否认自己的所作所为。我对自己辩解道，我这是在解开绳结，把光明和理解带进这一团未曾言明的混乱之中。虽然这样做很痛苦，但我必须去做。我要将克拉莉莎从她自己的错误想法中拯救出来，同时，我也要摆脱帕里的执念。我要重塑我们之间的感情，重塑这一份让我和克拉莉莎多年来茁壮成长的爱意。如果我的怀疑实际上并没有什么根据，那么能把它们抛在脑后也是十分重要的。我拉开了她存放近期信件的抽屉。每一个连续的动作，每一刻更为深入的渗透，都越来越鲁莽，我也愈发不在乎自己的恶劣行径。某种东西正在形成，又紧又硬,像一面屏风,一副外壳,保护我不受自己良心的谴责。围绕着一个不完整的公正概念,我的合理化解释浑然成形:我有权知道是什么扭曲了克拉莉莎对帕里的反应,是什么阻止了她站在我这一边。莫非是某个狗日的性感淫荡、蓄着胡须的臭屁研究生?我从抽屉里拿起一只信封,邮戳是三天前盖的,正面用故意显得杂乱的小号斜体字写着地址。信封里只有一页信纸,我把它抽了出来,光是信首的称谓就叫我心头一紧:亲爱的克拉莉莎。可这封信无关紧要,不过是她从前的一位女同学聊聊家长里短。我挑了另一封信——是她的教父,声名显赫的凯尔教授,他邀请我们在她生日那天去饭馆共进午餐。这件事我已经知道。我瞥了瞥第三封信,是卢克寄来的,然后是第四封、第五封,它们都清白得让人无可厚非,这令我自讨无趣。我又看了三封信。这一封封信蕴涵着一位女人——你声称你所爱慕的女人——的一生:忙忙碌碌,聪慧颖悟,怜恤矜悯,目迷五色。你在这里干什么啊?想用你的毒药玷污我们的爱情吗!滚出去!我正想动手再打开最后一封信,但马上又改变了主意。让我觉得自己十分可恶的是,在我退出房间的时候,我居然还摸了摸口袋,以确认——或者说是给人留下我在确认的印象——订书机还在里面。

海丁顿区如往常一样嘈杂混乱,开进这里时,我被堵在了车流之中。在红绿灯前方,一组施工维修队占用了部分路面,而现在又有一辆双层巴士在此抛锚,挡住了通道。车辆必须排队等待,依次挤过隘口。我对克拉莉莎信件的偷窥是一座路标,标志着我们之间的关系正在走下坡路,而帕里的阴险计谋正在得逞。当天晚上,在克拉莉莎回家时,她的态度很友善,甚至还很活泼,而我却对自己的行为感到十分羞愧,无法放松。我的良心更加不安了。现在我真的有事情瞒着她了。我已经一再跨越了我自己那份纯真的界限。

翌日清晨,我独自坐在书房里,打开老教授的来信,发觉纯真的梦想已顿然破灭,仿佛祸不单行,因为信中说,我不可能在系里寻到一个职位。不仅仅是因为在录用程序上和纯科学研究预算被削减方面的问题,更因为我所提出的虚光子研究计划纯属多余。"我要向你保证,这不是因为我们已经找到了答案,而是因为在过去的五年间,相关问题的架构已经发生了大幅变化。这番重新定义似乎已经和你擦肩而过了。乔瑟夫,你目前的事业还是非常成功的,我劝你还是继续干好老本行吧。"

我被困在了原地。在海丁顿大街上,我在车里枯坐了二十五分钟,等待轮到我经过抛锚的巴士。我看着人们从银行、药店和音像店里进进出出。再过不到一刻钟,我就会抵达洛根太太家的门外,而我却还不知道自己想说什么。我到这里来,动机已经不再明确了。起先,我是想告诉她,她的丈夫是何等英勇无畏,生怕其他人疏忽了;但在事故发生后,报上已对他的勇敢作了报道。刚才我打电话给她时,她听上去很平静,并说我去她很高兴,而这似乎就足以构成来访的理由。当时我想,就让一切顺其自然吧,但现在快到目的地时,我却又不那么确定了。今天早上,想到我要离开家门、驱车驶出这座城市,我的心情很愉快。

现在这种感觉已经消失殆尽。我和真实的悲伤有个约会,而我仍感到困惑不已。

　　这是一座位于北牛津花园郊区深处的半独立式排屋,四周种满了新绿植物。我有个想法:有朝一日,我们会重新发现,维多利亚时代风格的家居建筑有多么丑陋;而在此之前,我们必须首先作出定义,判断在我们这个时代中,什么样的房屋才算设计美观。到现在为止,由于我们还找不出更好的范例,所以维多利亚时代风格的房屋也还算是不错的。下车时,我的脑部供血可能略有减少,思绪也因而往回漂移。我不相信自己了,我心想。自从侵犯了克拉莉莎的隐私以后,我就不相信自己了。我在大门前停住脚步。房门前是一条砖石小径,两侧种满了蒲公英和蓝铃花。我很容易便作出假想:从这座房子里透出的悲伤气息,只是我个人的心理映射罢了。我还亲自寻找起征兆:花园无人料理,楼上两扇窗户的窗帘紧闭,门前的台阶下有些玻璃碎片,也许是打破的牛奶瓶。我不相信自己。我按响了门铃,同时心里还在想着那只订书机,以及我们为了满足自己可以做出多么虚伪的举动。我听见屋里传出一丝动静。我到这里来,不是为了告诉洛根太太她丈夫有多勇敢。我到这里来,是为了向她解释,是为了确认自己无罪,确认自己不用为他的死内疚自咎。

第十三章

前来开门的女人见到我很吃惊,我们足足对视了两秒,然后我赶紧提醒她,我们曾经约好在今天见面。与我对视的那双眼睛又小又干,没有因悲伤而红肿,却已凹陷下去,因疲惫而显得呆滞无神。她看上去仿佛身处远方,独自待在极端恶劣的天气里,就像一位孤独的北极探险家。她给门口带来了一股温暖的家居味道,我想她刚才可能一直在和衣而睡。她戴着一条长长的琥珀项链,每块琥珀的形状大小不一,她的左手局促不安地缠绕着项链。在整个探访过程中,她一直用食指和大拇指滚弄把玩着项链上最小的一块琥珀。我开口后,她说:"当然,当然。"然后她神清气爽,豪迈地把房门开得更大些。

多年来,我曾造访过许多理科教授,因此我对牛津北部这种房屋的内部结构了如指掌。现在,由于郊区正被非学术界的人士逐渐买下,这种房子已经愈发少见。房子在五十或是六十年代作了改建,随后书籍和家具搬了进来——此后就再也不曾改变。除了棕色和奶油色以外,没有其他颜色;没有图案,没有风格,也没有舒适可言;冬天里也几乎没有一丝暖意;甚至连灯光也呈棕色,与潮湿、煤灰和肥皂的味道合而为一。卧室里没有通暖气,整座房子里似乎只有一部电话,还是转盘式的呢,装在门厅里,周围没放任何座椅。地上铺着油布,墙上爬着脏兮兮的电线,从厨房里传出煤气的臭味,还可以瞥见金属架承托的三合板上放着一瓶瓶棕色和红色的酱汁。过去人们曾经认为这种寒酸简朴正适合知识分子的生活,符合英国实用主义的精神,毫不花哨,只剩下基本的必需品,剩下远离商店的大学世界。在它的那个年代,这种房子可能给老一代爱德华时期式样的累赘建筑带来了冲击。现在,这里的环境俨然最适用于悲伤场合。

琼·洛根引着我来到一间拥挤的后房,这个房间面对着一片带有围墙的大花园,园中一棵正在开花的樱桃树最为显眼。她僵硬地弯下腰,从地上捡起双人沙发旁边的一条毛毯,沙发上的靠垫和盖布缠在一起,扭曲凌乱。她用双手把毛毯卷成一团搁在肚子上,一边问我要不要喝茶。我猜想,我按响门铃的时候她正在睡觉,或者正躺在毛毯下面发着呆。我表示愿意到厨房里帮忙,她不耐烦地笑了笑,叫我坐下。

空气异常浓重,让人呼吸都感到格外吃力。煤气炉点着,火光发黄,很可能在泄漏一氧化碳。让空气浓重的除了一氧化碳,还有压抑的悲伤。琼·洛根走出房间后,我调了调炉火,但不管用,于是我把落地窗往外推开一英寸左右,然后摆好靠垫,重新坐下。

这间屋子里没有任何孩子们生活的迹象。一架立式钢琴塞在一处壁龛里,被书籍和一堆堆的杂志及学术期刊重重压住,钢琴上的烛台中插着几根枯枝,也许是去年的花蕾。烟囱柱腰两侧的书清一色都是吉本、麦考莱、卡莱尔、特里维廉和拉斯金等人①的作品全集。一侧墙边放着一张深色皮革制的躺椅,躺椅一侧有道口子,里面填塞着发黄的报纸。地板上铺着好几层褪色磨损的小地毯。两把椅子安置在沙发对面,面对那散发着毒气的煤气火焰,我想它们是四十年代的设计,有高高的木头扶手和低矮的箱形座位。琼或约翰·洛根一定是原封不动地从父母那里继承了这幢房子。我暗自纳闷,这里的悲伤感是否在约翰·洛根生前就已存在。

琼端着两只工人用的马克杯回来了,杯里盛着茶水。这时我已经准备好了一小段开场白,但她在那张低矮难受的椅子边缘一坐下,便顾自打开了话匣子。

“我不知道你为何而来,”她说,“我倒希望不是为了满足你的好奇心。我们素不相识,所以,如果你不介意,我不想听你说那些哀悼安慰的话。”说这些话时,她断句简短,呼吸急促,尽力不添加任何感情,这反而更强烈地传达了情绪。为了软化这种效果,她勉强一笑,补充道:“我的意思是,我不想让你感到

---

① 爱德华·吉本(Edward Gibbon, 1737—1794),18世纪英国最伟大的历史学家,代表作《罗马帝国衰亡史》六卷;托马斯·麦考莱(Thomas Macaulay, 1800—1859),英国历史学家,政治家,代表作《自詹姆斯二世即位以来的英国史》(即《英国史》);托马斯·卡莱尔(Thomas Carlyle, 1795—1881),苏格兰的散文家和历史学家,英国19世纪著名史学家,主要作品《法国革命》、《论英雄、英雄崇拜和历史上的英雄业绩》、《过去与现在》等;乔治·特里维廉(George Trevelyan, 1876—1962),旧译屈维廉,英国史学家,擅长叙事和描绘人物,文笔生动,引人入胜,著有《威克利夫时代的英格兰》、《改革法案的格雷爵士》、《19世纪英国史,1782—1901》、《英格兰史》、《威廉四世的七年》等;约翰·拉斯金(John Ruskin, 1819—1900),19世纪英国艺术评论家,著有《现代画家》、《建筑学的七盏明灯》、《威尼斯城的石头》等作品。

尴尬。"

我点点头,想从手中那小桶般的陶瓷杯里吮口滚烫的热茶。对于正在承受丧夫之痛的她而言,这样的社交会面感觉一定就像醉酒驾车——很难衡量正确的谈话速度,很容易就会转向过猛。

很难把她放在丧夫之痛的情境之外来看。在她的浅蓝色开司米外套上,就在右胸下方,有一块棕色的污渍,这是哀伤之余无暇顾及仪容的结果呢,还是另有原因?她的头发很油腻,顺着头皮朝后拉去,挽成一个粗乱的髻,用一根红橡皮筋绑住。这也是因为哀伤所致,还是某种学院派的发型样式?我从报上的新闻里得知,她在牛津大学教历史。如果什么都不知道,只看她的脸,你也许会以为她是个不好动的人,正患着重感冒呢。她鼻子尖尖,鼻头、鼻翼和鼻孔周围在湿纸巾的摩擦下变得发红(我已经看到脚边地板上的那个空纸盒了)。但她的脸挺迷人,近乎美丽,也近乎平凡,呈现出苍白素净的长椭圆形。她的嘴唇很薄,眉毛和睫毛淡得几乎看不见,眼睛里带着难以判定如沙土般的浅棕色。她给人留下了一种印象,让人觉得她个性独立,却又很容易发火。

我对她说:"我不知道其他人——其他当时在场的人——有没有来看过你。我猜应该没有吧。我知道,你不需要我来告诉你,你的丈夫是个非常勇敢的人,可是,关于事发当时的情况,也许你想知道吧。调查庭要再过六个星期才能开庭……"

我嗓门渐渐低了下去,不太确定自己为什么会想到验尸调查。琼·洛根仍坐在椅子边缘,缩起肩膀,向前捧着马克杯,呼吸着杯中升腾到她脸上的热气,也许是为了熏熏眼睛舒服一下吧。她说:"你以为我想要重温他丢掉性命的细节吧。"

她话中的酸楚令我一惊,我不禁与她四目相对。"也许有些事情你想知道。"我说,一边将语速放得更慢。面对她的敌意我倒反而比较自在,不像她的悲哀让我觉得尴尬……

"我是想知道一些事情。"琼·洛根说,她的话音中突然充满怒气。"我有一大堆问题要问各种各样的人呢,但我认为他们不会给我任何答案。他们甚至会装模作样听不明白我的问题。"她顿了顿,忍气吞声。我仿佛在中途跳进了她的脑海里,听到了那个一再重复的声音,听见那整夜折磨她的思绪。她的讽刺太戏剧性、太有力了,我感觉到了那讽刺背后让人筋疲力尽的一再重复所带来的沉重感。"当然,发疯的是我。我无足轻重,碍手碍脚的。我的问题不便回答,因为它们和故事不一致。行啦,行啦,洛根太太!那些跟你无关而且反正也不重要的事情,你就别瞎操心啦。我们知道他是你丈夫,是你孩子们的父亲,可是,是我们在管事呀,请别来碍事……"

"父亲"和"孩子",这两个字眼让她受不了啦。她放下茶杯,从毛衣衣袖里抓出一团纸巾,按在两眼中间揉搓着。她想从椅子里站起来,却因为座板高度太低而未能起身。我感受到了当房中的所有情绪为一人独占时那种令人麻木的中立感。此时此刻,我别无办法,只能耐心等待。我想,像她这样的女人,可能讨厌被别人看到自己在哭泣,但近来她大概也得习惯这一点了。

我将目光越过她,望进花园,穿过樱桃树,看见了孩子们存在的第一个迹象:在一小块草坪上,搭着一顶像北极的圆顶冰屋那样的棕色帐篷,半遮半掩在灌木丛后面,帐篷一侧的支柱都已倒地,帐身逐渐向花坛倾斜,显出一幅遭人遗弃、被水浸透的惨淡光景。这是他在死前不久为他们搭建的呢,还是他们自己把它搭了起来,想重拾在这幢房屋里久违了的户外运动精神? 也许,他们需要某个可以一坐的地方,远离母亲的痛苦氛围。

琼·洛根陷入了沉默。她把双手紧握在身前,眼睛盯着地面——可以说,她仍然需要孑然独处。在她的鼻子和单薄上唇之间的皮肤已经磨得发红脱皮。我的麻木感消失了,心里只有一个简单的想法——我所看到的是一份爱,以及这份爱的毁灭所带来的缓慢痛苦。如果因为死亡,或者由于我自己的愚蠢,我失去了克拉莉莎,想象一下那将意味着什么吧。这个想法让我后背上涌起一股热辣辣的刺痛感,我觉得自己快要闷死在这缺氧的小房间里了。情况紧急,我必须赶回伦敦,去挽救我们的爱情。我还没有想好该如何行动,但我现在很乐意起身告退。琼·洛根抬起头,看着我说:"很抱歉。我很高兴你能来。你特地跑这一趟,太谢谢你了。"

我说了些老套的客气话。我大腿和手臂上的肌肉紧绷着,仿佛准备把我推出椅子,推回到梅达谷去。看到琼的悲伤,这让我自己的情况简单了不少,就像元素周期表上的单纯元素,充满了简单的理智判断:当爱情逝去时,你才会明白它是一份多么珍贵的礼物。你会像她现在这样饱尝哀苦。所以,回家去吧,努力留住这份爱吧。除此以外的一切，包括帕里在内，都无关紧要。

"是这样，有些事情我想知道……"

我们听见前门打开又合上了，门厅里传来了脚步声，但没有话音。她顿了顿，仿佛在等待召唤。然后，又是脚步声——好像有两个人正在上楼，她松了口气。她刚才正要告诉我或者问我某件重要的事情，我知道我不可能就此离开，而我的双腿也无法放松下来。我想向她提议去花园里，在盛开的鲜花下、在清新的空气中谈话。

她说："当时有人和我丈夫在一起。你注意到了吗？"

我摇了摇头。"有我的女友克拉莉莎，两个农场工人，一个男的叫……"

"他们我都知道。约翰停车的时候，车上另外有人。约翰下车时，那人也下了车。"

"他是从原野的另一头过来的。直到我们都朝气球跑过去的时候我才看见他。当时没有别人和他在一起，这点我敢肯定。"

琼·洛根并不满意。"你能看见他的车吗？"

"可以。"

"那你没看见有人站在车旁边观望？"

"如果有人的话，我会记得的。"

她把目光移向了别处。这些都不是她想要的答案。她换了一种"让我们重新开始"的口吻。我不介意。我是真心诚意地想帮助她。

"你记得车门开着吗?"

"是的。"

"一扇还是两扇?"

我犹豫不决了。脑海中的印象是,两扇车门都开着,但我不大确定,也不想把她引入歧途。这一点非同小可啊,也许关涉某一强烈的幻象。我不想再火上浇油。但最后,我还是硬着头皮说:"两扇吧。我不能百分之百肯定,但我想是两扇吧。"

"如果车上只有他一个人,那你想想,为什么两扇门都会开着呢?"

我耸了耸肩,等着她告诉我答案。她把项链上的那块琥珀转得更快了。痛苦的激动取代了悲伤。就连一无所知的我也看得出来,证实这一点会让她更加难过。她必须听到她不想知道的事情。但首先她有些问题要问,态度并不客气,说话像个咄咄逼人的辩护律师。此刻,我成了她发泄苦楚怨恨的替罪羊。

"告诉我,伦敦在这里的哪个方向?"

"东边。"

"奇特恩斯呢?"

"东边。"

她看着我,仿佛已经推断出了某项充分的证据。我保持不动声色,依然挂着一副乐于助人的神情。她别无选择,正亲自带着我走进她所经受的煎熬的中心。这么长的时间里,那份煎熬一直在她脑中挥之不去,现在还得说将出来,这让她几乎无法控制声调中流露出的烦躁不安:"伦敦离这里有多远?"

"五十五英里。"

"奇特恩斯呢?"

"大约二十。"

"从牛津开车到伦敦,你会走奇特恩斯吗?"

"呃,公路正好从它们中间穿过。"

"但如果你要去伦敦,你会走沃灵顿和周围一带的小路吗?"

"不会。"

琼·洛根紧盯着脚下那条磨光露白的波斯地毯,一心耽于自己的境遇中,沉溺在因无法与丈夫对质而永远无法解除的痛苦里。我听见楼上房间里有脚步声,还有一个女人或孩子的说话声。过了两三分钟,我说:"他那天本来在伦敦有事。"

她紧闭双眼,点了点头。"他要出席一场会议,"她小声说,"一场医学会议。"

我轻轻地清了清嗓子。"这件事很可能有个十分清白的解释。"

她仍然闭着眼,声音低沉而单调,仿佛正处于催眠状态下,追忆那不堪回首的一天。"是当地警察局的警长用抢修车把他的车拖回来的,因为他们找不着钥匙。钥匙本该在车上,或者在约翰的口袋里。所以我才往车里看。然后我问警长,你们有没有搜查过这辆车?有没有采集过指纹?而他说他们没有查看过,也没有采指纹。你知道为什么吗?因为没有发生犯罪⋯⋯"

她睁开双眼,想看看我是否听懂了话中的意涵,听懂了这句话有多么荒谬。我想我并没有听懂。我张嘴正要复述最后的那

141

个词,但她已经先开口了,大声重复道:

"犯罪！没有发生犯罪！"她猛然站起身,穿过房间,从一个书堆到齐腰高的角落里抓起一只塑料袋,走了回来,把它塞进我的手里。"你看吧。看啊。告诉我这是什么。"

这是一只白色的购物袋,袋的表面印着一幅画质粗糙的图案,图案中几个小孩子在一家超市的名字内外翩翩起舞。袋子很重,里面的不知什么物品沉甸甸地直往下坠。一拿起它,我就立刻意识到,里面散发出一股浓郁刺鼻的腐肉味。

"打开看啊。伤不了你的。"

我屏住呼吸,打开袋口,一时间没有认出里面是些什么东西。包着塑料包装纸的灰色糊状物,一个包裹着锡纸的球状物体,还有一方硬纸板上的一团棕褐色烂货。随后,我瞥见了深红色的东西,透过玻璃,这玩意儿显得有些扭曲,大部分都被纸遮住了。原来是一瓶酒,就是它使袋子如此沉重。接着,其他的一切物品都各就各位了。我看见了两只苹果。

"这是一顿野餐。"我说。我感到恶心想吐,却并不全是因为那股气味。

"这袋子放在乘客座位旁的地板上。他正打算和她一起去野餐,就在树林里的某个地方。"

"她?"我感觉自己这样说有些迂腐,但我想我应该继续抵御她那份幻想带给我的暗示力量。她正从裙子的口袋里往外掏什么东西。她接过我手上的袋子,又把一块小丝绸纱巾放进我手里,纱巾上印有格式化的灰黑色斑马条纹。

"闻闻这个。"她一边命令,一边小心地把袋子放回墙角。

丝巾闻起来咸咸的,像是眼泪或鼻涕的味道,抑或是琼攥紧的手中渗出的汗水的气味。

"深吸一口气。"她说。她居高临下地站在我身旁,态度执拗而严峻,一心希望我能与她同谋串通。

我把丝巾凑到面前,又闻了闻。"真抱歉,"我说,"我闻不出什么特别的味道嘛。"

"是玫瑰香水的气味。难道你闻不出来吗?"

她取回了丝巾。我已经不配再拿着它了。她说:"我这辈子从没用过玫瑰香水。我是在乘客座位上找到它的。"她坐了下来,好像在等我开口。她是不是觉得,因为我是个男人,所以我也就算参与了她丈夫的出轨行为,就该代替丈夫坦白一切呢?见我一言不发,她说:"听着,如果你看见了什么,请不要觉得你必须保护我。我需要知道。"

"洛根太太,我没看见有人和你丈夫在一起。"

"我曾请他们寻找车里的指纹。我能找到这个女人……"

"除非她有犯罪前科才行啊。"

她没听我的话。"我要知道他出轨有多久了,我得知道那意味着什么。你明白吧,是不是?"

我点点头,心想我可明白着呢。她得衡量自己的损失,得知道为何哀戚凄楚。她得知晓一切,并承受获知真相所带来的痛苦,尔后才能获得些许安宁。否则,她将饱受一无所知的折磨,会在怀疑、猜忌和噩梦中捱过余生。

"对不起。"我开口说，但她立刻打断了我的话。

"我非找到她不可，我必须和她谈谈。她一定目睹了整件事情，随后她就逃之夭夭了。她心神不宁，精神错乱。谁知道呢？"

我说："我倒是想啊，她说不定会跟你联系呢。她想来见你，不大可能忍得住的嘛。"

"如果她走近这座房子，"琼·洛根爽脆地说道，这时我们身后的房门开了，两个孩子走了进来。"我一定要杀了她。老天在上，我非杀了她不可。"

第十四章

有时,克拉莉莎略带感伤地对我说,我是可以成为一位出色的父亲的。她告诉我,我平易近人,有一说一,很会和小孩子打交道。我从未长时间地照看过小孩,因此从未经历过为人父母者自我牺牲的真火淬炼,不过,在倾听和交谈方面,我觉得自己还是很在行的。我和她的七个教子教女混得都挺熟。我们请他们来家里过周末,也带过其中几位出国度假,有一周里还曾一心一意地照顾了其中两个孩子——费莉西蒂和格蕾丝,都是会尿床的小姑娘——而她们父母当时正在闹离婚,吵得不可开交。我还对克拉莉莎年龄最大的教子起过某些作用,当时他十五岁,内心狂热,受了流行文化和愚蠢街头信条的蛊惑。我带他一起喝酒,陪他聊天,并劝说他打消了退学的念头。四年后,他在爱丁堡学医,干得还挺不错。

尽管如此,当我和孩子在一起时,我还是得掩饰内心的某种不安。我从孩子的眼中看到了自己,然后就会回想起自己小时候对大人的那种感觉。那时,在我看来,他们是一群灰色的人,喜欢坐而论道,热衷聒聒不休,习惯庸庸碌碌。我的父母,我父母的朋友,还有我的那些叔伯姑姨,他们的生活似乎都隶属于其他那些遥远而更为重要的人物。当然,对一个孩子而言,这只是一种局部定义。后来,我在某些大人的身上发现了尊严和绚烂的品质;再后来,这些品质(至少是前一种)也在我的父母和他们圈子里的大部分人身上显露了出来。可是,当我还是个精力旺盛、自以为是的十岁小男孩时,和一群大人同处一室会让我感到十分内疚,觉得应该把我在别处玩耍获得的快乐隐藏起来才算礼貌。每当上了年纪的人跟我说话——他们全都上了年纪——我都担心自己脸上流露出的是怜悯的表情。

因此,当我在椅子上转过身与洛根家的孩子们目光相对时,我看到自己在他们的眼中成了形——又是一个无趣的陌生人(最近这种人老是光顾他们家),大个子,穿着一套起皱的蓝色麻料西装,头顶上秃了一小块,从他们站着的高度就能看见。他们无法理解、也无从考量他来此的目的。最重要的是,这个人依然不是他们的爸爸。女孩大概十岁,男孩应该小她两岁。在他们俩身后,保姆就站在客厅门外,她是个神情开朗的年轻女子,穿着一身运动服。两个孩子盯着我,我也回望他们,而他们的妈妈正威胁着要杀死某人。他们都穿着牛仔裤、球鞋和印着迪斯尼卡通图案的毛衣,身上有种可爱的邋遢感,看上去也不像是很伤心的样子。

男孩继续盯着我,没有移开他的目光,他开口道:"杀人绝对是错的。"他的姐姐宽容地笑了笑。琼·洛根这时正在向保姆交代一些事情,于是我对男孩说:"这只是一种说法。当你真的很讨厌某个人的时候,你就这样说。"

146

"如果这么做不对，"男孩说，"你说你要这么做也就不对。"

我说："那你有没有听人说过'我饿得能吃下一匹马！'这句话？"

他着着实实仔细想了想，承认道："我就曾经这么说过。"

"那吃马是不是错的呢？"

"在我们这儿是，"女孩说，"不过在法国就不是。他们那儿成天净吃马肉。"

"这倒是真的，"我说，"但如果某件事是错的，那为什么到了海峡另一边就变成对的了呢？"

两个孩子靠近了几步，还是肩并肩站着。经过刚才的事，现在讨论起道德的相对性纯粹是一份解脱。

女孩说："不同国家的人看法不同。在中国，吃完饭打嗝是礼貌的行为。"

"没错，"我说，"在摩洛哥，有人告诉我千万不要拍小孩的脑门。"

"我讨厌人家拍我脑门，"女孩说，她弟弟也兴奋地抢过话头。"我爸在印度时，看见过有人把山羊的脑袋砍下来。"

"而且，他们居然还是牧师，"女孩补充说。提到父亲时，他们的神色没有发生任何变化，也没有懊悔。他仍然是个活生生的存在。

"那么，"我说，"就没有什么规矩能让整个世界达成一致吗？"

男孩露出得意洋洋的样子。"杀人！"我看了看女孩，她点了点头。这时，关门声突然传来，我们都转过头去，看到他们的母亲刚对保姆交代完进来。

"这是瑞秋和里奥，这位是——"

"乔。"我应声接过话头。

里奥走过去坐在母亲腿上。她用双手稳稳地抱住他的腰。瑞秋穿过房间来到窗边，朝外凝望着花园。"那顶帐篷。"她轻轻地自言自语。

"我一定要找到她。"琼·洛根以一种谈生意似的方式继续着我们的谈话，"如果你当时没看见她，那真是太糟糕了。不过，或许你还是可以帮我的。警察全是些窝囊废。其他人中可能有人看到了什么。我不能亲自和他们讲，但如果你不介意的话……"

"你们在说什么呢，妈妈?"站在窗边的瑞秋问道。我听出她这句迟疑的问话中带着焦虑和防卫的口吻，并随之瞥见了她内心中的痛苦煎熬。从前肯定有过某些不愉快的场景，女孩害怕又会重演，所以必须阻止它发生。

"没什么，亲爱的。和你没关系。"

我想不出怎样才能拒绝她的要求，虽然我真的很想拒绝。难道我的生活就要完全屈从于别人的各种困扰吗?

"我有那两个农场工人的电话，"她说，"那个年轻人的电话也不难找。我已经有他的地址了。他叫帕里。打三个电话，这就是我所有的请求。"

这事儿太复杂了，叫我难以拒绝。"好吧，"我说，"我答应你。"就在同意的那一刻，我意识到，我可以过滤掉若干信息，或许能为这家子人省些苦恼。有时候撒点谎也是对的，这一点瑞秋和里奥应该也会同意吧？小男孩从母亲的腿上滑下，去找他姐姐。琼·洛根微笑着向我致谢，她用手轻快地抚平裙子，这动作表示，她现在可以让我离开了。"我把他们的电话写给你。"

我点点头，说："听我说，洛根太太。您的丈夫是一位非常坚决、非常勇敢的人。请您千万不要忘记这一点。"瑞秋和里奥正在窗边嬉闹，我必须抬高嗓门。"他决心要救下那个男孩，一直坚持到了最后。那些高压电线很危险，那孩子很可能会死掉。您的丈夫始终不肯松手放开绳索，这令我们其他人深感惭愧。"

"你们其他人都还活着，"她说，然后她顿了顿，皱起眉头，因为里奥这时正在落地窗的长窗帘后面尖声叫笑。他的姐姐正隔着窗帘胳肢他。做母亲的似乎想叫他们安静，但又改变了主意。像我一样，她也得提高音量。"别以为我从没想过这一点。约翰是个登山运动员，洞穴探险家，也是个驾船的好手。但他同时还是一名医生。在救援队的时候，他是一个非常非常谨慎的人。"每说出一个"非常"，她的拳头就攥紧一下。"他从不傻乎乎地去冒险。登山途中，队友们经常取笑他，因为他总是担心着各种各样的问题：天气会发生什么变化，会不会有岩石松动滚落，或者是别人根本不会想到的危险。他是队伍里的悲观分子。有些人甚至认为他胆小怕事。可他并不在乎。他从不做无谓的冒险。瑞秋一出生，他就放弃了那些高难度的登山活动。这就是为什么这个故事根本说不通。"孩子们闹得更凶了，她半转过身，想叫他们安静下来，但她决定先把这些必须告诉我的话说完，而

149

孩子们的喧闹声让她说起这些私事来更方便。于是她转回身子。"他抓着绳索没有放手这件事……听我说，我想过这一点，我知道是什么害死了他。"

终于，我们谈到了故事的关键所在。我马上就要受到指控了，于是我不得不打断她。我要抢先讲出我的版本为自己辩护。仿佛是要鼓励我似的，一幅画面出现在了我的脑海中，什么东西，什么人，在我放手之前的刹那间坠下。不过，我也仍然记得自己从那遥远的实验室岁月里留下的经年警句——"所信即所见"。"洛根太太，"我说，"您可能从别人那里听说过些什么，这我不知道。但我可以坦诚地说……"

在我开口说话的时候，她却在一边摇着头。"不，不，你得先听我说。当时你是在场，但我对这件事了解得比你多。是这样的，约翰还有另外一面。他总想争第一，可他已经是四十二岁的人了，已经不是原先那个无所不能的运动健将了。他很伤心啊，他无法接受这一事实。当男人开始怀有这种感觉的时候……我对这个女人一无所知。我完全没有起疑心，根本没朝那方面去想。我甚至不知道她是不是第一个，但有一点我知道：她当时在看着他，而他也知道她正在看他，他想向她炫耀，想向她证明自己的实力。他必须径直冲进事故现场中去，必须第一个抓住绳索，最后一个放手，而不是像平时那样——躲在后面观望，分析怎么做最安全。如果没有她在场，他一定会这样做，可悲啊。当时他是在一个女孩面前卖弄自己，罗斯先生，现在害得我们大家都得受苦哇。"

只有哀伤，只有发狂似的痛苦，才能让人编得出这条理论，这种故事。"但你不可能知道这件事，"我反驳说，"这也太具体、太不寻常了。那只是假设而已。你不能让自己相信事情一定就是这样。"

她怜悯地瞥了我一眼，然后转向孩子们。"你们实在是太吵了。我们连自己说话都听不见了。"然后她不耐烦地站起身。刚才，里奥把自己卷在窗帘里，只有一双脚露在外面，瑞秋一直绕着他边唱边跳，用手戳他，里奥也就唱着什么，作为回应。现在她站到一边，让母亲打开裹在小男孩身上的窗帘布。琼·洛根的口气中并无责备，倒更像是温和的提醒。"你们会把窗帘架又拉掉。昨天我就告诉过你们了，你们答应过我不再闹的。"

里奥从窗帘里钻出来，面露绯红，但还是很高兴的样子。他和姐姐对视一眼，她便吃吃地笑起来。然后他想起了我，便挺身和母亲顶嘴，表现给我看。"可这是我们的宫殿，我是国王，她是王后，只有她给我信号我才出来。"

里奥还说了些别的什么话，他母亲也继续温和地管教他，但这些话我都没有听见。就仿佛一块精致细密的花边，仅凭其错综复杂就足以自我修复那撕裂的部分一样，一切都豁然开朗了，我真不明白自己先前怎么可能会忘记呢。那座宫殿是白金汉宫，国王是乔治五世，宫殿外的女人是个法国人，而时间则是在第一次世界大战结束后不久。她曾多次来到英国，一心只想站在宫门外，希望能看到自己心爱的国王一眼。她和他素不相识，也永远不会相见，但她每天醒来，心里想的全是他。

我站起身，瑞秋正在对我说些什么，可我一句也没听进去，却一直不停地点头。

这个女人坚信，全伦敦的社交界都在谈论她和国王的恋情，而国王因此陷入了深深的苦恼。有一次，她找不到旅店客房，便感觉是国王在利用自己的权力，想阻止她在伦敦住下去。只有一点她确信无疑，那就是：国王爱她。她也同样爱着国王，但同时也深深地怨恨他。他拒她于千里之外，却又不停地给她希望。他向她发出只有她能读解的信号，让她知道：不管情况多么不便、多么尴尬、多么欠妥，他都爱着她，而且永远爱她。他用白金汉宫窗户上的窗帘和她交流。她一辈子都生活在这座幻想的幽暗囚笼里。她这种哀愁而苦涩的爱，被负责治疗她的法国精神病医生确定为一种综合征，并以他自己的姓氏命名。德·克莱拉鲍特综合征。

当琼·洛根看到我站起身时，她推断我是要离开了。刚才她已经走到了书桌旁，这会儿正在纸上草草写下姓名和号码。

孩子们再次靠近我，瑞秋说："我又想到了一个。"

"是吗？"这时我很难把注意力集中在她身上。

"我们老师说，世界上大多数地方的人都没手帕，所以像这样擤鼻涕也行。"她用拇指和食指捏住鼻梁，翘起另外三根指头，朝我吐出舌头，发出一下咽舌般的怪声音。她弟弟乐得咯咯直笑。我接过琼·洛根折好递过来的纸，和他们一起走出房间，穿过棕色门廊，来到前门。还没走到门口，我的思绪又回到了德·克莱拉鲍特上。德·克莱拉鲍特综合征。这个名字就像一声号角,一记响亮的小号声,把我带回自己的困扰中。这下子又有研究要做了,我已经完全知道该从何处下手了。综合征是一套关于预测的框架,给人带来慰藉。她为我打开屋门,当我们四人走到屋外的砖石小径上准备道别时,我几乎感到自己心情雀跃,就好像我的老教授终于给了我那个研究岗位似的。

琼·洛根感谢我的来访,我告诉她,跟那些人联系以后我会马上打电话给她。现在我要离开了,孩子们显得畏缩起来。我又变成了陌生人。我捏住鼻子,学瑞秋的样子发出了一声怪音,不过听上去要更礼貌些。他们脸上露出强忍住的微笑,这让我感到高兴。我和他们一一握手道别。在沿着砖石小路往外走的时候,我不禁想,我的离开将使他们再次意识到他们的父亲已经不在了。一家人聚在屋门前,母亲把双手放在孩子们的肩上。我走到车旁,打开车门,转身还想再朝他们喊声再见,但三个人这时已经回到屋里去了。

第十五章

回家途中,我在奇尔特恩丘陵附近朝南拐弯,开下高速公路,驶向那片原野。我把车停在洛根当时停车的位置上,车身挨着草地边缘。站在乘客座的车门旁,她可以将事情的整个经过看得一清二楚,从气球拖着吊篮越过草坪,到众人与绳索搏斗挣扎,再到他的坠落。从这里她看不见他落地的位置。在我的想象中,她二十出头,花容月貌,心急如焚,一路跑回到离这里最近的村庄。或者,她也可能跑上了相反的方向,奔向了山下的沃灵顿镇。我站在她曾伫立过的地方,幻想着在那次野餐之前、在他们中间可能传递过的秘密电话或是字条。也许他们彼此相爱。这个体面正派的顾家男人,他可曾受到内疚和迟疑的煎熬?还有,对她而言,这又是多么剧烈的突变,从期待已久的与心上人共度的悠闲时光,骤然变成了一场噩梦,那一刻将从此缠绕她的余生。即使在惊骇中,她仍不忘从车上抓起自己的物品——也许是她的外套和手提包,但漏掉了野餐和她的丝巾——然后开始奔跑。她再也没有露面,这我可以理解。她窝在家中,阅读报纸,然后倒在床上抽搭哭泣。

我漫无目的地穿越田野。一切似乎都变了。在不到两星期的时间里,树篱和周围的树木上已经长出了春天的第一批新叶,显得更加浓密,脚下的草也显露出一丝郁郁葱葱的征兆。就像警察重建现场那样,我沿着我和克拉莉莎走过的那条小路,来到我们在树下避风的地方。那里就像恍惚记得的一处儿时场所。小别重逢的我们当时是何等欢悦,相处是多么自在啊,而今我却不知该如何重返那份童真无邪了。

从这里,我慢慢走近原野中央,沿着自己当时飞奔的方向,走向我们命运交会的那一点,然后沿着当时我们被风吹走的方向,一直来到陡坡边缘。在那里,那条人行小径横穿原野,就是它将帕里带进了我的生活。在后方,此刻停着我的汽车的位置,就是洛根当时停车的地方。而这里,就是我们站着看他从天上坠落的地方;也就是在这里,帕里瞥见了我的目光并开始陷入一份执迷的恋情,这份病态的爱令我此刻迫不及待地想展开研究。

这就是我的苦路①中的各个站点。我走下山坡,进入原野,前往下一处地点。羊群不见了,树篱后面的那条小道比我记忆中靠得要近些。我在地上寻找着凹痕,但只看见一片初生的荨麻,几乎一直绵延到了当时警察爬过的栅栏门前。就是在这里,帕里曾想做一番祷告,而我也是从这里走开的。现在我从这里走开,一边努力想象他如何能从我的姿势中读出遭到拒绝的意味。

---

① 苦路(stations of the cross):又称"十字架之路",耶稣被处决前,背着将要被钉在其上的沉重的十字架走过的路被后人称为"苦路"。耶稣中途有14次停顿,人们把这14次停顿称为十四站,其中在三处被十字架压倒。

和上回相比,这回爬山让我感觉更加吃力。当时,肾上腺素让我的四肢充满力量,并加快了我的思维活动。而现在,我的心里已是很不情愿,这深深地表现在大腿上的肌肉上,我还能感觉到心跳声一直传进耳根里。爬上山顶后,我停下脚步,暂作休息,一边观望着四周——一片近百英亩的原野和一道陡峭的斜坡。此刻我站在这儿,就好像我从未真正离开过,因为这片如画般的绿茵就是萦绕在我脑中一切思绪的舞台,就算看到克拉莉莎、约翰和琼·洛根夫妇、那位无名女子、帕里以及德·克莱拉鲍特此刻从各个不同的角落里向我靠近,我也不会过于惊讶。想象着这一幕,看见他们围成半圈把我逼到陡坡边缘,我毫不怀疑他们会一起来埋怨我——但埋怨我什么呢? 要是我当下就能知道原因,就不会这么容易招致埋怨了。这是一份缺失,一种逆差,一次向心理空间扩展的失败,那感觉就像初次接触微积分时那样叫人难以形容。我随时都愿意去倾听克拉莉莎的话,即使目前我们对彼此的判断互不信任;不过现在,最让我着迷的还是那个身穿双排扣西装的法国男人。

　　我转过身,开始穿越原野,回头朝汽车走去。德·克莱拉鲍特综合征的理论其实很简单,但是要建立起这一整套病态爱情的理论,并且像教堂圣坛前的新郎那样用自己的姓氏为之命名,那么这个人必然——即使是在不知不觉当中——会揭露出爱的本质,因为要明确一份病理症状,就必须要有关于健康的潜在概念。德·克莱拉鲍特综合征就像一面黑暗扭曲的镜子,反射并仿造一个较为明朗的世界,在那个世界中,恋人们对目标一往情深,不顾一切,可谓明智。(我走得更快了。车就停在前方大约400米处,现在看见它,我确信无疑,当时洛根汽车的两扇前门都是敞开着的,就像一对翅膀。)疾病与健康。换句话说,我能从帕里身上得出什么结论,好让我和克拉莉莎能破镜重圆呢?

驶进伦敦市内的路面交通拥挤不堪,差不多两小时以后,我才把车停在了我们的公寓楼前。在路上我就想到了,也指望过他可能会在那里,但当我下车后看见他正在等我时,我的心还是微微一颤。我稍停片刻,然后穿过马路。他站在大楼入口旁一个我必须经过的位置上,盛装登场——黑色西服套装,一路扣到领口的白衬衫,还有亮晶晶的黑漆皮鞋。他盯着我,脸上却不动声色。我快步朝他走去,希望能擦身而过走进公寓,可他挡住了我的去路,我如果不停住脚,就必须把他推开。他面孔紧绷,可能正在生气。在他的手里有一只信封。

"你挡我的路了。"我说。

"你收到我的信没?"

我决定插进小径一旁低矮的女贞树篱中,设法从他身边挤过去,但他挡住了空隙,而我也不想去碰他。

"让我过去,不然我就报警。"

他热切地点点头,仿佛是听到我要请他上楼一起喝一杯。"但我想让你先读读这个,"他说,"这很重要?"

我从他手里接过信封,希望他能随即让路。然而这还不够。他有话想对我说。他先是瞥了一下自己肩膀上那个虚无的存在。开口时,他的声音里带着喘息,我猜他的心一定在狂跳不

157

止。为了这一刻,他是有备而来的。

他说:"我雇了个研究员,他为我搜集了你所有的文章。一共三十五篇。昨晚我一一拜读了。你的书,我也搞到了。"

我只是看着他,等待着。他的态度发生了一丝变化:他仍然在渴求,但态度也多了一份强硬。他的双眼也有点改变,看上去小了些。

"我知道你想干什么,但你是绝不会得逞的。就算你写了一百万篇文章,让我全读完,你也永远摧毁不了我所拥有的东西。那是夺不走的。"

他似乎期待着被我反驳一顿,但我只是环抱双臂,继续等待,把注意力集中在他脸颊上刮胡须时留下的伤痕上——一道细若发丝的黑色线条。随后他说了句什么话,当时的意思好像是,他花钱雇个研究员可方便呢,不过我并不完全确定。后来,我仔细琢磨了他的话语,就觉得他也许是在威胁我。但话说回来,在那种情况下,本来就很容易感觉受到威胁,结果我还是没能确定他的意思。

他说:"你要知道,我很有钱。我可以雇人替我办事,啥事都行。总有人需要钱花的。知道吗,令我惊讶的是,找人干你自己绝对不会亲自动手的事情有多便宜吗?"他盯着我,让这句不是问话的问话悬在空中。

"我车里有电话,如果你不让我过去,那我现在就要叫警察了。"

我得到的是帕里那一如既往的温和表情。他充满感激地接受了从我的警告中察觉出的情意,同时那份强硬也从他身上消失了。"没关系,乔。真的没关系。对我来说这也很困难。我了解你,就像你了解我一样。我们可以坦诚相待,你没必要把一切掩藏在密码里,真的没必要。"

我退后一步,转身朝汽车走去,一边说:"没有什么密码。你最好接受事实,你需要帮助。"

还没等我说完,他就大笑起来,或者该说是放声欢呼,一边拍着大腿,活脱脱一副牛仔的模样。他肯定是把我的话听成了召唤爱的呼声。他高兴得几乎叫喊起来:"没错。所有人、所有的一切都站在我这一边,一切都将按我说的去做,乔,你束手无策啊!"

尽管说出了这些疯话,他还是往后一退,让我过去了。这其中是否有所算计? 我甚至无法相信他神经错乱了,单凭这个缘由,我就很高兴能结束这番对话走进屋里。此外,警察显然也不会帮上什么忙。我甚至没回头看他是否打算继续等在原地。我不想让他知道他那样做会让我受到困扰,不想让他洋洋得意。我把他的那封信塞进后裤兜里,一步两级地上了楼梯。这十五秒内,我和他拉开的距离和高度就像一服止痛剂,让我好受了许多。我可以忍受——甚至喜欢——以一种综合征来研究帕里,但又一次在街上见到他,尤其是现在,在我已经读过他的第一封信之后,这着实让我有些害怕。我对他的畏惧会给他强大的力量。我完全可以想象自己会被逼得不愿回家的情形。当我到达公寓房门外的楼梯平台时,我寻思着,刚才他实际上是不是在威

159

胁我:如果他雇个研究员很容易,那么他再雇上一帮打手揍我一顿也会很方便啊。也许是我太多虑了。他那些话里的模糊含义助长了我的恐惧——就威胁而言,他的话说得非常微妙。

我打开房门,踏进门厅,脑子里一边想着这些事情。我在门口站了一会儿,稳定喘息,解读着这一份寂静和氛围。虽然她的包不在房门旁的地板上,她的外套也没搭在椅背上,但我还是切身感觉到克拉莉莎已经下班回来了,而且出了什么事。我叫着她的名字,却没有听到回应,便走进起居室中。房间是 L 形的,我得走进去几步才能完全确定她不在里面。我听到从刚离开的门厅里好像传来一声响动,于是我又叫了声她的名字。建筑物本身都会发出一些声音,大部分是由气温的微小变化而造成的,因此当我回到门厅却没有看见她的时候,我并不感到惊讶,但我仍然毫不怀疑克拉莉莎就在公寓里的某个地方。我走进卧室,心想也许她在打盹呢。她上班时穿的鞋并排倒在地上,床罩上有她躺过的痕迹。浴室没有用过的迹象。我迅速在其他房间——厨房,她的书房,儿童房——寻找了一番,我还检查了通往屋顶那扇门的门栓。这时,我改变了想法,编排出了一套合乎逻辑的顺序:回到家以后,她踢掉鞋子,在床上躺了一会儿,然后穿上另外一双鞋出门去了。刚才遇见帕里后,我焦虑不安,因此完全误读了空气中的氛围。

我走进厨房,把水烧上,然后漫步走进我的书房,结果在书房里找到了她。事情本来如此明显,却又叫人如此震惊。我看着她,仿佛是头一次见到她。她赤裸着双脚,瘫坐在我的转椅

160

上,背对书桌,面向房门。那一天里发生的一切,早该让我料到现在的局面了。我迎视着她的目光,走进书房,问她:"你怎么不答应一声?"

她说:"我以为你会先到这里来找呢。"见我皱起眉头,她又说:"难道你没想到我会在你出门的时候翻你抽屉吗?我们的感情如今不是已经到这一步了吗?"

我无力地坐进沙发里。错到极致却也给人带来了一份解脱。无需挣扎,不必争辩了。

她很镇定,但也非常生气。"我已经在这里坐了半个小时,一直试图说服自己打开某只抽屉偷看你的信。可你知道吗?我根本就提不起兴致。这难道不可怕吗?我不在乎你的秘密,如果你没有,那我也不在乎。如果你问我要看我的信,我会说,好的,你去看吧。我对你没有任何要隐瞒的。"她略微提高了嗓门,声音里夹着一丝颤抖。我从未见过她如此怒火中烧。"你甚至把抽屉就这样开着,让我一进房间就看见了。这是一项声明,是你给我发出的一份讯息,一个信号。但问题在于,我不明白这是什么意思。可能我真的很笨,所以现在你就清清楚楚地给我解读一下吧,乔。你到底想告诉我什么?"

第十六章

亲爱的乔:

昨天下午四点,我雇用的那名学生摁响了我的门铃。我到庭院大门口见他,给了他这一周工作的五百英镑报酬,他把那叠文件——你那三十五篇文章的影印本——从门栏缝隙中递了过来。他开心地走了,可是我呢? 我当时不知道自己会度过怎样的一个夜晚,也许那是我一生中最落魄的几个小时吧。乔,让我直面你那些干瘪可怜的思想,真是一种折磨啊。想想看,居然还有一群傻瓜肯出高价让你去写这种东西,还有无辜的读者会让自己的生活被它们玷污!

我坐在母亲从前称为"藏书室"的房间里(尽管书架上向来都空空荡荡),拜读完了每一个字句,脑中还清楚地听见你直接对我说着那些话语。我把每一篇文章都当作是你写给未来的信函,而我们俩共同生活在那份未来当中。我一直在思量,你到底想对我做什么呢? 伤害我? 侮辱我? 考验我? 我恨你这样做,但是我从来没有忘记我也是爱你的,这是让我坚持不懈的动力。每当我快要放弃的时候,我总会告诉自己:他需要我的帮助,他需要我帮助他从那理性的狭小牢笼中解脱出来。有时我扪心自问，自己是否真的明白上帝想让我干什么。上帝是要我把这个写出这么多反对他的可恨文章的作者送到他的手中吗？也许他授予我的意旨更简单、更单纯吧。我是说，我以前就知道你是一位科普作家，你写的文章可能会让我看不懂或者感到无聊，这我有心理准备，可我实在没想到，原来你从事写作竟是出于轻蔑。

你也许已经忘记四年前你为《新科学家》杂志写的那篇文章了，是关于最新科学技术对圣经学研究起到辅助作用的一篇文章。其实，谁会关心那种用在都灵裹尸布①上的碳-14年代测定技术呢？你以为人们在听说它只是一场中世纪的骗局后，就会改变他们的信仰吗？你以为信仰可以单靠一块破布作支撑吗？但真正令我震惊的是另外一篇文章，你写到了上帝本人。也许那只是个玩笑，但却因此更加糟糕。你装作知晓上帝的来历——一个文学形象，你说，就像小说里的人物。你说，在这一领域里的顶尖研究人员已经掌握了充足的资料，可以"有根据地猜测"是谁创造了耶和华，而证据则指向一个生活在公元前十世纪左右的女人——拔示巴，也就是那个和大卫王上过床的赫梯女人。

---

① 都灵裹尸布(Turin Shroud)：又称"耶稣裹尸布"，于1355年在法国小城雷内(Lirey)被发现，现存于意大利西北部城市都灵，1988年曾被美、英、瑞士三所实验室用碳-14年代测定技术鉴定，其真伪颇受争议，但至今仍被基督教虔诚者认作不可思议的奇迹和基督教珍贵的圣物。

上帝居然是一个女小说家空想出来的！你那些顶尖的知识分子们就算去死也不会装作知道这么多事情。你在玩弄不论是你还是地球上任何人都无法领会的力量。接着，你又说，耶稣基督也是一个虚构的人物，主要是圣保罗和写出《马可福音》的"谁谁谁"编出来的。我为你祈祷，我祈祷自己能有力量去面对你，去继续爱你而不致一起沉沦。我怎么可能在热爱上帝的同时还去爱你呢？全靠信仰，乔。不是靠事实，或编造的事实，或是知识上的傲慢，而是靠信任上帝的智慧，以及在生活中作为一个活生生的存在去热爱，这种存在不是任何人类（更别提文学形象）所能企及的。

我想我是太天真了，对你的第一波强烈情感让我以为，就因为自己满心希望如此，一切就都能水到渠成。黎明来临时，我还剩下十篇文章没有读完。我搭上出租车来到你的住所。你还在睡眠，没意识到自己的脆弱，也不在乎你所享受的护佑，因为你完全否定这护佑来源的存在。生活对你很是眷顾，你过得一帆风顺，而站在公寓楼外的我开始认为你很忘恩负义。你也许从未想过要为你所拥有的一切心怀感激吧？难道这一切都只是摸瞎撞大运得来的吗？都是你靠自己单枪匹马做到的吗？我为你担心，乔。我担心你的傲慢可能会招来何等祸患。我穿过马路，将手放在树篱上。这一次没有讯息了。既然没有必要，你又为什么要跟我说话？你以为你应有尽有，你以为你可以独力满足自己的一切需求。然而，没意识到上帝对你的怜爱，你就像生活

164

在荒芜的沙漠里一样。我多么希望你能够完全理解我想给你的是什么啊。快点醒来吧!

你可能会获得错误的印象,误以为我讨厌科学。上学的时候,我的成绩向来不大好,而我对最新的科技发展动态也没有太多兴趣,但是我知道,科学是一样奇妙的事物。对自然的研究和测量,其实都不过是一种延伸出来的祈祷形式,是对上帝创世之荣耀的赞颂。我们对上帝造物之精妙发现得越多,就越能认识到,我们的知识是多么贫乏,我们在这世间是何等渺小。他赐予了我们心智,赐予了我们奇妙的聪明智慧,可人们竟利用这份馈赠否认他的存在,这是多么幼稚可悲啊。你撰文写道,我们如今已经掌握了足够充分的化学知识,可以推测地球上的古生命是如何诞生的。被太阳晒暖、富含矿物质的小水池,化学键接,蛋白质链,氨基酸,等等等等。这就是生命萌芽所需的"原汤"。我们已经把上帝从这个特定的故事中驱逐出去了,你说,现在他被赶进了最后一座堡垒,与量子物理学家们研究的那些分子和粒子呆在一起。但这样行不通啊,乔。能描述这份原汤如何调配而成,并不等于就知道为什么要做它出来,或者配汤的大厨是谁。在上帝那无边无际的能量面前,这根本就是微不足道的夸夸其谈。在你那排斥上帝的主张中,隐藏着一份乞求,乞求有人能将你从自己那逻辑的陷阱中拯救出来。你的文章形成了一声寂寞的漫长哭喊。在所有这些否定中没有快乐可言。到头来它能带给你什么呢?

我知道你不会听我的——现在还不会。你内心封闭，脑子里设置了各种屏障。这很适合你，能够保护你，让你告诉自己我是个疯子。救命啊！外头有个疯子想给我他的爱和上帝的爱！快打电话报警，叫救护车来！乔·罗斯什么问题也没有，他的世界安安稳稳，一切都各就各位，所有问题都出在杰德·帕里身上，那个耐心的白痴像乞丐似的站在街头，等着看他所爱的人一眼，然后付出他的爱。我究竟应该怎么做，才能让你开始听我的话呢？只有祈祷能回答这个问题，只有爱能让它坚持到底。但我对你的爱已不再是苦苦哀求的那种了。我不会坐在电话机旁等待你的甜言蜜语。你并非高高在上，可以决定我的未来，你没有权力命令我做你想让我做的任何事。我对你的爱坚强而炽热，它不肯接受拒绝，它正稳步向你挺进，即将占有你，拯救你。换句话说，我的爱——同时也是上帝的爱——乃是你的命运。你的否认与拒绝，以及你发表的所有文章和出版的一切书籍，就像一个疲倦的婴儿耍赖跺脚时留下的小小脚印。这只是迟早的事啊，等那一刻到来时，你就会心怀感激。

　　看到没？彻夜阅读你的文章增强了我的力量。上帝的爱就有这种能耐。如果你现在开始感到不自在，那是因为你内在的变化已经开始发生，有朝一日，你会高兴地说：请把我从无聊中拯救出来吧。有朝一日，我们会怀着欣悦的心情回顾这段交往的日子。然后我们就会明白这一切将把我们引向何方，就会微笑着记起当时我得多么艰难地推动

166

你,而你又是何等固执地把我挡在一边。所以,不管你现在有什么感觉,我都请你不要毁掉这些信件。

当我在清晨赶来的时候,我恨你,恨你写那些东西。我想伤害你。也许还会干得更过分,比伤害更严重。而且当时我想,上帝会宽恕我的。搭出租车来的路上,我想象着你冷冰冰地告诉我:上帝和他的独子都只是虚构的人物,就像詹姆斯·邦德或者哈姆雷特一样。或者,你在说只要给你一把化学元素和几百万年的时间,你就可以自己用实验室里的试管烧杯制造出生命来。你不止是在否认上帝的存在——你还想取代他。这样的傲慢会毁掉你的啊。有些奥秘是我们不可以触碰的,我们所有人都必须学会某种谦卑,所以我恨你,乔,恨你的傲慢自大。一切事物你都想得出定论。读完你的三十五篇文章后,我就很清楚了。你的字里行间从不曾流露过片刻的怀疑和犹豫或是承认自己的无知,就这样摆出最新的事实,描述细菌、粒子、农业、昆虫、土星光环、音乐和弦、风险理论、候鸟迁徙……我的大脑就像洗衣机一样翻腾、搅动、旋转,里面全是你的脏东西。你怎能怪我恨你,恨你容许那些东西装满你的心智——卫星、纳米技术、基因工程、生物电脑、氢发动机。这一切就像购物,你照单全买,担任它的啦啦队长,是被雇来吹捧别人产品的广告推销员。你在四年的记者生涯中,只字未写真实的事物,例如,爱和信仰。

我之所以生气,也许是因为我迫不及待地想开始我们的共同人生。记得有一年暑假,我和同学们一起去瑞士徒步旅行。有一天,我们整个上午都在攀爬一条遍布岩石的无聊小径,大家都在抱怨——天气好热,这样做好没意义,但老师执意要我们坚持往上爬。就在午餐前,我们来到一片高山草原之上,那是个像奇迹般不可思议的地方,草原辽阔无边,四下阳光普照,眼前满地花草,一条小溪旁还长满青翠鲜艳的苔藓。我们这群吵吵闹闹的孩子们突然都安静了下来,有人小声说,简直就像来到了天堂一样。这是我生命中非常伟大的一刻。我想,等我们克服了困难,当你来到这里和我在一起的时候,感觉就会像抵达那片草原一样。再也没有崎岖的上坡路!我们面前只有安宁,只有绵延不绝的时光。

最后还有一件事我得告诉你。我闯进了你的生活,就像你也闯进了我的生活。你肯定希望这一切没有发生。你的人生很快就要天翻地覆了。你必须告诉克拉莉莎,必须把你的东西全都搬走,反正大部分东西你可能也想扔掉。你得对你所有的朋友作出解释,不仅是变更的地址,还有你信仰上的革命。这一切都会带来痛苦和烦恼,你肯定两者都不想要。有时候你会希望我从未打扰过你原先那井井有条、惬意舒适的生活。你会希望我不存在。这是可以理解的,你不必为此感到内疚。你会感到愤怒,你会试图赶我走,因为我代表剧变和动荡。这一切都是必然的。这就是那条陡峭崎岖的小路!不管你有什么样的感觉,你都必须表达出来。骂我吧,朝我头上扔石头吧,挥拳揍我吧——如果你胆敢这样做的话。但是,在我们继续向那片草原挺进的时候,有一件事你千万不可以做啊——那就是:对我不理不睬,假装若无其事,否认困难、痛苦或爱情。绝对不要漠然地从我身边走过,就好像我不存在似的。我们两个没有谁能被愚弄。绝对不要否认我的存在,因为到头来你必将否认你自己。你拒绝上帝,让我深感绝望,而这一绝望与我觉得你也在拒绝我有些关联啊。接受我吧,然后你就会发现自己毫不犹豫地接受了上帝。所以答应我吧,让我看到你的愤怒或狂暴,我不会在意的。我永远不会抛弃你。但是,你千万,千万不要装作我不存在。

杰德

第十七章

我不知道是什么导致了现在的局面,但我们俩面对面地躺在床上,就好像一切都很正常。也许仅仅是因为疲倦了吧。时间很晚了,早已过了午夜。这份沉默是如此凝重,仿佛拥有了视觉上的质地,可以看见它在闪烁光芒,或是散发出冷硬的釉光,而且还带有一份厚重感,就像新涂刷的油漆。这种联觉[①]一定是由于我现在心神混乱所致,因为这幅情境是如此熟悉——我躺在她那双碧眼的视线中,感受着她那纤细手臂的滑润滋味。这情景又是如此出人意料。我们并非处于冷战状态,但两人之间的一切都停顿了。我们就像两支军队,隔着迷宫般的重重壕沟傲然对峙,动弹不得。唯一在动的是头顶上如旌旗般飘扬的沉默指控。对她而言,我躁动狂乱,变态执迷,最糟糕的是还侵犯了她的私人空间。在我看来,她背信弃义,在这一危机时刻不肯向我施以援手,还满腹猜疑,蛮不讲理。

我们没有大吵大闹,就连小小的争执也没有,仿佛我们都感悟到,正面对抗也许就会让我们各奔东西。我们依然友好相处,论工作,谈购物,聊做饭和家庭日常维修。每个工作日,克拉莉莎都要出门去授课、开讲座,向校方开战。我写了一篇冗长而味同嚼蜡的书评,评述五部专论意识的书籍。想当年,当我刚开始从事

170

科普写作的时候，"意识"一词可以说还被排除在科学论述之外，算不上一个"显词"呢。如今，它就和黑洞和达尔文一样大行其道，其风头几乎盖过了恐龙。

我们一如既往地起居生息，因为除此之外，一切似乎都不明朗。我们知道，我们已经失去了信心，我们已经对自己失去了信心。我们没有了爱，或者说我们已经失去了爱的诀窍，而且也不知道这件事该从何说起。我们同床共枕，却没有彼此相拥。我们共用一间浴室，却再也没有看见对方赤裸的胴体。我们小心翼翼地维持着随意的态度，因为我们知道，少做一点点事，比如冷淡有礼的相处，就会暴露出我们其实是在伪装自己，使我们陷入我们一直希望避免的冲突之中。以往曾经十分自然的举止，比如做爱，或是长谈，或是在沉默中静静相伴，如今却显得煞费苦心，矫揉造作，就像哈里森制作的四号航海天文钟②那样，要重

———————————

① 联觉（synaesthesia）：在心理学上指各种感觉之间产生相互作用的心理现象，即对一种感官的刺激作用触发另一种感觉的现象，最常见的联觉是"色-听"联觉，即对色彩的感觉能引起相应的听觉。

② 16—17 世纪以前，航海家们还没有一种能够测定经度的精确仪器可供使用。1707 年，一支英国舰队因误算经度而在大雾中触礁沉没，导致了 2 000 人丧生的大惨剧，震动了全英国，事后，英国国会悬赏两万英镑，宣布谁能发明一种能够测量经度的仪器，平均时间误差在每日 3 秒以下，便可获得该项奖金。1735 年，一位木匠的儿子约翰·哈里森制造出了他的一号天文钟。这个新仪器也称精密计时器。它使用发条作动力，经过在海上的试验，取得了成功。英国当局因此奖给他 500 镑，并鼓励他继续研究改进。1761 年，哈里森的第四号天文钟问世，它被装在英国皇家军舰"德普福"号上。该舰在开往牙买加的航程中作了试验，6 星期后抵达牙买加时，只慢了 5 秒钟。过了几个月后该舰回航英国，全部误差只有 1 分 54 秒半钟，远超过规定的标准。1772 年，詹姆斯·库克船长使用复制的第四号航海天文钟驶往南极。这只天文钟在零度以下的寒冷天气中也发挥了完美的功能。一年后，哈里森得到了应得的酬谢。从此以后，远洋轮上一直普遍使用着哈里森发明的天文钟。哈里森耗尽毕生精力创造的发明为后世无数的航海者们提供有效而可靠的仪器。

建它是既无可能,又不合时宜。每当我看着她,看她梳理秀发或是弯腰捡起地上的书,我便会想起她的美丽,就像教科书上的事实,牢记在心底。真实,却并无即时联系。我也可以从她的凝视中重塑自己的形象——蠢笨庸俗,体态粗硕,活生生一根受着生物定律驱动的大头棒,一条满脑子呆板逻辑的巨大水螅,她犯了个错误,和我搅在了一起。和她说话时,我的声音单调平板地在自己头颅里回响,而且不仅仅是每一句话,甚至每一个字都是谎言。哑然无言的愤怒,播散得当的自我厌恶——这些就是我的元素,我的色彩。我们四目相对时,我们无法沟通,就好像那幽魂般刻薄的自我举手挡在我们面前,阻断了理解的可能。况且,我们的视线也很少交会,就算有,也只是那短短的一两秒钟,然后便紧张地移向他处。从前那爱意浓浓的我们,永远也无法理解或宽恕现在的自己,事实就是如此:在那段日子里,萦绕在我们家中那未加承认的情绪,是羞愧啊。

此刻,凌晨一点半到两点之间,我们俩就这样躺在床上,借着一盏台灯昏暗的光线注视着对方,我全身赤裸,她身着棉质睡衣,我们把两臂和双手贴在一起,但表情漠然,均无担当。我们周围问题重重,可一时间我俩都不敢开口。能彼此相望已经足矣。

我刚才说过,我们依然可以谈论日常事务,可是,我们生活的某一方面已经纳入了一板三眼的常规之中,而要讨论它是我们无法忍受的。常言道,非凡之事迅即就会变得司空见惯。每当夜间在公路上驾车,或者乘坐飞机冲破云层飞向阳光之际,我就会有这番思绪。我们是适应性极强的生物啊。顾名思义,可以预见的事物成为生活背景,不再占据人的注意力,让人能更好地去应付随机或始料未及的事物。

帕里每周会寄来三至四封信,一般篇幅都很长。来函热情洋溢,所用的时态也越来越集中于现在时。他常常把写信的过程视为主题,描述他所在的房间、光线和天气的变化、他情绪的起伏,以及他如何借由写信成功召唤出我的存在,仿佛我就在他的身旁。收尾时,他下笔冗繁,文字中透出离愁哀凄。涉及宗教部分的内容若不是情感如此炽烈,乍看上去就像是公式化的照本宣科:他的爱就像上帝之爱,富于耐心并包容一切,上帝是想通过帕里把我带到他的身边。来信中通常会含有一些指责的成分,要么贯穿全信隐于其中,要么就集中在宣泄痛苦的一段文字里:是我先挑起了这段恋情,因此我才应该直面应对,对他负起责任。是我在玩弄他,怂恿他奋勇向前,频频向他发出鼓励的讯息,然后却又猝然转身,对他不理不睬。我是个卖弄风骚的浪荡子,我是个风流情郎,我最擅长凌迟折磨人,我的天才就在于绝不承认自己的勾当。我似乎已不再通过窗帘或女贞树向他传送讯息了。现在我在梦中对他说话,就像《圣经》里的一位先知那样,光彩照人地出现在他面前,信誓旦旦地向他表达我的爱意,预言欢乐的时光就要来临。

我学会了如何快速浏览这些信件。我只看那些内容涉及指责或表达挫折感的段落,努力寻找他有没有再次发出威胁,就像当时在公寓楼外我认为他发出的威胁那样。愤怒洋溢在字里行

173

间,没错。他的心中有股沉沉黑暗,可他太狡猾了,不会把它变成白纸黑字。不过那股黑暗肯定存在,令他认为我是他一切痛苦的根源,使他猜想或许我永远不会与他共居同住,让他暗示这件事可能会"以悲伤收场,给我们带来做梦也想不到的无尽眼泪,乔"。我要的比这更多呢。我期待的就是这个啊。请把武器交到我手上,杰德。只要一个小小的威胁,就足以让我去报警,可他就是不肯给我,他恣意玩弄我,却又缩头缩脑,就像他说我对待他的态度一样。我需要他再来威胁我一次,因为我要吃下定心丸,而在这一点上他却不肯满足我,使我一直怀疑他迟早会对我造成伤害。我的研究也证实了这一点:在一项针对男性克莱拉鲍特综合征患者的调查中,一半以上的受调查者都表示曾试图向他们执迷的对象施暴。

除了信件以外,帕里在公寓外的露面也成了例行公事。他大多白天来,在街对面的一处位置上站定。他似乎在时间需求和自身需要的压力之间找到了一个平衡点。如果没看见我,他就会在那里站上一个小时光景,然后步行离开;如果他看见我出了公寓,就会在大街另一侧尾随我走上一小段路,然后转身拐进一条侧街,头也不回地大步离开。藉此,他就能得到足够的接触让他的爱保持鲜活,而据我推测,随后他会直接回到汉普斯特的家中动笔写信。其中一封的开头是:"我理解你今天早晨投来的那一瞥,乔,但我想你错了……"然而,他再也没有提起上次他说决定不再和我讲话的事,我倒突然觉得束手无策了,因为,假如他不肯在信上威胁我,那我就希望他或许能好心让我把他的话录下来。我口袋里一直放着一台小型录音机,麦克风藏在翻领下面。有一次,在帕里的注视下,我徘徊在女贞树旁,双手拂过树顶以留下讯息,然后转身望着他。但他不肯走过来,当天稍晚些时候写来的信中也没有提到这一刻。他这种爱的模式不受外界事物的影响,即使渊源于我也一样。他的世界由内在决定,受私密需求的驱使,只有这样才能保持完整。没有什么能证明他是错的,也不需要有什么来证明他是对的。就算我写出一封热情似火的情信给他,情况也不会有任何改变。他蹲在自己搭建的囚室里梳理意义,为不存在的交流注入希望或失望的戏剧性情节,永远细致地观摩现实世界,检视生活中的随机布局和混乱的噪音与斑驳的色彩,探寻与他目前情绪状态相关的事物——而且也总能得到满足。他用自己的感觉阐释着这个世界,而世界则在他情绪转变的那一刻为他提供相应的证据。如果绝望升腾,那是因为他从空气中读出了黑暗,或者某只鸟儿的鸣叫声起了变化,告诉他我对他嗤之以鼻。当情绪转为喜悦时,则是出于某种出人意料的愉快缘由——我在梦中传递给他的温馨信息,在祈祷或冥想时"浮出水面"的直觉。

这是一座自我指认的爱情监狱,但不管是喜悦还是绝望,我都无法诱使他来威胁我,甚至无法让他和我说话。曾经有三次,我打开藏在身上的录音机,穿过大街走向他,可他却不愿待在原地。

"那你就滚吧!"我朝他离去的背影大喊,"少在这儿瞎晃悠。别再拿你那些混球的信来烦我了。"可我真正想说的却是:回来,

175

和我说话吧。回来吧，正视你的无助，把你心底的威胁清清楚楚地讲出来。或者你给我打电话威胁我也行，把那些话都存在我的留言机里。

自然，我那天吼的那些话并没有对他产生影响，第二天我收到了他的来信，信里充溢着欢乐和希望的话语。他的自我中心主义无可动摇。我开始恐慌起来。这种逻辑可能会驱使他一下子从绝望转向仇恨，或从爱情转为毁灭，而这逻辑只有他自己心里清楚，别人无从猜测；而且，如果他要对我下手，事先也不会有任何警告啊。于是，夜里我就格外小心，把公寓大门锁上。独自出门时，尤其是在夜晚，我会留心注意身后跟着什么人。我坐出租车的次数愈发频繁，而且下车时我也总会先环顾四周。我颇费周折才与当地警局的一位巡官约好时间会面。我开始幻想自己需要带什么武器防身。催泪瓦斯？指节铜套？刀子？我成天做着暴力冲突的白日梦，梦里获胜的永远是我，但我那凡事讲求逻辑的心——那装满无趣常识的器官——深谙，他不大可能直接来找我的麻烦啊。

至少克拉莉莎似乎已经从帕里的头脑中消失了。如今他在信里从不提到她，他也从未试图跟她说话。实际上他是在主动地回避她。每次她离开公寓时，我都要从起居室的窗户往下看。只要透过楼下大厅的玻璃窗一看到她走下楼梯，甚至还没等她走出公寓，他就会沿着大街匆忙走开，等她离开后再回到原地。难道在他的故事里，他相信自己可以不用在意她的感情吗？莫非在想象中，他以为我已经对她解释过了一切，她基本上已和此事无关，

176

或者他自己已经圆满解决了这个问题？或者这个故事根本就不需要前后一致的连贯性？

现在，我们已经在床上默默地躺了十分钟。她向左侧着身，我想我透过枕头听到了她那沉重缓慢的心跳声。也许那是我自己的心跳吧。节奏很慢，而且我确定它越来越慢。在这片沉寂中没有丝毫紧张。我们四目交错，视线有规律地在对方的脸上移动：从眼睛，到嘴唇，再回到眼睛。这就像一段漫长而迟缓的回忆，随着每一分钟逝去，我们缄默无语，恢复便聚集起了自身平静的力量。爱的惯性力量，那些彼此相伴、和谐共度的小时、星期与年月，一定比区区目前的环境因素更为强大。爱不是会自主繁衍的吗？我心想，我们现在最不应该做的，就是放下架子耐心地解释和倾听。大众心理学太注重于把话说清楚了，人们也对此期望过高。冲突，就像生物有机体一样，也有一段自然的生命周期。诀窍就在于知道何时让其死去。倘若时机不宜，言语就会像纤维性颤动一样造成可怕后果。冲突会以病原形式复活，以有趣的新组合，或者在某种对事物的病态"新眼光"中热烈重生。我的手微微动弹了一下，放在她胳膊上的手指轻轻使了点力。她双唇微张，伴着这性感的开启发出一声轻柔的爆破音。我们只需要看着对方，殷殷回想。只要做爱，其他一切都自然能够解决。克拉莉莎的双唇形成了我的名字，但没有发出声音，就连一口气也不曾呼出。我无法将视线从她的嘴唇上移开。这么丰润，这么亮丽，色泽如此自然饱满。人们发明唇膏，就是为了让其他女人也能拥有像这样的双唇，不过效果要稍逊一筹。"乔……"这双嘴唇又说。现在不谈我们的问题，还有一个原因就是，如果那样做，我们就必须让帕里进入我们的卧室，引入我们的床中。

"乔……"这次，她从美唇间吹出我的名字，然后皱起眉头，深吸了一口气，用丰厚低沉的音调说："乔，统统结束了。最好全都承认了吧。我想我们已经了结了，你不觉得吗？"

当她说出这句话的时候，我没觉得自己已经跨越了概念重建的门槛，也未曾感到地面或床铺从我的身下消失，不过我确实进入了一个极高的境界中，可以洞察这些事并没有发生。当然，我正处于否认一切的状态下，自己什么感觉也没有。一点也没有。我没说话，不是因为无言以对，而是因为我毫无任何感觉。我那冷血的思绪就像青蛙一样跳到了琼·洛根身上。在我的脑海中，克拉莉莎目前和她共居一地，她们被归为同一种女人，都相信自己被人冤枉，并且都对我抱有期待。

我尽力而为，孜孜以求。早些时候，我拿上洛根太太的那张字条，坐在书桌前打起了电话。我先打给住在罗素沃特村的托比·格林，接电话的是个健朗豁达、声音粗哑的老太太，那一定是他母亲。我好心地问起她儿子脚踝的伤势情况，但她一下子打断了我的话。

"你想找他干什么？"

"想问一下那场事故，那场热气球事故。我只想问他一下……"

"又是记者，烦死了。你干吗不快点给我滚开！"

真是干脆利落，她的态度也相当冷静。两个小时后，我又试

178

了一次，这一回我赶紧抢先报上姓名，告诉她，我是当时和她儿子一起抓住绳索的人之一。等托比·格林终于跛着脚跳过来接电话时，却帮不上我的忙。他是看到了约翰·洛根的车停在远处的原野彼端，可他当时正忙着修剪树篱，后来又朝气球跑去，所以并不清楚洛根是否孤身一人。我很难让格林围绕主题而不岔开话头。他想谈他的脚踝，想谈他本应因此得到的病假工资。"管福利金的那帮家伙我们已找过三次了……"我听他讲了二十分钟行政人员如何办事不力，如何摆出一副居高临下的恩赐态度，然后他母亲把他叫走了，他连声再见都没说就挂上了电话。

他那位住在沃灵顿镇的朋友约瑟夫·莱西当天不在家，要到第二天才回来。于是我就打到里丁市，想和那位气球驾驶员詹姆斯·盖德一谈。接电话的是他妻子，声音亲切悦耳。

"请告诉他，我是冒着生命危险试图阻止他孙子被风吹走的那批人之一。"

"我尽力而为吧，"她说，"可他现在不太情愿谈这事。"

我听见话筒里传来电视新闻的声音，听见盖德的叫喊盖过了电视声："我要说的一切，都会在死因裁判庭上一一说明。"盖德太太折了回来，转达了这条信息，她的口吻中分明带着无奈和些许遗憾，仿佛她也为他的拒绝谈话感到难过。

当我终于联系上莱西的时候，我发现他比其他人更明白重点所在。

"他们想要什么？不会是还需要更多目击证人吧。"

"是他的遗孀想问。她认为当时有别人和她丈夫在一起。"

"如果真有别人,那他不出面肯定是有极好的理由。要我说啊,就是不想惹是生非呗。"

他这话听起来有点太直接、太过于武断,于是我就开门见山地告诉他。"她怀疑那个人是女的。她在车上发现了野餐的食物,还有一条丝巾。她怀疑丈夫有外遇。这个念头让她饱受折磨。"

他咂了咂舌头,然后陷入了长久的沉默。

"你还在吗,莱西先生?"

"我正在想呢。"

"那么你看到她了?"

又是一阵沉默。然后他说:"我不想在电话上谈这件事。你来沃灵顿一趟吧,我们到时再说。"他把地址留给了我,我们约好了时间。

当我问克拉莉莎时,她说她觉得洛根的车有两扇门开着,甚至也许是三扇,但除了洛根以外,她没有看到别的人。这下就只剩帕里了。我记得,当时他现身的那条步道让他比我们中的任何人都要靠近那辆车。我是否可以身藏录音机去找他,先询问事实,然后再激他威胁我呢?且不说这种想法很荒唐,指望他能直截了当地向我提供资讯也是妄想。他的世界充斥着情绪、创造和渴求。他是制造噩梦的材料——我甚至很难想象他会从事平庸无奇的俗事,比如刮胡子或者结账单。那感觉就仿佛他并不存在。

这会儿,由于我什么也没说,由于我无法调动情绪作答,克拉莉莎就又开口了。我们仍然凝视着对方。"你总是在想他。没完没了地想。刚才你就在想他,是不是?说吧,对我说实话。说呀。"

"是的,我是在想他。"

"我不知道你这是怎么了,乔。我在失去你啊。这太可怕了。你需要帮助,可我觉得我是帮不了你的。"

"星期三我去找警察,他们也许可以……"

"我是在说你的头脑!"

我坐了起来。"我的头脑绝没问题。正常得很哪。亲爱的,他实实在在是个威胁。他是个危险分子啊。"

她也挣扎着要坐起身。"哦,天哪,"她说,"你不明白。"说罢她哭了起来。

"听我说。我正在做彻底研究。"我把手放在她肩上,她却一耸肩挣开了,但我继续道:"从我读到的资料来看,患有克莱拉鲍特综合征的病人可分为两类……"

"你以为光靠读资料就能解决问题吗?"她突然停止了哭泣,发起火来。"你难道不明白是你有问题吗?"

"我当然有问题,"我说,"可是,你先听我说嘛。多知道些东西总是有帮助的啊。有些病人的症状是整体精神疾病的一部分。他们是很容易识别的。还有一些病人徒有其表,他们完全执迷于自己所恋的对象,但在生活的其他方面却表现得很正常。"

"乔!"她喊道,"你说他在外面,可我出去的时候并没有人。

181

没有,乔。"

"他一看见你穿过楼下的大厅,就会沿着大街走一小段路,然后站在一棵树后面。别问我为什么。"

"还有那些信,那种笔迹……"她看着我,下唇松弛下来。有什么事情掠过她的脑海。她犹豫起来。

我问:"那些信怎么了?"

她摇了摇头。现在她下了床,收拾起明天要穿的衣服,站在门口。"我吓坏了。"她说。

"我也是。他可能会使用暴力。"

她没有看我,而是看着我头顶上的某块地方。她的声音很沙哑。"今晚我要去儿童房睡。"

"求你别走,克拉莉莎。"

但她走了。第二天,她把她的东西搬进了儿童房,就这样,一时冲动的决定变成了既定的安排。我们仍然生活在一起,但我知道,自己已是孑然一身了。

第十八章

星期三是克拉莉莎的生日。我送上生日贺卡时,她结结实实地亲了下我的嘴唇。如今她已认定我精神失常,而且已跟我摊牌,说我们已经了结,于是显得兴致盎然,慷慨大方。一段新的生活即将开始,因此她向我展现友善,这丝毫无损于她啊。要是早几天前她像这样精神抖擞,也许会让我疑窦丛生,或心滋嫉妒,然而现在这却证实了我的推断:她既没有潜心研究,也没有仔细思量。帕里的状况不可能一成不变。既然一时无法得到满足,他的爱必定会转化为漠然或者仇恨。克拉莉莎以为她的情绪能提供适宜的引导,以为光凭感觉就能找到真相,而此时真正需要的是信息、洞见和小心算计。正因如此,她很自然地认为我已经疯了——尽管这对我们俩来说是场灾难。

她一出门上班,我便走进书房去包装礼物。我们曾和她的教父凯尔教授约好在那天中午一起吃午饭,我打算在吃饭的时候把这份礼物送给她。我收拾起帕里所有的来信,按照日期排列,用活页夹把它们夹好。我躺在躺椅上,从头慢慢翻阅,标出意义重要的段落。我把那些段落打印出来,并在后面用括号加注出处。最后,我一共整理出四页摘录,复印了三份,每份都放进一只塑料夹里。这项耐心的工作将我带进一种在机关里工作时的恍惚状态，产生了行政人员常有的幻觉，仿佛世间的一切悲伤都能在盲打、一台像样的激光打印机和一盒回形针面前乖乖就范。

我想把他的威胁整理成一份档案，虽然缺乏单一、明显的例证，但其中有很多暗示和逻辑不通之处，它们累积起来产生的效果警方不会不察。要从那口口声声说爱我的字里行间读出这些东西，需要像克拉莉莎这样的文学批评家般的技巧，但我知道她不会帮我。大约一小时后，我突然意识到这是个错误。我不该把注意力集中在这些明显流露出沮丧与失望的字句上——说什么这一切都是我引起的，是我一直在怂恿他奋力向前，用虚假的承诺挑逗他，然后却又背信弃义，不肯和他一起生活。这些说辞那时听上去很吓人，现在回顾起来，它们只是显得凄苦哀怨而已。我渐渐明白，真正的威胁在于其他地方。

譬如，他描述我不在身边时他有多么寂寞，说着说着，他突然改变了话题，转而思考起孤寂来，然后他回忆起自己十四岁时到乡下和叔叔一起居住时的往事。那时帕里经常借来一把零点二二英寸口径的来复枪去打兔子。静静地趴在一排排树篱间，全身感官无比警觉，注意力完全集中在眼前的任务上——这就是他最爱的一种孤独。这段描述本来看不出有什么问题，但他随后还兴致勃勃地重温起杀戮的乐趣，这就有些危险了——"死亡的力量从我的指间跃出，乔，从远处使出的力量。我做得到！这我做得到！那时我曾经这样想。让那猎物奔逃，看着它

184

中弹后踉跄翻滚,应声落地,扭动抽搐,然后平静下来,一动不动,而我匆匆走近它,感觉自己就像命运本身,爱着这被我刚刚摧毁的小生灵。生与死的力量,乔。上帝拥有这种力量,而依照他的形象塑造出来的我们也有啊。"

我又从另一封信上抄下了三句话:"我就想伤害你。也许,甚至不仅仅是伤害呢,比伤害更严重。而且,当时我想,上帝一定会宽恕我的。"最近另一封信中,有些地方和我从牛津回来那天他对我说的话遥相呼应:"是你挑起了这件事,你不能一逃了之。我可以雇人替我办事——这你已经知道了。甚至就在我写这封信时,就有两个人在装修我家的浴室呢! 以前,不管有没有钱,我都会亲自动手,可现在我在学着委托他人去干。"这几行字我盯视了很久。我不能一逃了之与他可以委托他人去干,这两者之间有什么联系呢? 这里肯定有话漏掉了没讲出来。在最近的一封信里,他没头没脑地写道:"我昨天去了里尾路——你要知道,那是大恶棍的群居之地。我要找更多的人来装修!"

其他地方也有一些语气不祥的祷告,提及上帝更为黑暗的一面。"上帝之爱,"他写道,"可能借愤怒之形出现,可能化为灾祸呈现在我们面前。这困难的一课我花了一辈子才学会。"与此相关的还有——"他的爱并非永远温和。那份爱必须长久,必须让你永远无法摆脱,所以怎么可能总是温和的呢? 它是一道暖流,是一股热量,它可以灼伤你,乔,它也可以吞没你。"

帕里的信中鲜有《圣经》典故。他的宗教如幻梦般模糊,缺乏确切教义,信中也看不出他隶属于任何一个教会。他的信仰

185

是由自己架构的,大致符合个人成长与自我实现的培育。他时常谈到宿命,谈到他的"道路",谈到他要坚定地沿着这条路走下去,还有命运——他和我难分难解的命运。上帝与自我这两个词常被他混用,上帝对人类的爱与帕里对我的爱被等同起来。这正是心智混乱、架构松散的典型范例。他不受神学的细密或宗教戒律的框限,没有社会规范,没有对教会必须履行的责任,没有任何使宗教可行的道德架构,不管那些宗教的宇宙观是多么功亏一篑。帕里只聆听他个人上帝的内在声音。

除了自己以外的内容,他唯一引用过的就是约伯的故事,只有两次提到,但即使这样,也看不出他是否真的读过原文。"你好像不大舒服,"有一次他写到他在街上看见我。"甚至显得很痛苦,但你不应该由此怀疑我们。要记住,约伯承受过多大的苦难啊,而上帝始终爱着他。"这里再次包含了一项未经检验的假定,即上帝和帕里合二为一,他们俩会一起决定我们共同的命运。另外一次引用则让我感觉他可能是在拿我当上帝:"我们都在受苦,乔,我们俩都在饱受折磨。可问题是,我们中哪一个是约伯呢?"

临近中午时分,我离开了公寓,手里拿着一只棕色信封,里面装有我细心标注的摘录段落,另外口袋里还装着送给克拉莉莎的礼物。出门时,帕里不在外面。我驻足环顾四周,多少有点期待他会从某棵树后面现身。他的行动规律变了,这让我感到不安起来。从前天早上开始,我就没有见过他。如今我读了相关文献,知道会有哪些可能发生,所以我倒宁愿他出现在我能看得见的地方。前往警察局的路上，我还好几次回头张望，看他是不是在跟踪我。

这个时候，警局里并不忙，但我还是不得不在等候室干坐了一个多钟头。当人类对秩序的需求遭遇自身制造混乱的倾向，当文明与其自身的不满狭路相逢，摩擦以及大量的损耗就会出现。这种摩擦和损耗呈现在每扇门前油毡地毯的破洞上，呈现在接待柜台后面毛玻璃上那道弯弯曲曲的竖直裂痕里，也呈现在那迫使每位访客脱下外套、逼着每个警察换上衬衫、叫人身心疲惫的滚烫空气中。这种摩擦和损耗呈现在两个姿势颓废的年轻人身上，他们身穿黑色太空服，低头盯着自己的脚，彼此生着气，一句话也不说；它还呈现在我这把椅子的扶手上那乱刻字样的涂鸦里，其所表达的是满不在乎的叛逆或愈加强烈的痛苦——"操！操！操！"终于，执勤巡官林利疲惫地把我请进一间接见室里，我在他那张泛着荧光般苍白的大圆脸上也看到了这种摩擦和损耗。看上去他很少出门。他不需要出门，因为所有的麻烦都会鱼贯而入。

我有位记者朋友在一家通俗小报跑了三年的犯罪新闻，他建议我，要让警方对我的案子有半点兴趣，唯一的方法就是正式提出申诉，指出警方至今没有妥善处理。这样我就能跳过守在接待柜台里的那个戴眼镜的女人。他们至少得处理这份申诉，而我就可以借此机会向高一级的警察解释我的问题。那位朋友也提醒过我别抱太大希望。接见我的会是即将退休、只想安稳度日的人，他的职责是压下申诉，同时又要显得好像会去处理

187

它们。

房里有两把折叠金属椅,林利挥手让我坐在其中一把上。我们隔着一张带有塑料贴面的桌子面朝对方,桌上满是咖啡杯底留下的圆形污渍。我坐的这把椅子冷冰冰的,整个椅面摸起来都是油腻腻的。烟灰缸是从一只塑料可乐瓶上切下来的瓶底,旁边还有个泡过的茶叶包,蹲伏在一把汤勺上。这里的肮脏邋遢简明地传递出一项挑战:我这是要向谁打报告啊?

在此之前,我已提交了我的申诉,林利终于给我打了电话,我把整个经过告诉了他。当时我说不好他究竟是有点精明,还是愚笨透顶。他讲话时,声音听上去像是被人掐着脖子,喜剧演员有时就模仿这种声音来刻画官僚主义,而这种声音从林利的口中发出则显得有些愚蠢。另一方面,他当时说的话实在不多。就连现在,在他打开档案的时候,他也没说出一句"日安"或者"上回我们讲到哪儿了"这样的寒暄话,就连哼哧几下都没有,只有穿过鼻毛呼出的电子哨音般的呼吸声。我猜想,在这种沉默中,嫌犯和目击证人会忍不住地多说话,于是我也保持缄默,看着他翻阅面前他手写的两页笔记,上面的字体又斜又尖。

林利抬起眼睛,却没有看我,而是直盯着我的胸口。直到他吸了口气准备说话时,那对灰色的小眼睛才和我的视线短暂交会。"这么说,你现在遭到这家伙的骚扰和威胁。你报过警,但是没有得到满意的答复。"

"没错,"我说。

"他对你的骚扰包括……"

188

"正如我之前所说的，"我边说边试图倒着读他的笔录。难道他刚才没在听我说话吗？"他每星期要寄来三至四封信，"

"淫词秽语？"

"不是。"

"有性暗示？"

"没有。"

"出言侮辱？"

"也不完全是。"

"那就是关于性方面的东西喽。"

"信里好像并不是关于性的内容。这是一种执迷。他对我执迷到了极点，其他什么事都不想了。"

"他给你打过电话吗？"

"现在不打了。他只寄信。"

"他爱上你了。"

我说："他得了一种叫做克莱拉鲍特综合征的精神疾病。他处在幻觉之中。他认为事情是我挑起的，并深信我在用秘密信号鼓励他……"

"你是精神病医师吗，罗斯先生？"

"不是。"

"但你是同性恋。"

"不是。"

"你们是怎么认识的？"

"我已经告诉过你了。是因为一次气球事故。"

他飞快地翻了一页笔记。"我这里好像没有相关记录。"

我简要地向他讲了一遍事情经过,他用双手托住那颗沉重而对称的头颅,仍然无意写下这个故事。我讲完后,他问:"是怎么开始的?"

"那天他很晚打电话给我。"

"他说他爱你,你挂了电话。你一定很不高兴。"

"我感觉受到了骚扰!"

"所以你和你太太商量了这件事。"

"在第二天早上。"

"为什么要耽搁呢?"

"我们太累了,那场意外让我们筋疲力尽。"

"那她对这件事的反应怎样?"

"她很烦恼。这件事给我们带来了很大的压力。"

林利看向别处,刻意噘起嘴唇。"她有没有因为这件事对你发火? 或者你对她发火?"

"这件事让我们的感情承受了很大压力。以前我们非常幸福。"

"罗斯先生,你以前有精神方面的问题吗?"

"完全没有。"

"工作压力之类的呢?"

"一点没有。"

"搞新闻的,很苦啊,是不是?"

我点了点头。我开始对林利和他那张奇特的圆脸极为反

190

感。我稍微停顿了一下，然后继续道："我有充分的理由相信他是个穷凶极恶的家伙，所以我才报了警，想寻求帮助。"

"有道理，"林利说，"换了我也会这样做。而且，如今这方面的法律应该会越来越严厉。你说，他站在你住处外面，等你一出门就来烦你。"

"以前是这样的。而近来他只是站在那里。只要我想跟他说话，他就会走开。"

"所以他并没有真的……"他压低了声音，翻阅——或者说是在假装翻阅——他的笔记，自己嘀咕着。"那就是骚扰——嗯……"然后他又神色轻松地问我："那么威胁部分呢？"

"我抄录了一些段落。他并没有直接威胁我。你得仔细阅读才行。"

值勤巡官林利往椅背上一靠，读了起来，在他垂下视线的时候，我盯着他的脸庞。令人反感的不是他那副苍白的脸色，而是脸部那膨胀浑圆、近乎非人的几何形状——一个几近完美的标准正圆形，圆心是他那纽扣状的鼻子，圆周包括他那圆滚滚的白色秃顶和肥胖下巴的浑圆曲线。他前额突出，灰色小眼睛下方的双颊鼓胀饱满，鼻子与上唇之间的部位凸起发青，看不出人中的凹痕，形成了又一道弧线。

他把我那几页纸放在桌子上，双手扣紧抱在脑后，对着天花板凝视了几秒钟，然后看着我，眼里带着一丝怜悯。"就像狗仔队那样，罗斯先生，他是一只舍不得你的小猫咪。你想要我们怎么做呢？逮捕他吗？"

我说:"你必须了解这种幻觉的强烈程度,还有逐渐累积的挫折感。他需要知道自己不能为所欲为……"

"这些材料里没有任何《公共秩序法》第五款所定义的威胁、谩骂或者侮辱行为。"林利加快了语速。他想把我打发走。"也没有触犯1861年的《侵犯人身法》。我们连告诫他都不行。他爱他的上帝,他还爱你,对这一点我很遗憾,但他没有触犯法律呀。"他拿起那几页摘录,一松手,任它们自己落下。"我的意思是,威胁到底在哪里呢?"

"如果你读得仔细些,再用逻辑思考一下,就会看出他是在暗示他能找人,能雇人来把我痛打一顿。"

"太牵强了。你应该看看我们这里的其他案子。他又没砸烂你的汽车,对吧?也没对你挥刀子,也没把垃圾桶打翻在你家门口。他连骂都没骂过你一句。我是说,你和你太太有没有考虑过请他进门喝杯茶,好好聊一聊呢?"

我能保持如此冷静真是不简单,我心想。"听着,他是个典型的病例。德·克莱拉鲍特综合征,色情狂,狗仔队,随便你怎么称呼吧。我做了一些深入研究。文献指出,当他意识到他得不到自己想要的东西时,很有可能会造成真正的暴力危害。你至少可以派两名警员到他家里去,让他知道你们正盯着他。"

林利站了起来,一手握着门把,而我还固执地继续坐着。他表现出的耐心其实是一种嘲讽。"在我们现有的社会里,或者是在我们想要拥有的社会里,就算不提我们有限的警力,我们也不可能只因为公民乙读了几本书、判定对方有暴力倾向就派警员上门去找公民甲吧。我的手下也不可能同时身在两处,一边监视他,另一边保护你。"

我正要回答,林利却打开门走了出去。"不过我要告诉你我会怎么做。下周什么时候我会派我们的社区值巡警员去你家。他处理社区问题有十年的经验,我相信他一定能提供一些有用的建议。"说罢他就扬长而去,我听见他在等候室里大声叫喊,可能是在对那两个穿太空夹克衫的小子说话:"申诉?就凭你们两个?真是笑死人了!听着,你们两个都快点乖乖滚蛋,搞不好我还会把那份档案弄丢呢。"

午饭要迟到了,我沿着大街快步离开警察局,回头看有没有出租车。我本该感到愤怒或忧虑的,但不知为什么,林利给我碰的这个钉子让我反而把事情看得更清楚了。我已经两次设法引起警察的注意,以后不需要再费这个事了。也许是口袋里要送给克拉莉莎的礼物的重量让我的思绪转向了她,转向我们一切的不愉快。她坚持说我们之间已经了结了,可我却真的没往心里去。我一直都觉得我们的爱是持久绵恒的。现在,当我沿着哈罗路匆忙赶路时,林利巡官刚才说的一句话触发了我,我发觉自己回想起了我们去年庆祝她生日时的情景,当时,生活中可丝毫没有瓜葛纠纷的痕迹啊。

那句话就是"同时身在两处",而忆起的是一大清早。她还在睡觉,我先下楼去泡茶。我兴许是从门厅地板上捡起邮件的,然后挑出其中的生日贺卡,把它们放在托盘中。在等水烧开的时,我看了一个当天下午要录制的电台节目。这桩事我记得很清楚,因为后来我把那材料写进了某本书的第一章。宗教信仰是否具有遗传上的基础?抑或这只是个新鲜的想法?假如信仰有物竞天择的优势,那么呈现优势的途径也许就太多了吧,根本就无法证明。倘若宗教能给人——尤其是牧师阶层的人——带来地位,这当然就很有社会优势了。也许,宗教赋予人的是面对逆境的力量,是抚慰心灵的力量,让信徒能有机会熬过一场可能令无神论者崩溃的灾难。也许,宗教赋予信徒的是激情澎湃的信念,是悉心执一的蛮力。

也许,宗教对团体就像对个人一样行之有效,它能带来凝聚力和认同感,让你感觉自己和同伴们是对的(即使——或者说是"尤其"——在你实际上是错了的时候)。上帝站在我们这一边。在一股狂热的团结浪潮的激奋下,你们用可怕的信念武装自己,袭击邻近的部落部族,奸淫掳掠,大肆踩躏,撤离时浑身燃烧着熊熊的正义之火,沉醉在你们的诸神先前承诺过的胜利之中。在千年时间里将这过程重复个五万次,那么,纵然这一信念毫无根据,掌握它的复杂基因也可相沿成习,蔚然成风。我在这些思绪中飘进浮出。水烧开了,我把茶泡上。

前天晚上,克拉莉莎把她的头发编成了一条麻花辫,用黑天鹅绒丝带绑紧。当我端着茶和生日贺卡并拿着报纸走进房间时,她正从床上坐起,解开辫子,抖散秀发。与情人同床共枕是一大快事,而重回她的身旁,沐浴在一夜余温中,实乃甜蜜无比。我以茶代酒为她干杯,和她一起阅读生日贺卡,然后我们就开始亲热温存。克拉莉莎比我轻八十磅,有时她喜欢从上位开始。

她用床单裹住玉体，像一位披着婚纱、裙摆曳地的新娘，睡眼惺忪地跨坐在我的身上。在这个特殊的早晨，我们玩着一种游戏：我躺着，假装在读报纸。她把我导进她体内，呻吟着，扭动着，颤抖着，我则装作没意识到她，径自翻看着报纸，皱眉阅读眼前的新闻报道。她感觉自己被我冷落，于是心中激起了些许受虐般的亢奋：没人注意她，她不存在啊。彻底湮没了！然后她转守为攻，一举摧毁我的注意力，从中获取快感，并把我从纷繁喧嚣的公众领域拽入完全属于她的深邃世界中。现在轮到我被消灭了，连同一切不是她的东西一起被消灭。

　　然而，这一次她没能大功告成，因为我暂时做到了林利宣称他手下警员们都无法做到的事情。克拉莉莎让我亢奋，但我同时也真的在读一则关于女王的新闻。她去加拿大造访一个叫做黄刀镇的小地方，该镇位于偏远的西北地区——面积和欧洲一样大，而人口只有五万七千人，其中大部分显然都是酒鬼和无赖。克拉莉莎在我上面扭动翻腾的时候，一段关于该省恶劣天气的报道引起了我的注意，还有两句离题的话这样写道："日前，一场暴风雪吞噬了在黄刀镇以北举行的一场橄榄球赛。参赛的两支队伍因未能抵达安全之地，故悉数冻死。""听听这个，"我对克拉莉莎说。但她随即看着我，我就只能戛然而止，完全任她摆布了。

　　阅读和理解这一行为，关涉大脑中若干彼此迥异而又互有重叠的功能，而控制性功能的区域则在较低的层次上运行，从进化的角度来看显得更为古老，无数有机体都具备这一功能——

不过,它仍然能够接受较高层次功能(如记忆、情绪、幻想等等)的调节。我之所以如此清楚地记得克拉莉莎生日这一天的那个早晨——卡片和撕开的封套散落在床上,明亮的日光透过窗帘缝隙长驱直入——是因为,我们的那场小小的游戏让我有生以来头一遭彻底体验到了"同时身在两处"的感觉。我在克拉莉莎的引诱下兴致高昂,全身感觉敏锐并乐在其中,同时又被那篇花絮报道背后的悲剧所撼动:比赛赛到一半,两队人马便在狂风中四散奔逃,结果活活冻死在看不见的球场边缘。所有生物在交配时都特别脆弱,易受攻击,但长久以来的生存淘汰法则必已证明,专心一意的交配最有利于成功繁衍后代,因此,宁可偶尔让一对动物在极乐之中遭到猎食,也不要让强烈的繁殖冲动受到些许稀释。不过,在那连续的几秒钟里,我同时完整享受到了生命中两种重要而对立的乐趣:阅读和交媾。

后来,我在浴室里问克拉莉莎:"难道你不觉得我是某种进化过了头的生物吗?"

克拉莉莎,这位研究济慈的学者,正一丝不挂地弯身坐在软木凳上,给脚趾抹指甲油——这是迎接生日庆祝活动的一种姿态。"没觉得啊,"她回答道,"你只是在变老。况且呢——"说到这里,她模仿起广播节目里那种无所不知的腔调来,"进化演变,物种形成,都只能是后知后觉啊。"

此时此刻,在我的内心深处,我恭贺她掌握了这一用语。当一辆出租车朝我驶来时,我意识到自己是多么强烈地怀念我们俩昔日在一起时的生活,我不禁思忖:如何才能够回归那样的至

196

爱、快乐和亲密无间呢？克拉莉莎认为我疯了,警察觉得我傻乎乎的,但有一件事是确定无疑的:让我们回到往昔这一项任务,将由我一个人独自承担了。

第十九章

我迟到了二十分钟。这儿,午间的生意特别好:餐厅内人声鼎沸,从街上踏入店门,犹如走进一场风暴。所有人仿佛都在谈论着同一话题——而一小时后果不其然。教授已经入座,而克拉莉莎依然站着,即使身在房间的另一端,我仍可看出她还是那样眉飞色舞。她正在周围制造出一点忙乱的气氛。在她脚边,一名侍者双膝跪地,状若祈祷,正往一条桌腿下垫东西,而另一名侍者在为她搬来一张新椅子。看见我以后,她一蹦一跳地穿过嘈杂的人群来到我面前,拉住我的手,引我走到餐桌边,好像我是个盲人似的。我把她的这份活泼轻佻归因于喜庆的心情,因为我们的确有些喜事值得举杯同庆:不仅仅是庆祝克拉莉莎的生日,还因为她的教父乔斯林·凯尔教授在人类基因组计划①中获得了一项荣誉职位。

落座前我先亲吻了她。这些天里我们的舌头从未接触,但这次它们的确碰到了一起。乔斯林从椅子里半站起身与我握手。与此同时,放在碎冰桶里的香槟酒也被摆上了餐桌。我们提高嗓门,加入到这片喧嚣之中。洁白的桌布上,碎冰桶沐浴在一块菱形的阳光下,餐厅那高大的窗户外面是夹在房屋中间的长方形的蔚蓝天空。刚才的那一吻让我勃然雄起。记忆中,这顿午餐十分成功,历历在目,嘈杂一片。记忆中,最先端上来的菜都呈红色:意大利风干牛肉,摆在羊奶乳酪上的一片片肥厚的烤甜椒,紫色菊苣,还有盛在白色瓷碗里的四季萝卜花边拼盘。事后回想起我们倾身向前大声喊话时的情形,我感觉这一切仿佛都在水下发生,模糊不清。

乔斯林从口袋里拿出一只用蓝丝巾裹住的小包。克拉莉莎打开她的礼物时,我们一桌人都保持安静,仿佛在想象中树立起了一扇屏风。也许就是在这时,我朝我左边的邻桌瞥了一眼。一名男子——后来我得知他叫科林·塔普——正和他的女儿还有父亲坐在一起。也许我是在稍后才注意到他们的。如果说当时我认出了那个在二十英尺外背对着我们的孤独食客,那我脑子里也没有留下任何印象。丝巾里裹着一只黑匣子,匣子里的一团脱脂棉绒上放着一枚金质胸针。克拉莉莎一言不发地将它托在掌心,我们一起欣赏着它。

两条金带交织缠绕,形成一个双螺旋结构。在它们中间,是三个一组代表着碱基对的银质细杆——就是这四个基因字母交换形成的三联体为所有生命编码。螺旋带上刻有球面图形,代表二十个氨基酸,三个字母编码排成的银杆就连接在这二十个氨基酸上,

---

① 人类基因组计划(Human Genome Project, HGP):与曼哈顿原子弹计划和阿波罗登月计划并称为三大科学计划,由美国科学家于1985年率先提出,于1990年正式启动。美、英、德、法、日和中国的科学家共同参与了这一价值达30亿美元的人类基因组计划。这一计划旨在为30多亿个碱基对构成的人类基因组精确测序,发现所有人类基因并搞清其在染色体上的位置,破译人类全部遗传信息,从而解码生命,了解生命的起源,了解生命体生长发育的规律,认识种属之间和个体之间存在差异的起因,认识疾病产生的机制以及长寿与衰老等生命现象,并为疾病的诊治提供科学依据。

构成基因图谱。在餐桌上明亮的光线中,克拉莉莎手心里的这枚胸针仿佛不仅仅只是一份 DNA 的象征。它简直就像 DNA 本身,已经准备好要制造氨基酸链条,以将其混入蛋白质分子之中。它简直就可以在她的手上分裂,复制出另一份礼物。克拉莉莎轻声一叹,乔斯林的名字飘然而出,餐厅中的喧嚣再次涌回我们身边。

"哦,天哪,太美了!"克拉莉莎叫出声来,亲吻了他。

他那双视力欠佳、蓝中带黄的眼睛湿润了。他说:"知道吗,以前这是吉莉安的。你得到它,她一定会很高兴。"

我迫不及待地想拿出我自己的礼物,但我们仍然沉浸在乔斯林的这份礼物带来的氛围里。克拉莉莎将这枚胸针别在她那件灰色的丝质衬衫上。

如果我不知道先前发生的事情,我还会记得这些谈话吗?

我们开始调侃起来,说基因组计划到处在免费赠送这种首饰。随后,乔斯林聊起了发现 DNA 的历程。也许就是在此刻,在我从椅子里转身叫一名侍者倒些开水来的当口,我注意到了邻座的那三个人,两个男人和一位女孩。我们喝完了香槟,让侍者把餐前小吃撤走,开始点菜。我不记得我们随后点了哪些菜了。乔斯林开始向我们讲述瑞士化学家约翰·米歇尔[①]的故事,

---

① 约翰·弗里德里希·米歇尔(Johann Friedrich Miescher, 1844—1895):瑞士生物化学家。1868 年,米歇尔首先从白细胞核中发现一种含有磷和氮的物质。1874年,通过对该物质的研究,米歇尔又从中分离出蛋白质和酸的分子,首次发现了重要的生命物质——核酸。

他在1868年就发现了DNA。这个发现被认为是科学史上错失的重大机遇之一。米歇尔让当地一家医院向他定期提供沾满脓液的绷带。（"上面带有大量的白细胞。"为了能让克拉莉莎理解，乔斯林加上了这一解释。）米歇尔对细胞核的化学成分很感兴趣，他在细胞核中发现了磷，而当时的观念认为，这种物质不可能存在于细胞核中，龃龉由此产生。这是个非同寻常的发现，但他的老师却扣下了他的论文，花了两年时间重做实验，才确认这位学生的成果。

我的注意力转向了别处。虽然我知道米歇尔的故事，但此时让我转移注意力的并不是无聊，而是焦躁不安，是一种我在结束了警局里的面谈之后情绪得到发泄的不耐烦的感觉。我很想讲讲我与林利巡官见面的情况，对事情的经过稍微添油加醋一番，让它听上去更加有趣，但我知道，这样做会立即让我和克拉莉莎重新回到对立的状态中。在隔壁的餐桌上，那位女孩正在她父亲的帮助下浏览菜谱。就和我近来一样，他得把眼镜顺着鼻梁往下一滑才能看清上面的字。女孩亲昵地倚靠在他的肩膀上。

与此同时，乔斯林继续讲着他的故事，享受着他身为长辈、名人和送礼者这三重身份所带来的特权。米歇尔继续加紧从事他的研究。他集合了一支科研小组，开始分析他所谓的"核酸"的化学成分。于是他发现了它们，发现了那组成ACGT字母表并由此书写了地球上一切生命的四种物质——腺嘌呤与胞嘧

201

啶,鸟嘌呤与胸腺嘧啶。这个发现没有产生任何意义。这一点很让人奇怪,尤其在后来的年月里更让人费解。那时候,孟德尔[①]在遗传法则方面的研究成果被广泛接受,人们在细胞核中发现了染色体,并猜测遗传信息就存储在那里面。当时人们已经知道DNA就存在于染色体中,它的化学成分也已经由米歇尔作出描述。在1892年写给他叔叔的一封信中,米歇尔推测DNA可能就是构建生命的密码,就像字母表是针对语言和概念的编码一样。

"事实活生生地摆在他们眼前,"乔斯林说,"但他们就是看不见,他们就是不愿看。问题自然是出在那些化学家身上……"

在喧嚣中讲话并不容易。他打住话头喝了口水,我们等待着。这个故事是为克拉莉莎讲的,是为了给她的礼物添光生色。乔斯林让嗓子休息的时候,我身后有了动静,我不得不向前收了一下椅子,让那个女孩通过。她朝盥洗室的方向去了。等我再次注意到她时,她已经回到了座位上。

"是那些化学家们,明白了吧。他们很有势力,相当自负。19世纪是他们的黄金时代。他们大权在握,却都是一群粗率的人。就拿洛克菲勒研究所的福波斯·莱文[②]来说吧,他百分之百地确信DNA是一种无用且不重要的分子,是那四个字母ACGT

---

① 孟德尔(Gregor Johann Mendel,1822—1884):奥地利著名生物学家,被后人誉为"现代遗传学之父",其于1865年发现的三大遗传规律奠定了遗传学的基础。
② 福波斯·莱文(Phobus Levine,1869—1940):俄国-美国化学家,他证明了核酸所含的糖类由5个碳原子组成,并将这种糖类命名为"核糖",还找出了"核糖核酸"(RNA)和"脱氧核糖核酸"(DNA)之间的区别,并于1934年发现了"核苷酸",为遗传学研究做出了重大贡献。但他在20年代提出"DNA结构的四核苷酸假说"认为DNA只不过是一种含有腺苷酸、鸟苷酸、胸腺苷酸和胞苷酸四种残基各一个的四核苷酸而已,从而对后来的DNA研究造成了长期误导。

的无序随机组合。他对它不屑一顾，然而，由于奇特的人性使然，这又成了他的一股信念，根深蒂固的信念。他知道，就是知道，那种分子一点儿也不重要。后辈的年轻科学家们没有一个能摆脱他的影响。还得等上好多年呢，直到格里菲斯①在二十年代开展对细菌的研究，然后奥斯瓦尔德·艾弗里②在华盛顿继续他的实验——当然莱文那时已经去世。奥斯瓦尔德的研究持续了很长时间，直至四十年代。接着，亚历山大·托德③在伦敦着手研究糖磷酸键，然后在 1952 年和 1953 年是莫里斯·威尔金斯④和罗莎琳·富兰克林⑤，然后就是克里克和沃森⑥。你知道当

---

① 弗雷德里克·格里菲斯(Frederick Griffith，1879—1941)：英国遗传学家，DNA 遗传功能的发现者，于 1928 年发现了 DNA 的转化作用，为后人认识到 DNA 是遗传物质奠定了基础。

② 奥斯瓦尔德·艾弗里(Oswald Avery，1877—1955)：美国著名生物化学家，曾率先提出遗传物质是脱氧核糖核酸(DNA)而非蛋白质的观点。这是 20 世纪最重大的科学发现之一，但因与当时的传统观点不合，迟迟得不到承认，艾弗里也因此未能获得诺贝尔生理学或医学奖。

③ 亚历山大·托德(Alexander Todd，1907—1997)：英国有机化学家和生物化学家，被称为近代核酸化学的前驱，1957 诺贝尔化学奖获得者，其主要成就是对核苷酸的研究，他弄清了核苷酸的结构和组成并首先合成了人体内几种重要的核苷酸单体，为 DNA "双螺旋体"结构的发现打下了良好基础。

④ 莫里斯·威尔金斯(Maurice Wilkins，1916—2004)：英国分子生物学家，专注于磷光、雷达、同位素分离与 X 光衍射等领域。他在伦敦国王学院期间解开了 DNA 分子结构，这一成就以及一些相关研究使其与弗朗西斯·克里克、詹姆斯·沃森共同获得了 1962 年的诺贝尔生理学或医学奖。他在国王大学的同事罗莎琳·富兰克林也是这项研究的主要贡献者之一，但她因病早逝，无缘得奖。

⑤ 罗莎琳·富兰克林(Rosalind Franklin，1920—1958)：英国物理化学家与晶体学家，所做的研究专注于 DNA、病毒、煤炭与石墨等物质的结构，其中她所拍摄的 DNA 晶体衍射图片"照片 51 号"以及关于此物质的相关数据，是詹姆斯·沃森与弗朗西斯·克里克解出 DNA 结构的关键线索。

⑥ 弗朗西斯·克里克(Francis Crick，1916—2004)，英国生物学家、物理学家及神经科学家，詹姆斯·沃森(James Watson，1928—)，美国生物学家，两人最重要的成就是 1953 年在剑桥大学共同发现了脱氧核糖核酸(DNA)的双螺旋体结构。

他们把构建好的 DNA 模型拿给可怜的罗莎琳看时,她说了些什么吗？她说它简直太美了,不可能不是真的……”

　　这一连串加速说出的名字和他的那套陈词滥调——科学中的美感——让乔斯林放慢了语速,陷入了无言的回忆。他摸弄着餐巾。他已经八十二岁了。刚才提到的这些人他都认识,他曾经是他们的学生或同事。而在衔接分子的研究出现了第一次重大突破的时候,吉莉安就曾经和克里克一起共事过。和富兰克林一样,吉莉安也死于白血病①。

　　我的反应慢了一两秒,不过乔斯林已经给了我一个绝佳的时机。我把手伸进上衣口袋里,脑中不禁想起巧克力盒上的台词:“美即是真,真即是美……”②克拉莉莎微笑起来。她肯定老早就猜到了自己的礼物与济慈有关,但是她肯定想不出此刻在她手上的普通棕色包装纸里包的是什么。还没等完全拆开包装,她就认出了它,尖叫起来。邻桌的女孩从座位里转过头来张望,直到她的父亲轻轻地拍了拍她的胳膊。大裁③八开本,褐色硬面精装,插着书标,书况不佳,已发黄变色,有少许水渍——这是济慈第一部诗集的首版,1817 年的《诗集》。

　　“这礼物太棒了!”克拉莉莎说道。她站起身,用双臂搂住我的脖颈。“肯定花了你好几千……”然后她把嘴唇贴到我的耳

---

① 　实际上,罗莎琳·富兰克林于 1958 年因支气管肺炎及卵巢癌而逝世,并非死于白血病,此处疑为作者笔误。
② 　“美即是真,真即是美……”:出自济慈脍炙人口的颂诗之一《希腊古瓮颂》。
③ 　大裁(foolscap):一种书写印刷纸规格,英国为 13.5×17 英寸,美国为 13×16 英寸。

边,就像从前一样。"你花了这么多钱,真是个坏孩子。我要让你整个下午都干我。"

她不可能是说真的,不过我还是顺水推舟:"哦,好啊。如果这样能让你觉得好些的话。"她这样说,当然是因为香槟酒的作用和出于单纯的感激,但我还是很高兴。

大约一天过后,我会禁不起诱惑,去编造或详细描述关于我们邻桌的细节,去强迫记忆传递从未捕捉到的东西,不过我的确看见那个男人——科林·塔普——在说话时将手放在他父亲的胳膊上,安慰他,让他放心。我也很难分辨哪些是我后来发现的,哪些是我当时感觉到的。塔普实际上比我年长两岁,他女儿十四岁,父亲七十三岁。我没有刻意去推断他们的年龄——到这时我已经不再走神,我们自己这一桌的人都在全神贯注地聊天,聊得很开心——但我肯定已经对我们邻桌之间的关系做了很多假设,通过我的眼角余光观察他们,用语言学家称之为"心理语言"的即时思维这一学语前的语言,在几乎是下意识的状态里无言地做着推测。那位女孩我确实留意过,虽然只是仓促地瞥了几眼。她挺直腰杆,显出一副某些十来岁的少年才会采用的姿势,摆出宠辱不惊、世故成熟的样子,却令人释然地泄露出相反的一面。她肤色颇深,一头黑发剪得很短,脖颈底部的皮肤颜色略浅——这说明她的头发新近才剪。或者,这些细节是我稍后在混乱当中,甚或是在混乱发生之后观察到的?还有一件让我困惑的事,也是事后的认识给记忆带来的:我发觉,在回忆

205

这些场景的时候,我会把一个独自坐着用餐、将脸朝向别处的男子的身影插入其中。那时我没有看到他,直到最后一刻才认出来,但我已经无法将他从后来的记忆重建中排除出去了。

在我们这一桌里,克拉莉莎已经重新落座,我们的话题回到了受压制的年轻人身上,他们受到比自己年长的人——他们的父亲、老师、导师或是偶像——的打压或是阻挠。话题的开端是约翰·米歇尔和他的老师霍佩-塞勒①。塞勒阻止他的学生将关于细胞核内有磷存在的发现及时公布于众,而且他恰好还是米歇尔向其投出论文的那份学术期刊的编辑。从他们身上——后来我有时间往前追溯我们的谈话——从米歇尔和霍佩-塞勒身上,我们聊到了济慈和华兹华斯。

现在主要是由克拉莉莎来唱独角戏了,尽管乔斯林对他学科外的事物只略知一二,他从吉廷斯②所著的济慈传记中也听说了这个著名的故事——年轻的济慈去拜访他所崇拜的诗人。我知道这次拜访的故事,因为克拉莉莎以前曾经告诉过我。在1817年末,济慈住在北唐斯丘陵③的波克斯山附近的一间名叫

---

① 霍佩-塞勒(Hoppe-Seyler, 1825—1895):德国生物化学家,于1871年发现转化酶,还发现了卵磷脂这一类物质的代表。1875年,霍佩-塞勒提出了一种蛋白质的分类系统,该系统至今仍被使用。最重要的是,他的学生米歇尔发现了核酸,促使霍佩-塞勒本人也开始研究核酸。

② 罗伯特·吉廷斯(Robert Gittings, 1911—1992):英国著名传记作家、诗人,著有《约翰·济慈》和《青年时代的哈代》等多位著名文人的传记。

③ 北唐斯丘陵(North Downs):位于英格兰东南部的一条白垩丘陵,全长190公里,从萨里郡的法纳姆镇一直延伸至肯特郡多佛市的白崖,中间穿过两片景色绝佳的自然风景区。

"狐狸与猎犬"的客栈里，完成了他的长诗《安狄米恩》。他在那里住了一星期，在丘陵间闲行漫步，处于一种饱含创作激情的恍惚状态中。他那时才二十一岁，刚刚写出一首严肃优美的爱情长诗，等他返回伦敦时，他的自我感觉非常之好。在那里，他闻讯他的偶像威廉·华兹华斯也在城里，这令他大喜过望。济慈曾将他的《诗集》送给华兹华斯，还在书上题了辞："献给 W·华兹华斯，作者诚致崇敬之情。"（本来应该送克拉莉莎这本书的。它被收藏在普林斯顿大学图书馆里，据她所说，里面有许多书页未遭删节。）济慈从小就受华兹华斯诗作的熏陶。他把《漫游》称作"这时代里最令人愉悦的三大事物"之一。他接受了华兹华斯的思想，认为诗歌创作是一份神圣的职业，是最高贵的追求。现在他说服了他的画家朋友海登①为他们安排一次会面，于是他们一起从海登在利森路上的画室出发，前往安妮女王大街去拜访这位伟大的天才。在日记中海登写道，济慈对此次会面抱着"最崇高、最纯粹的真正的喜悦之情"。

华兹华斯时年四十七岁，在人生的这一阶段，他的脾气是出了名的差，不过他对济慈还算友善，几分钟的闲聊过后，他问起济慈近期的创作情况。海登插话，替济慈作了回答，并恳求济慈朗诵《安狄米恩》中致潘神的颂歌。于是，济慈在这位伟人面前来回踱步，用"他那一贯半吟半诵（最为感人）……"的腔调朗诵起来。讲

---

① 本杰明·罗伯特·海登(Benjamin Robert Hayden, 1786—1846)：英国画家、作家，1816 年 11 月与济慈相识，并从此成为济慈的好友，他对艺术的热烈追求曾对济慈产生过深刻影响。

到这里,克拉莉莎顶着餐厅里的喧嚣,大声引述道:

> 依然是那难以想象的居所
> 容纳独思冥索;就让它躲避
> 观念直至高渺天际,
> 而后自裸现的头脑离去。

　　等激情四溢的年轻诗人朗诵完毕,华兹华斯显然已经无法再忍受这位年轻人的崇拜之情,在沉默中冷冷地作出了令人惊愕的轻蔑评判:"一首挺不错的异教诗篇"。根据海登的记述,"像他这样崇高的天才不应该对济慈这样的崇拜者如此无情……济慈被深深地刺痛了"——而且再也没有原谅过他。

　　"但我们能相信这个故事吗?"乔斯林问,"我记得吉廷斯好像说过这故事不可采信。"

　　"是不可信。"克拉莉莎开始列举理由。

　　如果在她说话时,我站起身来转向门口,就会看到隔着半英亩地大小的正在说话的人头,有两个身影走了进来,向餐厅领班问话。其中一人个子很高,但我想我当时没有注意这一点。我是到后来才知道的,不过记忆对我玩了个把戏,在我脑中绘出一幅图像,仿佛我当时站立起来,看到了拥挤的大厅,看到那位高个子和餐厅领班正点着头,朝我们的方向依稀一指。然后,在这幻象中,我又怎能说服克拉莉莎和乔斯林还有邻桌的陌生人们放下手中的食物,跟着我跑上楼,穿过互通的房门,从一条小路下楼逃到大街上呢? 在后来的许多个不眠之夜,我在想象中一

208

再回去恳求他们离开。听着，我对邻桌的客人们说，你们不认识我，但我知道会发生什么。我来自受到玷污的未来。那是个错误，它没必要发生。我们可以选择另外一种结局。放下刀叉，赶紧跟我走吧。快点呀！不，真的，请相信我。相信我就是了。快走吧！

但是他们看不见我，也听不到我的话。他们继续享用着午餐，继续聊着天。我也是啊。

我说："不过这故事传了下来。一个家喻户晓的贬低新人的故事。"

"是的，"乔斯林急忙说，"这故事不是真的，但我们需要它，就像某种神话。"我们朝克拉莉莎看去。通常在遇到自己熟知的话题时，她都不大愿意开口。几年前，在一场聚会上，我喝醉了，还当场下跪求她背诵济慈的《无情的妖女》一诗。不过今天我们是来欢庆，是来忘却，所以还是继续聊天为好。

"这故事虽不属实，但它道出了真相。华兹华斯傲慢自大，对其他作家竟心生厌恶。他那时正处在从四十到五十这一阶段的后半期，处世艰难，吉廷斯对这一点把握得很准。等他到了五十岁，他冷静了下来，人也开朗起来，周围的人才敢出大气。但那时济慈已经死了。年轻的天才被握有权势的人所藐视，这种故事总会让人津津乐道。你知道，就像拒绝让甲壳虫乐队在戴卡唱片公司录音的那个人①一样。我们知道，上帝会借历史之手

---

① 此处指戴卡唱片公司的管理人员迈克·史密斯（Mike Smith），1962年1月1日，甲壳虫乐队前往戴卡唱片公司试音，但最终迈克·史密斯拒绝与他们签约，并声称，吉他乐队已经没有前途。

施展他的报复……"

此时，那两人兴许从餐桌中间挤出一条路，朝我们走来了吧。我不能确定。我曾仔细地回想过这最后的半分钟，有两件事情我可以肯定。一是侍者为我们端来了果汁冰糕，二是我又做起了白日梦。我经常这样。顾名思义，白日梦是不留任何痕迹的，俨然是"躲避观念直至高渺天际，而后自裸现的头脑离去"。不过我已屡屡回忆，在这一次次回忆中追溯了白日梦的诱因：克拉莉莎的那句"但那时济慈已经死了"。

这句话，这一"留心死亡"[①]的提醒，让我浮想联翩。霎那间，我仿佛身在异方。我看见了他们所有人：华兹华斯、海登和济慈，他们在安妮女王大街蒙克顿宅邸的一个房间里；我想象着他们的每一份感知和思想，想象着一切事物：衣服的触感，椅子和地板发出的嘎吱声，他们说话时空气在胸腔中发出的共鸣，名誉声望带来的点滴激动，他们的脚趾穿在鞋里的感觉，口袋里的东西，对各人近日的经历所做的臆断，以及他们接下来要做的事情，对各自在其人生故事中的定位所抱有的日渐动摇的概念——这一切想象，就如同这家喧闹嘈杂的餐厅一般，清晰明了，不言而喻，然后又全都消失不见了，就像当时坐在草地上的洛根那样。

要花一分钟描述的事情，实际经历起来其实只要两秒钟。我回过神来，并给克拉莉莎和乔斯林讲了一个我所知道的天才

---

① 此处原文为拉丁语"memento mori"，为"死的警告"、"留心死亡"之意。

210

被人冷落的故事,作为刚才走神没听他们说话的补偿。我有位物理学家朋友,她丈夫是一名出版商,现在已经退休了,他告诉我,在五十年代的时候,他曾经退过一部名为《来自内在的陌生人》的小说书稿。(此时那两位不速之客肯定就在我们身后十英尺开外的地方。我想他们根本没有看见我们。)对我这位朋友来说,这个故事的关键在于:直到三十年后,在他工作过的地方发现了一份旧文件时,他才发觉自己犯下的错误。他没记住那份打印书稿上的署名——当时他每个月都要读几十份书稿——而那本书最终问世的时候他也没读过。或者这么说吧,至少他一开始没有去读。那本书的作者威廉·戈尔丁①将小说重新命名为《蝇王》,并删掉了那消磨我朋友兴致的又臭又长的第一章。

我想我正要抛出我那掷地有声的结论——时间可以保护我们免于发现自己最严重的错误——但这时克拉莉莎和乔斯林已经没在听我讲了。我也察觉到一旁有什么动静。我随着他们的视线转过身。两个男人停在隔壁的餐桌前,他们的脸仿佛被火烧过似的,皮肤现出一种如同替代修复品那样毫无生气的粉红,就像洋娃娃或医用石膏、而不是人身上的那种颜色。两人都面无表情,神色呆板机械。后来我们得知他们戴着乳胶面具,但即

---

① 威廉·戈尔丁(William Golding, 1911—1994):英国小说家,在西方被称为"寓言编撰家",他运用现实主义的叙述方法编写寓言神话,承袭西方伦理学的传统,着力表现"人心的黑暗"这一主题,表现出作家对人类未来的关切。由于他的小说"具有清晰的现实主义叙述技巧以及虚构故事的多样性与普遍性,阐述了今日世界人类的状况",他于1983年获诺贝尔文学奖。1954年他曾发表长篇小说《蝇王》,获得巨大声誉。

使在他们下手之前,这两个不速之客当时就已经够吓人的了。侍者将盛在不锈钢小碗里的甜点送了过来,这暂时宽慰了我们的心。两人都身穿黑色外套,一副牧师的模样。他们一动不动,姿势中带着一份仪式感。我的冰糕是酸橙味的,颜色白绿相间。我已经拿了一只勺子在手上,但还没去用它。我们这一桌人都在盯着邻桌看,没觉得有什么不好意思。

两位闯入者只是站着,低头看向我们的邻桌,邻桌的人也回望着他们,满脸困惑,等待着。小女孩看了看父亲,然后又将视线转到那两位身上。年长者放下手中的空叉子,仿佛想说些什么,但又什么也没说。一连串可能性像线轴上解开的丝线那样从我眼前飞闪而过:学生的恶作剧? 卖东西的小贩? 科林·塔普是一名医生或者律师,而这两人正是他的病人或者客户? 某种新型的带吻电报①? 家族里的两个疯狂亲戚跑来找他们难堪? 在我们周围,众人午餐时分的喧哗刚才暂时平息了一些,现在又回复到了从前。高个子从外套里抽出一根黑色棍子,一支魔杖,我就更以为他们是来送带吻电报的了。不过他的同伴——那位此刻转身环视餐厅的人——他又是谁呢? 他漏看了我们这桌人,我们离得实在太近了。他那双陷在人造皮肤里、像猪一样凸出的眼睛从未与我的视线相遇。那位高个子将魔杖指向科林·

---

① 带吻电报(Kissogram):又可称"传情电报",是 20 世纪 80—90 年代流行一时的开玩笑方式,雇主聘用一位或多位美女(也可以是俊男),穿上美艳的服装,在对方意想不到的情况下出现,令对方尴尬一番,会心微笑。首先向对方奉上香吻(kiss),然后向对方读出要传递的讯息(gram),可以是"生日快乐",可以是"恭喜升职",也可以是无聊的话题。

塔普，他已经准备好要施展魔咒了。

突然间，塔普自己明白是怎么回事了，比我们所有人都快了一秒钟。我们对那个魔咒的不解全在他脸上找到了答案。恐惧挟住了他的身心，他找不出一个字来向我们表达他的困惑，因为根本就来不及这样做。消过音的子弹打在他的肩部，穿过那件白衬衫，把他从椅子中掀起来，猛地撞在墙上。在子弹的高速冲击作用下，一片细密的血雾从他身上迸射而出，飞溅在我们的桌布上，我们的甜点上，我们的手上，让我们眼前全是血光。我的第一反应就是单纯的自我保护：我不相信我所看到的一切。有句老套的话叫"我不敢相信自己的眼睛"，这些陈词滥调是有它们的现实依据的。塔普"噗通"一下重重地扑倒在餐桌上。他的父亲僵住了，脸上连一块肌肉都没有动弹。至于他的女儿，则做了此时唯一可能去做的事——她晕了过去，让自己的头脑在这桩暴行面前自动封闭。她侧身从椅子里滑向乔斯林，乔斯林立即伸出一只手——出于一位老运动员的本能——抓住了她的上臂，尽管他没能阻止她倒下，但却防止了让她的头直接撞在地上。

还没等她完全倒下，那个人已经再次举起手枪，瞄准了塔普的头顶，这一下无疑是要杀死他了。但就在这时，在这千钧一发之际，那个一直独自用餐的食客突然跳了起来，大叫一声，发出像狗一样的尖吠，呼地冲了过来，伸出手臂，及时拨开枪管，于是第二发子弹朝天打在了高高的墙上。尽管他剪短了头发，但我怎么会认不出那就是帕里呢？

在我们这一桌上，我们一动也不能动，一句话也说不出。那两个人朝入口处快速走去，高个子边走边收起手枪和消音器，藏进外套。我没看到帕里离开，但他肯定已经从另一方向的安全出口走掉了。只有两桌人目击了这一事件。也许有人发出过一声尖叫，然后在接下来的数秒钟内，大家都瘫住了。其他人什么都没听见，闲聊声和餐具刮擦盘子的叮当声一如既往，愚蠢地继续着。

我看了看克拉莉莎，她的一边脸颊被血染成了红色。我正想开口对她说点什么，就在这时，我明白了，我全明白了，我毫不费力就想到了，我的"心理语言"对事物间的联系比事物本身了解得更清楚，通过大脑里同样的神经元瞬时传导，它立刻理清了所有的关系和结构。难以想象的居所啊。我们这两桌人，从人员构成、人数、性别和年龄差距上看，都基本相似。帕里是怎么知道的呢？

他们搞错了。没有什么私人恩怨，他们只是按照协议办事，而且他们把事情办砸了。挨枪子儿的本来应该是我啊。

但我此刻没有任何感觉，甚至就连一丁点儿证明自己对了的得意感都没有。在这个时刻，感觉尚未被创造，思想尚未被分类，恐慌和内疚的体验尚未被说明，所有的选择都尚未被做出。于是，我们就在震惊中绝望地坐着，一动不动。在我们四周，午餐时分的喧嚣逐渐消退，从我们的沉默中，理解如同一荡涟漪从中心向周围的人群扩散。两名侍者正匆匆地向我们赶来，他们的脸上挂着可笑的惊愕表情，而我知道，只有等他们来到我们身边，我们的故事才能继续下去。

第二十章

那天下午第二次，也是我人生中的第二次，我坐在了警察局里——这次是在弓街——等待接受询问。统计学家将这种情况称之为随机抽样，一种否认事件重要性的有效方式。除了克拉莉莎和乔斯林之外，还有另外七位目击者一起呆在房间里——四位在邻近两张餐桌上就餐的顾客，两名侍者，还有餐厅领班。塔普先生预计第二天能在医院病床上做出笔录。那个女孩和那位老人由于受惊过度，现在还无法开口说话。

距事件发生只有几个小时，我们就已经成了晚报上的头版头条。一名侍者出去买了份报纸，我们围拢阅读，发现自己的经历变成了常见的"餐厅暴行"、"午餐梦魇"以及"大屠杀"，大家感到一种奇怪的兴奋。餐厅领班指着一句话，它将我称为"著名科普作家"，将乔斯林形容为"德高望重的科学家"，而克拉莉莎则仅仅是"秀美婉丽"。餐厅领班带着职业化的尊敬朝我们点头。我们从报纸上得知，科林·塔普是国家贸易工业部的一位副部长，以经商为本，原任下议院议员，最近刚获拔擢入阁，据说他"在中东人脉颇广，而树敌也甚众"。文中还对救了塔普性命、事后又神秘消失的"一位英勇无畏、舍身一搏的食客"做了推测。

思。第一条:塔普先生这桌人比你晚来了半小时……"他竖起一根手指,预先制止了我的否认。"这是你那位凯尔教授说的。第二条,也是教授所说:是塔普先生去过洗手间,而不是他的女儿。第三条:凯尔教授说,在你们的餐桌附近没有人独自坐在那儿吃饭。而克拉莉莎·梅隆小姐说,在你们的餐桌附近是有人在独自坐着吃饭,但她以前从未见过他,对此她记得非常清楚。第四条:梅隆小姐说,在那两个人来到塔普一家人所坐的位置之前,枪就已经露出来了。第五条所有目击证人都提到了,只有你除外:其中一个男人用外语说了些什么。三人认为是阿拉伯语,一人认为是法语,其余的人不确定。那三个人中没有一个会说阿拉伯语。那个认为是法语的人不会说法语,也不会其他任何外语。第六条……"

念到第六条时,华莱士改变了主意。他把纸折好,放进茄克最上面的口袋里。他身体前倾,把双肘搁在桌面上,用推心置腹而又带有一丝怜悯的口气对我说:"我再免费告诉你一些事情。十八个月前,在亚的斯亚贝巴①一家宾馆的大厅里,有人就想要塔普先生的命。"

一阵沉默。我心想,这个被误杀的人竟然真的遭到过枪击,这也太不公平了。在这种时候,我最需要的证明居然只是一个无意的巧合。

---

① 亚的斯亚巴（Addis Ababa）:东部非洲国家埃塞俄比亚的首都,同时也是非洲联盟的总部所在地。

222

华莱士轻轻地清了清嗓子。"我们不必一五一十地重述整件事情。我们就来谈谈冰淇淋吧。你的侍者说，枪击发生的时候他正把冰淇淋送到桌上。"

"我记得不是这样的。我们已经开始吃了，然后血才溅到了上面。"

"那名侍者说血溅了很远，一直飞到他那里。他将冰淇淋摆上桌的时候，它们已经染上血了。"

我说："可我记得自己还吃了两勺呢。"

我感到一阵熟悉的沮丧。没有人可以在任何事情上达成一致。我们生活在一片由大家部分共享、不可信赖的感知迷雾中，通过感官获取的信息被欲望和信念的棱镜所扭曲，它也使我们的记忆产生倾斜。我们根据自己的偏好观察和记忆，说服自己相信这一切。无情的客观性，特别是关于我们自己的，总是注定失败的社会策略。我们的祖先愤慨激昂地讲述半真半假的故事，他们为了令别人信服，同时也就说服了他们自己去相信这些故事。经过一代又一代，成功将我们精选出来，同时我们的缺陷也伴随成功而来，深深地刻在基因中，就像大车道上的车辙一样——当它不适合我们的时候，我们便无法与我们眼前的东西达成一致。所信即所见。正因如此，世界上存在着离婚、边界争端和战争，有一座圣母马利亚的雕像会泣血，还有一座伽内什①

---

① 伽内什（Ganesh）：又译作"格涅沙"，一般直称象头神，在印度神话中是广为人知且备受崇敬的智慧与才华之神，体态为断去右边象牙的象头人身并长着四条手臂，体色或红或黄，老鼠常伴随在旁或当他的坐骑。

223

的雕像会喝牛奶。也正因如此,玄学和科学是这样无畏的事业,这样惊人的创造,比轮子的发明更重要,比农业更重要,是与人类天性的本质完全对立的人造产物。公正无私的真理。但它不能把我们从自身中解放出来,车辙印实在太深了。客观性里不存在个人救赎。

但我对用餐过程的描述到底符合了我的什么利益呢?

华莱士正在耐心地重复着一个问题:"那份冰淇淋是什么口味的?"

"苹果。如果那位侍者说它是其他任何口味,那我们说的就不是同一个人。"

"你的教授朋友说是香草味的。"

我说:"你直接告诉我不就得了嘛。为什么你不和帕里谈谈?"

华莱士下颌上的皮肤略有起伏,他的鼻孔也微微张开。他强忍住不打呵欠。"他在我们的名单上。我们会联系他的。眼下我们最要紧的是找到那两个持武器的人。不过,罗斯先生,你要是不介意,我们还是继续讨论冰淇淋吧。是苹果味呢还是香草味的?"

"知道这个能帮你找到持枪者吗?"

"知道目击证人在全力协助我们,这是很有助益的。细节很重要,罗斯先生。"

"那么,是苹果味的①。"

---

① 上一章中的表述是"我的冰糕是酸橙味的……"。

224

"那两人中哪个个子高一些?"

"拿枪的那个。"

"他瘦一点吗?"

"我想他们都是中等身材。"

"关于他们的手,你能回忆起什么吗?"

我想不起来了,但我做了很多动作,皱眉,转头,闭眼。据神经系统学家报告,当受试者在一架磁共振成像扫描仪下被要求回忆一个场景时,成像扫描仪可显示在主管视觉的大脑皮层上出现了剧烈活动,但记忆能提供的图像实在过于贫乏,几乎没有一点影像,几乎不在视觉范围内,就像是低声耳语的回声。你无法从中检查出新的信息。在仔细检查下,它会折叠隐藏起来。我看到了黑色长外套的袖子,就像用达盖尔银版法①拍的相片一样模糊,而在袖子的尽头——什么都没有。或者,反过来说,什么都可能。手,手套,爪子,钩子。我说:"对于他们的手,我啥都记不得了。"

"再为我努力想一想。比如说,有没有一枚戒指什么的?"

我想象出一只手来,和我自己的十分相像的手,并想象上面戴着克拉莉莎给我的那枚镶有金银条纹的戒指,故意做成了小尺寸,虽不张扬却很有品位。她在我的指节上打了黄油才把它戴上。我不能轻易将它取下,这曾一度让我们很开心。我说:"我不记得了。"然后我又补充道,"我想我要走了。"接着便站了起来。

---

① 达盖尔银版法(daguerreotype):又称银板照相法,后世公认它是照相术的起源。由法国人达盖尔发明于 1839 年,在研磨过的银版表面形成碘化银的感光膜,于 30 分钟曝光之后,靠汞升华显影而呈阳图。

华莱士也站了起来。"我希望你能留下来帮助我们。"

"我还希望你们能帮助我呢。"

他绕过桌子走过来。"请相信我,这件事的背后没有扯上帕里,但我倒并不是说你不需要帮助。"他一面说着一面掏茄克口袋。他拿出一板银质透明塑料药片,在我面前晃了晃。"你知道这些是什么吗? 我呀,我每天早餐前服用两片。四十毫克。双倍剂量,罗斯先生。"

我沿着走廊匆匆离去,心里再次涌起一阵退缩、孤立的感觉。也许,归根结底,这是自哀自怜吧——一个疯子想要杀我,而法律所能建议的无非是百忧解①。

夜色已深,我在我那条街的尽头处下了出租车,利用一排法国梧桐作为掩护,开始朝我们的公寓大楼走去。他不在平时呆着的位置上,也不在克拉莉莎出门时他时而出没的地点。他也不在我身后,不在前方的某条小路上,不在女贞树篱后面,也不在楼房的拐角处。我开门进去,在大厅里站了一会儿,仔细听着动静。从楼下的一间公寓里隐约传出一阕渐入高潮的交响乐章,平庸而又夸张,可能是布鲁克纳②的作品,而从我上方的某处,在天花板的空间里,传来水流过管道的声音。我缓缓走上楼梯,一直靠着拐弯

---

① 百忧解(Prozac):一种口服抗抑郁药,主要是抑制中枢神经对 5 -羟色胺的再吸收,用于治疗抑郁症及其伴随之焦虑症、治疗强迫症及暴食症。

② 安东·布鲁克纳(Anton Bruckner, 1824—1896):奥地利作曲家、管风琴家,浪漫乐派代表人物之一。

处的外侧走。我并不真的认为他能有办法进入大楼,但这份谨慎的习惯让我心安。我开门进屋,用钥匙将前门锁死。空气中的静谧让我即刻明白,克拉莉莎已经在儿童房里睡着了。果然,我在厨房餐桌上找到了她留下的字条:"累死了。早上再聊。爱你,克拉莉莎。"我看着这个"爱"字,试图从它的字形中析取深意或希望。我检查了天窗上的锁扣,然后走进每一个房间,打开灯光,关严窗户。随后我给自己倒了一大杯格拉巴酒①,走进书房。

我一直保留着两本通讯录。那个口袋大小的硬皮笔记本是我平日里使用的,出门时带着的也是它。在过去的二十年间,我曾有两次或者三次把它落在了旅店房间里,还有一次落在了汉堡的一间电话亭里,结果不得不再换一本。另一本通讯录是一个已磨损破烂、大裁规格的分类簿,我从二十出头就拥有了它,而且它从未离开过我的书房。显然,如果我弄丢了我的小笔记本,那么它就可以用作备份或信息储存库,不过,经过了这么多年,它已然成了一份个人和社会的历史记录。它记载了电话号码本身的日益复杂;早期条目中的三位数伦敦区号带着爱德华时期那种古怪而雅致的气息。作废的地址记载了许多朋友的漂泊无定或飞黄腾达。有些名字已经不再需要抄写;有些人死了,或者淡出了我的生活,或者与我有了过节,或者完全失去了他们的身份——现在,有数十人的姓名对我来说已经没有任何意义。

---

① 格拉巴酒(grappa):一种意大利白兰地,由酿葡萄酒的皮渣蒸馏而来,故而又名"果渣白兰地"。

我拧亮躺椅边的台灯,手端格拉巴酒坐下,打开分类簿的首页,开始翻阅写得满满当当的纸页,在重重叠叠的字迹中寻找,希望能找到与犯罪有瓜葛的人。也许,归根到底,我所过的是一种狭隘的生活,因为我不认识任何坏人,不认识任何参与有组织地犯罪的坏人。在首字母拼音 H 的条目下,我找到一个贩卖破烂二手车的熟人。他已经死于癌症。在 K 条目下,有一位老校友曾在一家赌场工作,他带有抑郁症倾向。自从他跨入一场积怨深深的婚姻后,我就再也没见过他。他的妻子是位精神病医生,正是她给他安排了电击疗法。后来他们在比利时安家定居。

我继续翻阅这一生中结交的所有朋友、半熟的朋友、不熟的朋友和陌生人,他们中的大多数都非常和蔼可亲。或许里面是有那么一到两个骗子,一名懒汉,一位吹牛大王,还有一个善于自欺的家伙,但没有一个靠干违法勾当度日,没有人专门从事不法行为。在 N 的条目下,有一朵英国玫瑰,我是在 1968 年秋天与她认识的,那时我们在喀布尔和马扎里沙里夫[①]分享一个睡袋。数年后,她返回英国,开始有系统地入店行窃,并以此为乐。现在她是切尔滕纳姆[②]一所学校的校长。坏事没有坚持做下去。同样在 N 条目下的还有约翰·诺兰,二十年前被判了罪——谋

---

① 喀布尔(Kabul):阿富汗共和国的首都和第一大城市,是全国的政治、经济、文化中心;马扎里沙里夫(Mazar-i-Sharif):是阿富汗北部最大城市与交通枢纽和商业、文化中心,巴尔赫省省会,位于阿富汗北部邻近乌兹别克斯坦边境。
② 切尔滕纳姆(Cheltenham):位于英国英格兰西部的格洛斯特郡的一处自治市镇,以温泉而闻名,拥有大型的温泉疗养区,当地还有切尔滕纳姆学院、切尔滕纳姆女子学院等知名院校。

杀。他在一次聚会上喝了个酩酊大醉,把一只猫从二楼阳台上扔了下去,结果猫穿在了公园栏杆上。皇家防止虐待动物协会[①]充满正义地起诉了他,他被判处罚款五十英镑。但不管怎样,他还是保住了自己在税务局的工作。

这本记载着人类交流与短暂拥有的末日审判书,我已经花了超过四分之一个世纪来增补修订,它讲述了一个关于现代邪恶的独特故事,由于里面的角色被筛选得太细,性格缺陷太过纠结,因而刑事司法体系对它兴趣无几。我的社交圈字母表显示,失败者寥若晨星,成功者不可悉数,且教育程度与财力的差距甚微。大多数人并非腰缠万贯,却又比较富足,所以就没有必要去拿别人的钱财。也许中产阶级的犯罪多半发生在脑子里,或者发生在床上或者床边。殴打、攻击、诱拐、强奸和谋杀等阴晦的幻想在适当的时候会产生。然而,使我们犹豫退缩的并不是道德,而更应该说是品味,礼节。克拉莉莎教过我司汤达的一句名言:"坏品味引发罪恶。"[②]

我愈发失望了,继续快速翻查我的末日审判书,毫不理会由某几个姓名激起的蠢蠢欲动的好奇心或模糊的内疚感,直到我终于进入了最后要找的那一片灌木沙漠——U、V、X、Y 和 Z。这里贫瘠不毛,环绕着蕴藏最后一线希望的一块绿洲——W 条

---

① 英国皇家防止虐待动物协会(RSPCA):建立于 1824 年,是世界上历史最悠久且最著名的动物福利组织。
② 原文为法语"Le mauvais goût mène aux crimes."司汤达(Stendhal, 1783—1842):本名亨利·贝尔,十九世纪法国杰出的批判现实主义作家,著有长篇代表作《红与黑》等。

目。在一长串带有田园风味的伍德、维特菲尔德、瓦特和沃伦[1]中间,隐藏着一个淡淡的、细长的铅笔字迹(并非出自我手)——乔尼·B·威尔。在我的书中,他绝非罪犯,但在我的脑海中,他就像一个神经细胞那样交游甚广、人脉颇丰。

他的本名叫约翰·威尔,B这个字母是他(或别人替他)借来的,出自孩子们心目中的偶像查克·贝利[2],那个像摇铃铛一样弹吉他的乐手。在我的记忆中,对咱们的乔尼来说什么事儿都来得不容易,他搭乘大众交通工具穿梭在伦敦南北郊区之间,把北美大麻和印度大麻送到公寓楼上那些过于挑剔、不肯屈尊下楼来亲自取货的客户手里。无论从哪个角度讲,他毫无疑问都是个毒贩,但是"毒贩"这个称谓对于他总显得太刺耳,太不礼貌,因为乔尼·B·威尔扮演的角色更像是一个认真尽责、卖高档酒的商店店主,或者是个忙碌的熟食店老板。他对标定价格十分小心,只出售质量上乘的货物,并且对自己的产品了如指掌,熟知到了令人腻烦的地步。在信用方面他也毫不逊色——在找的零钱中过分仔细、清清楚楚地点出一张张五镑面值的钞票,当交易未能成功、要归还尚未承付的转账支票时,他也同样表现得一丝不苟,只是有点卖弄的味道。他不会害人,作风低调,到处都受人欢迎。在他那永无止境、朦胧模糊的往返之旅

---

① 以上姓氏的原意分别为"树木"、"麦田"、"水"和"养兔场",故此处称带有田园风味。

② 查克·贝利(Chuck Berry):20世纪50年代杰出的词曲作者、歌手和乐手,被奉为真正的摇滚乐之父,他汇集布鲁斯和乡村音乐的风格,以激烈的吉他演奏标志着吉他这种乐器开始成为摇滚乐中的重要角色。

中——在所有新买卖成交时或成交前他都要吸上一支——他可能会穿梭于各种场合:先到一位眼科专家顾问家里喝茶,然后到一位律师朋友家泡澡,接着在一位摇滚明星家里吃晚饭,随后前往一群护士的住处并在那里过夜。

他也有他自己的住所,位于斯特里特姆①,小得就像个接通了卫浴设施的清洁工具橱。一天夜里,乔尼应声开门,结果发现门外站着四个戴着咧嘴傻笑的吉米·卡特②面具的家伙——那时也正值卡特执政时期,时间有点久远了——每人手里都攥着一根撬棒。他们没有说话,也没有碰他一根汗毛,只是从他身边挤过,把他的单元房砸了个稀巴烂——前后肯定只花了五秒钟——然后就扬长而去。有组织的犯罪逼得嬉皮士们关门歇业。

乔尼的遭遇是市场合理化中的一起早期案例。在此之前,毒品的进口和销售由风险资本家们操控,孤独的达摩流浪者们③

---

① 斯特里特姆(Streatham):英国伦敦郎伯斯区内的一处市内郊区,位于查林十字车站南部8.8公里处。
② 吉米·卡特(Jimmy Carter,1924—):全名詹姆斯·厄尔·卡特(James Earl Carter Jr.),美国第39任总统,当政期间把巴拿马运河管理权交还巴拿马政府,实现了同中华人民共和国的关系正常化,使中美两国正式建立了外交关系,并推动中东实现了和谈。
③ 达摩流浪者(dharma bum):出自美国"垮掉的一代"著名作家杰克·凯鲁亚克(Jack Kerouac,1922—1969)于1958年创作出版的一部重要作品《达摩流浪者》(The Dharma Bums)。小说描写一个没有"悟性"的佛教追随者、主人公雷蒙进行着近乎禅僧修业式的全国各地漫游,途中他遇到先行者贾菲,便跟随他漫游险峻的山川。在此过程中他逐渐认识自我和世界,回到家乡后他自愿担当一名孤独的夏季火山观望员。

则将全部赌注押在一个塞得满满、散发芳香的背包上面。现在，穿西装的和拿撬棒的联合起来，将市场整合一体，并使之民主化，产品只局限于三等的巴基斯坦大麻，销售范围则扩大到了酒吧、足球场看台和监狱。

接下来的几个月里，乔尼·B·威尔看样子只能另谋出路了，这时那个毁掉他的家的组织为他提供了保护，还有一笔微薄的基本工资和销售业务提成。就是在这种情况下，他被迫开始扩大交际圈，广泛吸收人脉，而这也正是我认为他能帮助我的原因。他的雇主是一帮野心勃勃的小伙子，住在塔尔斯山①的"阿狗酒馆"后面的一幢独立房屋里。他们认识很多朋友，也派乔尼跑腿办了很多差事。这伙暴徒仍然将乔尼视作从前那个讲信用的诚实店主，所以他在他们中间周旋应对，从不曾受到冷嘲热讽，也未遭伤害。与此同时，他还设法继续为他那些口味挑剔的老主顾提供一流的行货——来自尼日利亚的带有叶片纹饰的圆锥形纸袋，纳塔尔②和泰国的编织手工艺品，还有美国橘郡的农业无子新品种和黎巴嫩的轻金箔。在新的管理体制下，他那梦幻般的典型工作日可能会要求他必须中午与现代主义者吃午饭并享用贮藏啤酒③，下午就要和送这些人进监狱的王室律师一起

---

① 塔尔斯山（Tulse Hill）：位于英国伦敦南部朗伯斯区内的一块地区和高地。
② 纳塔尔（Natal）：巴西东北部海港城市，1599 年 12 月 25 日由葡萄牙人始建，取名纳塔尔，意为圣诞节。
③ 贮藏啤酒（lager）：是原产于德国或波西米亚的一种多泡沫的淡啤酒，当时这种啤酒的全称是 lager beer，现在用来表示酿造后再贮藏成熟的啤酒。

喝茶。

这是一种孤独寂寞的生活，还很艰辛，比摇铃铛辛苦多了。乔尼·B·威尔始终不曾发迹。他太诚恳，太老实，也因吸了太多大麻而神志不清。他从不坐出租车出行。世界上还有哪个毒贩会穿着破烂的旧鞋，花三十五分钟去等公交车呢？他仍执拗地保持那份单纯的信念，认为自己是个慈善家，相信点燃并吸入树脂或结着果、开着花的叶片正慢慢让人类缓和下来，进入一种良好的情绪之中，而一旦人人都变得脾气温和、让灵魂向光明开放，那么一切公仇私斗便会偃旗息鼓。与此同时，当二十世纪八十年代变得生气勃勃之时，不管是穿西装的、拿撬棒的，还是律师、顾问和摇滚明星，大家都在集中精力忙着一件事情：赚钱。

书房里，我置身其中的那圈灯光仿佛变得更加明亮，在我的周围缩小聚拢。那杯格拉巴酒已经见底，不过我并不记得已一饮而尽。我死死地盯着乔尼细长的名字和旁边那七位数字。还有谁会比他更能助我一臂之力呢？以前我为何没有想到他呢？当时我怎么没有立刻想起他呢？答案乃是：我们已经有十一年没见面了。

就像在我之前的许多人一样，我也慢慢地开始承认，在成功而压抑的中年生活中，酒精是改变一个人心智状态的最佳物质。它既合法，又具有社交性，可以把一个人的轻微上瘾轻易隐藏在其他人之中；它还有无穷无尽的精妙表现形式，色彩如此绚丽，味道如此可口，你手中的酒以它独特的形态轻易征服了你；液态的它与日常作息相一致，与牛奶、茶、咖啡，与水——因而与人生

233

本身——浑然一体。喝饮是一件自然之事，而吸入闷燃冒烟植物的烟雾则与呼吸有点差距，就像吞服药丸和摄食有差距那样；除了蚊虫叮咬以外，自然界里没有任何类似针头那样的穿刺。一杯纯麦芽酒加矿泉水，一杯冰凉的夏布利白葡萄酒，或许只能稍微改善一下你对事物的感观，但却会让你那完整的自我保持如镜面般平静。当然，也要考虑到醉酒的情况，它会让人变得粗野，导致呕吐和暴力，然后是不可自拔的上瘾，身心俱毁，甚至可能会羞耻痛苦地死去。但这些纯粹是滥用无度的恶果，源于人性的弱点和个性的缺陷，就像从瓶中倒出的红酒一般必然。你实在不能怪罪于物质本身。就连巧克力饼干也有它们的牺牲品，而我有位年长的朋友吸食了三十年的纯海洛因，一生仍过得充实而有意义。

我站在昏暗的走廊里聆听，耳中只有木头和金属收缩发出的吱嘎声响，还有管道深处潺潺退去的流水声。厨房里传来冰箱的嗡嗡低语，而在更远处，夜间的城市发出令人心安的隆隆轰鸣。我回到书房里坐下，把电话放在大腿上，思考着这一时刻，这个转折点。我即将踏出这份恐惧和谨小慎微的白日梦境，跨入一个结果明了、锋芒毕露的世界。我知道，一个行动、一个事件就会触发另一个行动和事件，直到事情的发展超出了我的控制范围。我也知道，如果我还心存疑虑，那么此刻我还来得及退缩罢手。

铃响过四声后，乔尼接起了电话，我报了自己的名字。他一下子就想起了我。

234

"乔！乔·罗斯。嘿！你过得还好吗？"

"是这样，我需要些帮助。"

"哦，是吗？我这儿有些非常有趣的……"

"不，乔尼。不是那个。我需要你的帮助，我需要一把枪。"

第二十一章

　　第二天早晨,我驾车带着乔尼一起前往坐落在北唐斯丘陵上的一所房子。在我的后裤兜里塞着一叠钞票,总共有 750 镑,大部分是 20 镑面值的。很显然,他们不接受 50 镑面值的大钞。

　　我们在令人窒息的无聊气氛中缓缓穿过图亭①拥挤的街道时,乔尼还在胡乱摆弄电动座椅的控制器,一边按着控制地图指示灯和行车电脑的转换开关,一边自言自语:"这么说你混得不错嘛……是啊,我就知道你肯定能行。"

　　他将座椅设置为近乎水平状态,躺着给我上了一节枪械礼仪课。"这就像在银行里,你从不提钱,或者是在殡仪馆,没人会用死这个字眼。使枪的人也从不说枪,只有那些电视看多了的傻逼才管枪叫'喷子'或者'家伙'。如果可以的话,你要绝口不提它。要是非说不可,那就说'那玩意',或者是'用具',或是'必需品'。"

　　"他们会提供子弹吗?"

　　"会的,会的,不过你该管它叫'丸子'。"

　　"而且也会有人教我怎么用。"

"天哪,才不会呢。那就没意思了。你可以把它带进小树林里,自己学。他们交货,你把它揣进口袋里。"乔尼又将座椅调为坐姿。"你真的要带着把枪到处走吗?"

我没有回答。为了回报乔尼的帮助,我向他支付了丰厚的报酬。不解释故事背景对我们俩来说都是一种保护。我们仍然被困在车流之中。广播电台里的爵士乐已经公然被一套无调性音乐节目所取代,那急切的喧叫声和砰嘭声让我心烦意乱。我关掉收音机,开口道:"再多告诉我一些这伙人的事。"我已经知道,他们以前曾经是嬉皮士,靠贩卖可卡因赚了不少钱,八十年代中期他们又转入白道,做起合法生意,经营房地产业务。现在他们的情况不大好,所以才愿意以这么高的价格卖枪给我。

"相对于这圈子来说,"乔尼说,"这帮家伙可算得上是知识分子咧。"

"啥意思?"

"他们在墙上堆满了书,喜欢讨论大问题,还自以为是伯特兰·罗素之流呢。也许你会讨厌他们的。"

我已经讨厌他们了。

等我们开到了高速公路上,乔尼已经又平躺下来,睡着了。通常到中午前他都不会起床。笔直的公路上很安静,没什么车

---

① 图亭(Tooting):位于伦敦南部旺兹沃思区内的一片郊区,距查林十字车站西南 8 公里左右。

辆,我可以抽空分神好好看看他。他仍然留着一簇美国拓荒者样式的小胡子,头发在底部已经泛白,卷曲着垂到上嘴唇处,几乎快伸进嘴里了。当女人亲吻他的这副摆设时,品尝到的究竟是冷峻的男人味,还是昨日残留的咖喱肉香?三十五年来,他一直咧着嘴笑,在吞云吐雾间眯缝着眼,这让他眼角的皱纹长得几乎伸至耳际。微笑线从他的鼻孔一直深深刻到嘴角,里面写满了失意。我知道,除了经常变换的客户和一个新结交的女友之外,乔尼并没有多少改变。不过,这份边缘化的生活已经不再是出于他的本意,心中渴望得到的财物的匮乏也不再是一份轻松,骨骼与肌肉也发出了众所皆知的衰老讯息,它写在皮肤上,映在镜子里。乔尼依然穿着那双快磨破的旧鞋,活得像个学生,像个慈善机构的义工,担心着最新流行的阿姆斯特丹大麻口味太重,对心脏有害。

当我们驶离高速公路时,汽车发出的隆隆声调为之一变,乔尼因此醒了过来。他保持平躺姿势,从上衣口袋里掏出一支大麻烟点上,深吸了两口,然后按了一下座椅的控制器,在一阵呜呜的机械震动声中吞云吐雾地出现在我眼前。他没有把烟递给我。这是他的私人习惯,一天中的头一根烟呢,要跟茶和吐司面包配在一起的。

他深吸了一口烟雾,按照老习惯憋着气说话。不愧是个大圣人。"左转。跟着路标朝阿宾格①开。"不多时,我们便朝下坡

---

① 阿宾格(Abinger):英国萨里郡莫尔谷地区内的一块民政教区,下有数个村落。

行驶,经过歪歪扭扭的枝桠和树干,穿过一条绿荫遮蔽的幽暗隧道,开上了一条两侧带有高耸护墙的单线车道。我打开车头灯。我们时常要开进避车道里,绕过迎面而来的车辆。我们这些车主们绷着脸朝对方点头微笑,假装没有受到狭小空间的侮辱和影响。我们置身于偏远郊区的一处偏僻乡间,每过两三百码就要经过一道用二十年代的砖石和铁器建造的围栏大门,或是带有五根栅栏、挂着马车灯笼的木质大门。林中突然出现了一片空地,好几条路在这里交汇,路边有家半木质的小酒馆,酒馆外停着一百辆汽车,在火热的日光下暴晒着它们五颜六色的外壳。一只空薯片包装袋梦幻般地跳进阳光里,碰了一下我们的挡风玻璃。两条阿尔萨斯狼犬紧盯着地面。接着,我们又驶进了隧道里,车内的烟气很是浓重。

"到城外走走倒是挺不错的。"乔尼说。我打开车窗。我神志有些昏晕,心想自己可能被动地吸进大麻烟了吧。那叠钞票硬硬地硌着我的屁股,一切都显得过于惹眼,仿佛在无形中被凸现了出来。也许是害怕吧。

十分钟后,我们转入一条满是辙痕的车道,沥青路面上布满裂缝,里面钻出丛丛野草。

"生命真奇妙啊。"乔尼说。"你看,无论如何都要钻出头来,不是吗?"这可是个大问题,肯定是为了稍后我们与那些人的会面所做的排练。我正想答复,以镇定情绪,但就在这时,我们看见了一幢仿都铎时期风格的丑陋房屋,于是我的话就堵在了嗓子眼里。

弯曲的车道把我们带向一座用水泥砖砌成的双车库,墙上涂绘的紫色已经消褪,显得色调不均,而生锈的翻门上挂着一把锁头。车库前方,从高草和荨麻丛中露出六辆摩托车的金属骨架和内部零件。在我眼里,这儿就是放心大胆犯罪的绝佳场所了吧。车库墙上的一个铁环连着一根长长的链子,末端没有拴着狗。我们就在这里停下车,走了出来。荨麻一直生长到带有乔治时期风格的前门那儿。屋内传出低音吉他的声响,有人在笨拙而反复地弹奏一段三音符音型。

"那么,知识分子们都上哪儿了呢?"

乔尼身子一缩,用手比了个往下压的动作,仿佛要把我的话塞回一只瓶子里。我们走近门口时,他对我小声耳语道:"我给你提点建议,你会感激我的。千万别取笑这些人。他们没有你的那些优势,而且,他们,呃,有点喜怒无常。"

"你早就该告诉我了。咱们走吧。"我拉了拉乔尼的衣袖,但这时他已经用另一只空手在按门铃了。

"好嘞,"他说,"你只要小心点就行了。"

我后退一步,半转过身,正想沿着车道离去,这时门"啪"的一声猛然打开,出于习惯性的礼貌,我停住了脚步。一股烧焦食物和氨水混合的浓烈气味从房子里滚涌而出,犹如刺眼的阳光直泻过来,让站在门口的那个人一时只显出个剪影般的轮廓。

"乔尼·B·威尔!"那个人说,他剃着光头,留着一簇打过蜡并用指甲花染料染红的小胡子。"你怎么来了?"

"昨晚我打过电话,还记得吗?"

"是啊,没错,我们约好在周六见的。"

"今天就是周六呀,史蒂夫。"

"噢喔。今天是周五,乔尼。"

两个人都朝我看过来。我刚刚还读过今天报纸上关于饭店袭击的报道,报纸就在我汽车的后座上摊着。"事实上,今天是星期天。"

乔尼摇了摇头,好像我背叛了他似的,而史蒂夫则充满厌恶地瞪着我。我猜想,惹他讨厌的并不是他那失去的两天,而是我的那句"事实上"。没错,这句话放在这里是不大中听,但我还是迎着他的目光,直视着他。他往荨麻丛里吐了口白色的东西,开口说:"你就是那个想买枪和子弹的人吧。"

乔尼刚才一直望着天空,仿佛找到了某个有趣的东西。他问:"你是想请我们进去呢还是咋的?"

史蒂夫犹豫了。"如果今天是星期天,那我们有客人要来吃午饭。"

"是啊。就是我们嘛。"

"那是昨天的事,乔尼。"

我们勉强一笑。史蒂夫站到一旁,让我们走进了这间臭气熏天的门厅。

前门关上后,我们陷入一片黑暗之中。史蒂夫开口解释起这里气味的由来:"我们正在烤面包片,而狗在厨房地板上拉了一地的臭屎。"我们尾随着史蒂夫的身影走进屋内深处。不知为何,关于那条狗的事让我觉得,花 750 镑买这把枪有点过于昂

241

贵了。

一间宽敞的大厨房出现在我们周围，在及肩高的空气中飘浮着一缕烤面包的蓝色轻烟，光线从厨房远处彼端的落地窗里透进来，照亮了这层烟雾。一个身穿粗蓝布工作服、脚蹬高筒套鞋的男人正在拖地，旁边的白铁皮桶里装着未稀释的纯漂白剂。他叫了乔尼一声，又朝我点了点头。这里没有看见狗的踪影。锅炉旁有个一头直发垂到腰际的女人，正忙着搅拌一只罐子里的东西。她朝我们走过来，动作缓慢轻盈，仿佛在空气中漂移，而我想我认出了她这种女人属于何等类型。在英国，嬉皮世界主要是男生活动的地盘，但会有一类安静的女孩交叉双腿坐在一边，给男生们端茶倒水，自己也吸毒嗑药。后来，就像第一次世界大战让大户人家的仆役们纷纷离去那样，妇女运动的第一声号角也让这些女孩在一夜之间消失得无影无踪。突然间，无论在哪里都没再发现她们的身影。但是黛西却留了下来。她走过来，报了姓名。她当然认识乔尼，便叫了他一声，一边用手触碰他的胳膊。

我猜她大概五十岁光景，那头平直的长发是她拴在自己青春年华这根系船柱上的最后一根缆绳。人生的失意在乔尼脸上的皱纹中留下了烙印，而对于黛西来说则全部展露在她那下垂的嘴角线条里。最近我注意到，某些和我年纪相仿的女人也有像她这样的嘴唇。在她们看来，自己这一辈子都在不断付出，却没有得到任何回报。男人都是混蛋，社会法则对女人不公，而生理本身也是一份折磨、苦恼。所有的失望都压在她们的嘴唇上，使之弯曲下垂，定型成朝下撇的弧度，俨然是一张失落的"丘比特之弓"①。乍看起来她好像是在表示反对，但那些嘴巴道出了其中更深刻的憾事，尽管其主人从未猜到别人是如何议论它们的。

我向黛西报上自己的姓名。她依然把手放在乔尼的胳膊上，对我说："我们正要吃早饭呢，弄晚了。我们得重头来吧。"

几分钟后，我们围坐在厨房的长桌边，每人面前放着一碗粥和一片冷的烤面包。坐在我正对面的就是那个拖地板的男人，他名叫赞，粗壮的前臂上光洁无毛，肌肉结实，我感觉他看我并不顺眼。

当史蒂夫在餐桌首座上坐下后，他双掌合十，抬起脑袋，闭上眼睛，同时从鼻孔里深深地吸入一口气。在鼻腔深处，黏液恰好形成了一只能吹奏两个音符的排箫，我们被迫听着他发出的哼吟。他屏住呼吸，过了叫人不自在的几十秒后，才长长地吐出了那口气。这就是气功，或是一种冥想，或者是一份感恩的祷文吧。

我不可能不去看他的八字胡。它和乔尼的胡子可一点都不像啊，染成了色彩鲜明的烧焦般的橙红色，像枪通条似的直挺，还上过蜡，胡须末端被定型为带有刻板拘谨的普鲁士风格的尖

---

① 丘比特之弓（Cupid's bow）：在英语中是指唇峰处上翘而吸引人的嘴唇弧线，此处将其反过来使用。

角造型。我抬起一只手遮在面前,想掩饰脸上的笑意,只觉得身体在轻飘飘地颤抖。昨天枪击事件带来的震惊,今天这个鲁莽的购枪计划,还有内心里隐藏的恐惧——这一切都让我觉得自己并非真的在这里,而且我担心我可能做出傻事或说出蠢话。我的胃一直在往下沉,感觉自己神经兮兮,忍不住想笑,而我意识到自己被困在了这张餐桌旁,这一切又强化了这些感觉。肯定是我在车上被动吸入的大麻烟给害的。我忍不住对史蒂夫的胡子联想出众多比喻:从牙床里敲出来、露在外面的两颗生锈铁钉;我小时候制作的一艘纵帆船模型上的尖头桅杆;用来挂茶巾的挂钩……

　　千万别取笑这些人啊……他们有点喜怒无常。一想起乔尼的警告,一想起我绝不能笑出声来,我就知道自己完蛋了。气流从我的鼻孔里喷涌而出,形成第一阵轻微的爆破音,我赶紧掩饰,装作是在打喷嚏。我拿起粥勺作掩护,但大家都还没开始吃。没人说话,我们在等史蒂夫。当他肺里吸满空气快要撑爆的时候,他低下剃光的头颅,吐出气息,胡子尖像老鼠须似的快速抖动着。从我坐的位置看过去,他的脸活像一艘快要沉没的船只,而人类的意蕴仿佛正在纷纷弃船逃命。焦虑与笑意在我的心中盘旋共舞,一连串不请自来的童年影像从它们中间穿梭而过。我试图赶走它们,但是那胡须实在太滑稽可笑,让我的脑海里一下子涌过全部的记忆:锡制饼干盒盖上的一位维多利亚时代的举重运动员;科学怪人脖子上的螺栓;一只新奇的闹钟,钟面上画着一张人脸,告诉你时间是三点差一刻;帽匠疯狂茶会上的睡鼠①；学生排演的《蛤蟆府的陶德先生》里的河鼠②。

就是这个家伙要卖枪给我。

我无计可施了。勺子在我的手中颤抖，我小心地放下它，然后用手紧紧卡住我的嘴巴，感到咸津津的汗液刺痛了我的上唇。我开始摇晃起来。赞满脸疑惑地审视着我。我身下的椅子发出嘎吱嘎吱的声响，而我则发出一种沉闷的咯咯声。太多的空气从我的肺里排了出去，我知道，等我再吸气时，我会发出巨大的声响，但是我现在没有多少选择，要么陷入尴尬的境地，要么让自己憋死。时间放慢了脚步，我向无法避免的结果投降了。我从椅子里转身，双手埋住脸，吸气时发出一阵尖锐的响声。当我的肺里灌满空气时，我知道自己更多的笑声会接踵而至。我把它藏在一阵如嚎似喊的响亮喷嚏中。此时此刻，我呼地站了起来，其他人也都跟着起立。不知是谁坐的那把椅子"啪"的一声砰然倒地。

"是漂白剂在捣鬼。"我听见乔尼说。

他真够朋友。我自己也有一套说辞，但眼下我在混乱中跌跌撞撞，还得努力赶走脑海中史蒂夫那可笑的胡子。我又是打喷嚏又是咳嗽，眼睛被泪水迷住，一路穿过房间，直奔落地长窗。

①　Mad Hatter's tea party：出自英国作家刘易斯·卡罗尔的著名童话《爱丽丝漫游奇境记》。

②　Toad of Toad Hall：根据英国童话作家肯尼斯·格雷厄姆的名著《柳林风声》改编的一出剧本。

落地窗似乎因为我的迫近而欣然大开,我跌跌绊绊地跑下几级木头阶梯,来到一片地表被日光晒热、长着蒲公英的草坪上。

在所有人的注视下,我转过身去,背对着房子开始吐唾沫、做深呼吸。最后我总算冷静了下来,站直身子,这时我看见,在正前方,有条狗被一根多股花线拴在一座生锈的床架上,想必就是弄脏厨房地板的那只。它从地上爬起来,朝我歪过头,向我犹豫不决、抱歉至极地半摇了一下尾巴。除了我们人类和其他灵长目动物以外,还有哪种动物能够长期忍受这种凄惨无助的羞耻感呢?这条狗看着我,我也看着它,而它似乎想跨越物种差异与我建立起某种同谋关系。但我不想被卷入其间。我转过身,大步朝房屋走去,一边喊道:"抱歉!是氨水!过敏!"那条狗缺少我能运用的生成语法和骗术,只能在那一小块光秃秃的地面上重新趴下,等待着主人的宽恕。

很快我们就又围坐在厨房餐桌旁,四周窗门大开,而谈话的主题则是过敏。赞总是用"从根本上讲"来点缀他的判断,赋予其根本真理的意味。

"从根本上讲,"他看着我说,"你的过敏是一种不平衡的表现。"

当我说这一点未必不对时,他看上去很高兴。我渐渐觉得,其实他也许并不讨厌我。他对这碗粥跟对我怀有同样的敌意。我先前以为的表情其实是他休憩懈怠时的样子。由于某种遗传上的裂隙,他上嘴唇的弧线被扭曲成狰狞模样,我一开始被它给误导了。

"从根本上讲，"他继续道，"过敏总是有原因的。研究显示，在超过70%的病例中，其症结从根本上讲都可追溯到患者童年早期的需求受挫。"

我有一阵子没听人用这招数了：凭空捏造的百分比，出处不明的研究，对无法测量的事物加以测量。这话听起来特别孩子气。

我说："我属于剩下的那不到30%。"

黛西站起身为大家盛粥。她说起话来很文静，仿佛知道真理却不会为其大动干戈。"有一种超级行星相位，对土象星座和第十宫特别有影响。"

这时乔尼来了精神。从我们回到厨房再度坐下起，他就一直很紧张，可能是怕我又做错什么。"都是工业革命惹的祸。就像1800年以前没有人得过敏症，也没有人听说过花粉热。然后我们开始将所有这些化学垃圾排放到空气里，然后它们又进入食物和水中，人的免疫系统就开始不管用了。我们并不是天生就适合接受这些狗屎玩意儿……"

乔尼正聊得兴起，这时史蒂夫高声盖过了他的话头。"抱歉，乔尼，但你这真是一派胡言。工业革命给了我们一整套心理状态，那才是我们这些病的根源。"他突然转向我。"你有何高见？"

我的意见是现在该有人把枪拿来了。我说："我的毛病肯定是因为心态不好才犯的。我感觉良好的时候，氨水对我可是完全没有影响。"

247

"你不快乐。"黛西说。她抿紧了那张往下撇的嘴巴,自己显得也不快乐。"我在你的气场里可以看到许多肮脏的黄色。"如果餐桌再窄一些的话,她可能就会抓过我的手来看手相了。

"的确如此。"我说。我看到了话题的突破口。"这就是我来这里的原因。"我朝史蒂夫望去,但他移开了视线。我等待着,沉默让气氛变得越来越紧张。面对这种状况,乔尼又露出那种无助的样子,我心想他带我来这里是不是错了。

沉默的焦点在于由谁先来打破它。是赞。"从根本上讲,我们不是那种愿意有枪的人。"

他话音渐息,这时黛西接过话头,帮他解围。"这把枪在我们手上已经有 12 年了,但从没开过火。"

史蒂夫立即开口,告诉她一些她肯定已经知道的事情:"不过我们定期给枪上油,定期清洗。"

然后她对他说话,同时也是向我解释:"是的,但不是因为我们想用它开火。"

众人陷入一阵困惑的停顿,谁也不知道我们讲到哪里了。赞再次开口打破了沉默:"问题是我们不同意让这把枪⋯⋯"

"或者任何一把。"黛西接口说。

史蒂夫澄清道:"那是一把斯托勒手枪,零点三二英寸口径,是在工厂被挪威人返卖给当初研发它的荷兰与德国联合企业之前生产的。它有碳化的双作动式卡榫,能⋯⋯"

"史蒂夫,"赞耐心地说,"从根本上讲,这东西落到我们手上的时候,情况完全不一样,那时一切都很疯狂,谁知道我们什么

248

时候会需要它呢。"

"用来自卫。"史蒂夫说。

"在你来这里之前,我们已经就这个问题争论了很久。"黛西补充道。"我们不想让它就这么不明不白地被人拿走,你知道——"

她说不下去了,于是我接口问:"你们到底卖不卖?"

赞交叉抱起粗壮的前臂。"事情并不是你想象的那样。也不是钱的问题。"

"慢着,等一下。"史蒂夫说。"这话说的也不对。"

"天啊!"赞有点急躁起来。他想让自己的话语紧扣思路,却做不到,这对他来说有些困难,而且总有人打岔。他的态度逐渐与他的狰狞表情相一致了。"听着,"他说,"是有那么一段日子,大家眼里只有钱。只有钱。你几乎可以说,事情就是这么简单。我并不是说那是错的,可你看看吧,到头来发生了什么。没有一件事是按着人们的愿望发展的。你不能把这件事单独拿来考虑。任何事情你都不能单独拿来考虑。所有这一切都是相互联系的。我们现在已经明白了,所有这一切我们都看到了,这是一个社会。从根本上讲它就是一个整体。"

史蒂夫朝黛西倾过身,用一只手掩住嘴,演戏似的开口问:"他这是在扯啥玩意儿?"

黛西和我说起话来。也许她还在想着我的闷闷不乐。"事情很简单。我们不是不卖,但是我们想知道,你到底拿枪干什么。"

"你们收钱,我拿枪。"我回答。

乔尼又坐立不安了,他牵线的这单生意搞不好就可能要黄。"听着,乔必须保持谨慎,这是为大家好,也是为他自己好。"

我不喜欢自己的名字被重复提起。它和其他所有说过的话会在这间厨房的空气中停留数周,被人加以利用。

"不过听我说……"乔尼碰了碰我的手。"你可以说点什么,让大家安安心。"

所有的人都注视着我。透过敞开的落地长窗,我们听见那只杂种狗在哀鸣,它发出一阵喉咙里挤出来似的叫声,仿佛正试图压抑自己。我现在只想离开这个鬼地方——不管身上有没有枪。我装作看了看手表,然后说:"我只告诉你们五个字,多的不说。有人想杀我。"

沉默中,所有人——包括我自己——都在掂量着这几个字的分量。

"那就是自卫了。"赞开口道,他的声音里夹着一线希望。

我耸了耸肩,算是作为肯定。这些人的脸上露出犹豫的神色。他们既想要钱,又想要绝对置身事外。这些毒品贩子,这些炒房地产的家伙们,都是被负资产和自己的愚蠢信念折腾穷的大骗子,这会儿还想装出道貌岸然的清高模样,想让我帮他们得到解脱。这样一想,我开始感觉好多了。所以我才是坏人。突然间,我感到如释重负。我掏出一卷钱扔到桌上。现在还有什么好讨价还价的呢?

我说:"你们干嘛不点一下钱。"

起初没有人动弹。继而,在瞬息之间,史蒂夫抢在赞之前把那卷钱抓在手里。黛西紧盯着他们。事态似乎很严重。也许他们一直就是靠烤面包和稀粥度日。

史蒂夫飞快地数好了那卷钱,其速度足以与一个熟练的银行点钞员媲美。然后他把钱放进了口袋里,对我说:"好了,现在你可以滚了,乔。"

为了保住面子,我也随众人一起紧张地笑了起来。

接着我注意到,赞却没有笑。他抱起双臂,坐在椅子里等待着,脸上表情狰狞,一点也没有透露出他的心绪。在他的右前臂上,有一块肌肉——我自己可没有这种肌肉——正随着他右手那看不见的动作有节奏地抽搐着。等笑声沉寂下来,他开口了,但口气和刚才宣扬整体论时的腔调有所不同:他的声调更高了,音质粗糙沙哑,舌头干巴巴地弹着上颚。他一动不动,但我看得出,在他的皮肤下面,在他喉咙底部那跳动的脉搏里,蕴藏着一股骚动混乱的破坏力量。就在这时,我自己体内的血液也开始加速流淌。赞开口道:"史蒂夫,把钱放回桌子上,去拿枪。"

史蒂夫站了起来,始终迎视着赞的目光。"好啊。"他轻声回应道,然后开始穿过厨房。

赞从椅子里站起来。"那笔钱你不能放进铁盒子里。"

史蒂夫没有转身,只是同样肯定地回答:"这是欠我的。"然后继续朝外走。

赞手边最近的东西就是那个盛粥的空碗。他用拇指和食指捏起碗,张开左手以保持平衡,像扔飞盘一样把碗狠狠地甩了出去。碗从史蒂夫脖子旁边一英寸远的地方擦过,撞在门框上砸了个粉碎。

"别这样!"黛西大叫起来。这声叫喊让她听上去像是一位失去耐心、疲惫不堪的母亲。随后她一言不发地走出厨房。我们看着她出去,长发在腰际晃荡。她离开了,我们听见她踏上楼梯的脚步声。乔尼看了看我,我知道他正在想什么。现在我们必须为这场争吵负全责了。事实上,是我要担起全责,因为乔尼已经坐了下来,给自己卷上一支烟,对着自己那颤抖的手指摇头叹气。

史蒂夫已经转过身,正朝着厨房餐桌走回来。赞迎上去,一把揪住他的衬衫前襟,想把他推到墙上。"别这样,"他气喘吁吁地说,"把钱放回桌上去。"可史蒂夫是没那么容易被推动的。他全身紧绷,四肢僵硬,神情残酷。两个男人在房屋中间倾身互相推挤,他们最费劲的行动仿佛就是呼吸本身。他们贴得如此之近,脸对着脸,就像格式塔心理学图标中的那两张面孔,中间只隔一根烛台那么狭小的距离。

史蒂夫急促地说:"这个家欠我的,你们两个都欠我的!现在把你那该死的手拿开。"但他并没有等赞顺从,而是扬起左手,一把掐住了赞的喉咙。赞挥起空着的那条胳膊,在空中划出一道大弧线,将张开的手掌狠狠抽在史蒂夫的脸上。这一巴掌下去,声音响得就像炸了一只气球,"砰"地将两人分开。他们僵持了一刹那,随即又朝对方冲去,扭打在了一起。这只四脚野兽摇来晃去,侧着身横向越过厨房地板,逐渐回到餐桌旁。我和乔尼

252

只听到一阵沉闷的咕噜声。他们低着头,闭着眼,紧咬牙关,在地上翻来覆去,摸爬滚打,活像一对热恋中的情侣。

局势必须有所改变。赞用手抵住史蒂夫的下巴,开始把他的头用力往后推。没有哪块颈部肌肉能经受得住这么强有力的手臂的推挤,然而,赞还是费尽了力气,胳膊直发抖,因为史蒂夫刚才将大拇指插进了赞的鼻孔里,正摸索着要挖他的眼睛,于是赞不得不使劲往后躲开,将手臂完全伸直。史蒂夫的头开始往后仰,这时赞立即使出夹头术,用右臂扣住史蒂夫的脖子,左手拉起抓住自己的右腕,让手臂勒得更紧。我朝他们走去。史蒂夫慢慢地跪了下来。他呻吟着,双手胡乱挥动,然后又无力地捶打着赞的双腿。

我用手背拍了拍赞的脸,蹲下来对着他的耳朵说:"你会要了他的命的。难道你想这样吗?"

"你少插手。老早以前就想这么做了。"

我试着拉扯他的耳朵,让他转过头来看着我。"如果他死了,你下半辈子就得在牢里过了。"

"操他妈的小意思!"

"乔尼!"我大喊。"你得过来帮忙!"

我看见黛西回到房间里。她用两只手托着一个鞋盒子,满脸疲惫。她那往下撇的嘴角仿佛在请求我们往下看,看看这她过去不得不一直忍受的事实——她生命中的这两个男人,正在争夺机械原理上的优势地位,想借助杠杆作用来扭断对方的脖子。

"拿去,"她小声说。"拿去,拿去!"

我站起身，从黛西手上接过盒子。东西很重，我得用两只手托住这轻薄的纸板盒。史蒂夫又发出了一声呻吟，我看了乔尼一眼。他恳求似的看了看我，朝门口扭了扭头。"是的，"黛西坚定地说，"你们最好快走。"

她那精疲力竭的神态让我不由暗自心想，这是不是某种家庭仪式，或者是为某种复杂的两性联盟进行过分排演的前奏。另一方面，我想我们应该去救史蒂夫一命。

乔尼拉着我的袖子，我们几步就跨出了厨房。他对我耳语道："万一出个什么事，我可不想当个目击者。"

我明白他的意思，于是我们朝黛西点了点头，最后瞥了史蒂夫一眼（他的头还被紧紧夹在赞那对如老虎钳般颤抖的臂膊里），便匆匆沿着黑漆漆的过道向前门走去。

刚一回到车里，乔尼就立即抽出一根大麻烟点燃了。刚才我最不想要的就是这种毒品。找个地方，喝杯苏格兰威士忌，冷静冷静，这要好得多。我发动汽车引擎，猛地倒车，开上车道。

"真好笑，你知道吗，"乔尼一边吞云吐雾一边说，"我去过他们那儿好几次，也经历过像今天这样非常有趣的讨论。"

我猛打方向盘，把车飞快地开上公路，正要回话，这时我的手机响了。先前我把它塞进了汽车点烟器里。

来电的是帕里。"乔，是你吗？"

"是我。"

"我在你家，和克拉莉莎坐在一起。我让她来接电话，好吗？你在听吗？乔？你还在听吗？"

第二十二章

印象里我昏过去了一两秒钟。等我清醒过来时,我意识到,自己耳中的轰鸣来自于汽车引擎。我们正以近乎每小时六十英里的速度行驶,刚才我忘记给汽车换挡了。我将挡位从二挡换到四挡,降低了车速。

"我在。"我说。

"现在你听好了,"帕里说,"她就在这儿。"

"乔?"我立刻明白她受到了惊吓。她的声调拉得很高。她正试图控制住自己。

"克拉莉莎,你还好吗?"

"你必须直接回来。不要跟任何人说。不要报警。"她那种单调的声音是在暗示我:这些都不是她的原话。

"我在萨里,"我说,"赶回去得要两个小时。"

我听到她将话重复给帕里听,但是我没听清他对她说了什么。

"你就直接回来,"她说。

"告诉我那边出什么事了。你没事吧?"

她就像一部报时钟那样说道:"直接回来。不要带任何人。

他会一直从窗户里往外看。"

"我会完全照他说的做，别担心。"然后我又加了一句："我爱你。"

我听到有人接过了电话。"你都听清楚了吧？这次你不会让我失望，对吧？"

"听着，帕里，"我说，"我会完全按照你说的去做。我两个小时后就到。我不会告诉任何人。但是你不要伤害她。请你不要伤害她。"

"这就全看你的了，乔。"他说，然后电话就挂断了。

乔尼正在一旁盯着我。"家里有麻烦了。"他轻声低语，充满同情。

我打开我身边的车窗，深吸了几大口新鲜空气。我们正经过那座小酒馆，进入树林。我转向驶下大路，开上一条小道，沿着它走了约一英里，直到小径伸入一小块空地中，消失在一座废弃的房屋附近。这里有些修缮建筑的迹象——一台水泥搅拌机，一堆脚手架和砖头，但周围了无一人。我将汽车熄了火，伸手去取放在后座上的鞋盒。"让我们来瞧瞧这件必需品吧。"

我掀开盒盖，我们俩都朝里看去。我以前从未开过真枪，甚至连见都没见过，不过这件半掩在一件破旧的白衬衫中的物品，看上去却和电影里的那些道具很像，很眼熟，只是把它拿在手里的感觉叫我吃惊。它比我预想的要轻，也更干燥，与皮肤接触感觉更温暖。我以前把它想象成了油腻、冰冷、沉重的什物。当我端起它、透过挡风玻璃瞄准时，也没有感觉到它那具有致命能力的神秘气氛。就像手机、录像机和微波炉一样，它不过是又一件从商店里买回家的商品，你在家里将包装拆开，寻思着将它激活会有多么困难。这枪没有附上长达六十页的说明书，这倒像是个有利的开端。我翻转枪身，想找到打开枪膛的方法。乔尼把手伸进衬衫里，拉出一个小巧的红色纸板盒并把它挖开。

"它能装十发子弹。"说着，他把枪从我手上拿过去，拨开枪托底部的一个卡栓，滑出弹匣。他伸出一根泛黄的食指，指出保险柄转轴。"向前推，直到发出咔嗒一声。"他沿着瞄准器看过去。"这是把好枪。史蒂夫刚才真是胡扯。这是把9毫米的勃朗宁手枪。我喜欢这个聚酰胺把手。比胡桃木的好多了。"

我们下了车，乔尼把手枪还给我。

"我还以为你对这东西不了解呢。"我说。我们走到了那座没有房顶的屋子背后，进入了树林里。

"有一阵子我对枪很感兴趣，"他迷迷糊糊地说，"那时要做生意就得这样。在美国的时候，我在田纳西州上过一门课。那地方叫美洲狮牧场。我觉得那里有些家伙可能是纳粹分子。我不敢肯定。但不管怎样，他们坚守两条战术规则。第一，永远要赢；第二，永远要欺骗别人。"

换作其他时候，我可能会被这个话题所吸引，会详细阐述从博弈论里衍生出来的进化论观点：对于任何社会性动物而言，永远欺骗他人无疑是一条通往灭绝的死路。但是现在我双腿乏力，感觉想吐，肠子里也咕噜噜直闹水响。我走在山毛榉树下那噼啪作响的干燥落叶上，必须始终费力地收紧我的肛门括约肌。

我知道自己不该浪费时间，得火速赶回伦敦。但是我必须确切知道怎么使用这把枪。"到这儿就行了。"我说。如果我再多走上一步，可能就要拉在裤裆里了。

"双手举枪，"乔尼说，"如果你还不习惯的话，会感觉后坐力很大。两脚分开，稳定好身体重心。扣扳机的时候慢慢呼气。"我正按着他说的做，这时枪响了，枪身在我手中向上猛然一抖。我们走到那棵山毛榉树前，花了一阵工夫才找到弹孔。弹头在光滑的树皮中陷进两英寸左右，几乎看不见了。当我们回头往汽车那里走的时候，乔尼说："对树开枪是一回事，但当你瞄准的对象是人的时候，那可就不得了了，基本上相当于允许对方还手杀了你。"

我让他坐在前排车座里等我，自己拿了些纸，重新回到树林里。我用脚跟在地上刨出一道浅沟，把裤子往下拉到脚踝边，蹲了下来。为了放松自己，我拨开地上噼啪作响的落叶，顺手抓起一把泥土。有些人从星辰与银河中找到自己的长远视角，而我则更喜欢生物学植根土地的这一层面。我将手掌凑到面前，定睛凝视。在这肥沃易碎的黑土覆盖层中，我看见两只黑蚂蚁、一只跳虫和一条像蠕虫似的红黑色生物，它长着十几条浅褐色的腿。它们是这个低等世界中的庞然巨物，因为在肉眼视阈下面近处，这把泥土中还有一个充满线虫的生气勃勃的世界——线虫既是食腐动物也是掠食动物，以这些昆虫为食。而与微观世界中的居住者——寄生性的真菌和细菌——相比（在这一把泥土中它们可能就有数以千万计），线虫也已经算是庞然巨物了。

是这些微生物们盲目的进食和排泄使土壤肥沃成为可能,从而让植被茂盛,树木葱郁,生活在其间的各种生物也得以茁壮生长,而我们曾经也是其中的一员。当我想到,不管我们有多少忧愁烦恼,我们仍然是这段自然依赖的链条中的一环——因为被我们食用的动物所吃的植物,就像我们所吃的各类蔬菜和水果一样,被这些微生物形成的土壤滋养着——我就感到心平气和。但尽管我正蹲在这里为森林地表增添肥料,我还是不能相信在这些大循环中存在着什么根本性的重要意义。就在那些呼出氧气的树木旁边,停着我那辆正排放着毒气的汽车,车里躺着我的手枪,而沿着繁忙的公路距此三十五英里的地方有一座庞大的城市,其北部的某处坐落着我的公寓,里面有一个疯子,一个克莱拉鲍特症患者,我的克莱拉鲍特症患者,还有我那受到威胁的心上人,正在等我。在这种情况下,对于碳循环或是氮固定而言,有什么是其所需要的呢?我们不再是这伟大生物链中的一环了。是我们自身的复杂性将我们逐出了伊甸园。我们身处自我废黜的混乱中。我站起身,扣好皮带,然后带着家猫般的认真态度,把泥土踢回我刨的那道沟里。

尽管被自己身上的麻烦搅得心事重重,看到乔尼又睡着时,我还是感到惊讶。我叫醒他,对他解释自己必须赶紧开车回家。如果他需要的话,我可以捎他一程,让他在某个火车站附近下车。他说他不介意。"但是听着,乔。如果你卷入了冲突,而警察也介入了,那把勃朗宁和我一点关系也没有,好吗?"我拍了拍夹克衫上右手边的口袋,发动了汽车。

我把车前大灯完全打开,沿着单行车道疾驰,完全不顾路上迎面而来的汽车。一个个司机在我面前退避,在错车时朝我怒目而视。上了高速公路之后,乔尼点燃了他今天的第三根烟。我保持着每小时一百一十五英里的车速,一边注意着后视镜,观察有没有巡逻警车跟随而来。我往公寓里打了个电话,但是没人接。我一度想要报警。行啊——只要我能找人派出一支精英战队,攀着绳索攻入房间,落在帕里头上,在他伤人之前将他制服。可实际上,如果我够幸运的话,我一个电话过去只能联系上林利或者是华莱士,或者其他某个劳顿不堪的官僚。

　　到了斯特里特姆大街后,我停住车,把报酬给了乔尼并放他下去。他靠在打开的车门边向我告别。"你用完这把枪以后,别留着它,也别把它卖了。就把它丢到河里去。"

　　"谢谢你,辛苦了,乔尼。"

　　"乔,我很担心你,可我也很高兴,我跟这件事没有关系了。"

　　午后时分,伦敦市中心的路面惊人地空旷、通畅,在接到电话一个半小时后,我就回到了家门前的那条街道上。我在公寓楼前转弯,把车停在了公寓后面。在公寓楼后放垃圾桶的地方,有一条消防紧急通道,平时都上锁,只有楼里的居民才有钥匙。我从这里进去,悄悄地爬到房顶。自从洛根发生意外后的第二天早晨,在帕里打来第一个电话之后,我还从未来过这里。在那张塑料桌上,我早餐时喝的咖啡在桌面上留下了一块污渍。这里光线明亮,为了能透过天窗看个清楚,我得跪下身来,将两只手环扣在玻璃上遮挡光亮。我的视线穿过走廊,看到了厨房的一部分。我可以看见克拉莉莎的包，但其他的什么也没有看到。

第二扇天窗使我通过走廊从另外一个方向看到了客厅。还好，客厅的门敞开着。克拉莉莎正坐在沙发上，面朝我的方向，但我看不清她脸上的表情。帕里就坐在她正对面的一把木制厨房椅上。他背对着我，我猜他正在说话。他离我最多只有三十英尺，我幻想着当时就给他一枪，即使他离克拉莉莎是如此之近，而我又不相信自己的准头，也对枪械了解不多，不知道由于天窗玻璃的阻碍会使子弹的弹道发生怎样的偏斜。

这种幻想与我口袋里那把开始变得沉重的真枪没有一点关系。我回到车里，将车开回公寓对面，下车时还按响了喇叭。帕里走到窗前站着，部分身体被窗帘遮掩。他朝下俯看，我们四目相会，视角与平时正好颠倒。上楼的时候，我摸索着口袋里的那把枪，找到保险栓，练习怎么打开它。我按了按门铃，走了进去。我能听到自己的心在衬衫下怦怦作响，而脉搏的压力让我的视野不停地颤动。我在叫克拉莉莎的名字时，我那不大听使唤的舌头在"克"和"拉"两字之间停滞了一下。

"我们在这儿，"她回应道，然后又抬升音调警告般地补充说，"乔……"接着就被帕里发出的一阵嘘声给打断了。我慢慢地走向客厅，在门口停了下来，生怕刺激他采取突然行动。他已经将椅子移到一边，正坐在沙发上，克拉莉莎紧靠在他的左手边。我们对视了一下，她闭上了眼，半秒后又睁开，我理解的含义是：情况很糟，他很坏，你要小心。他那头剃短的发型使他显得既年轻又难看。他的手在发抖。

261

我在他们面前一出现，屋里就陷入一片死寂。为了打破这份沉默，我说："我倒喜欢你梳马尾辫的样子。"

在与我目光交会之前，他朝右边瞥了一眼，看了看自己肩头上那无形的生物。"你知道我为什么要来。"

"好吧……"我开口说，一边趁机朝屋里走了两步。

他猛地抬高嗓门大声喊道："别再靠近。我已经告诉克拉莉莎不许动。"

我盯着他的衣服，揣摩里面可能藏有武器。他肯定得有一把武器。他不可能赤手空拳跑过来追杀我。从他雇佣的那伙人手里，他可以轻易地借一把或者买上一把。在他身穿的哔叽棉夹克上没有明显的凸起物，不过那身衣服剪裁很宽松，很难说里面到底有没有藏武器。有样黑色的物品，可能是把梳子，从他的上衣口袋里伸出一角边缘。他下身穿着紧身牛仔裤，脚蹬灰色皮鞋，因此不管他有什么，肯定都在夹克衫中。他紧靠在克拉莉莎右边，左脚挨着她的右脚，几乎要把她挤进沙发的扶手里。她纹丝不动，两手朝下放在膝盖上，全身散发出对他的恶心和恐惧。她的头微微侧向他那边，似乎无论他做什么，她都已经做好了准备。她纹丝不动，但从她脖子上微微跳动的肌肉和筋腱可以看出，她就像绷紧的弹簧那样紧张极了，随时准备弹跳起来。

"现在我已经来了，"我说，"你不需要克拉莉莎了。"

"你们两个我都要，"他飞快地说。他的双手颤抖得如此厉害，他得将两手紧紧地握住。他的额头上凝结出大滴大滴的汗珠，我感觉自己可以闻到一股青草般的甜蜜气味。不管他脑子

262

里在想什么,事情马上就要发生了。即便如此,就算现在他就在我的面前,要拿枪对着他,这一想法仍显荒唐啊。而我突然觉得自己非常疲劳,很想坐下来。我想在某个地方躺下休息一会。肾上腺素本应该叫人提高警觉,现在它却让我感到失望。我不由自主地打了个哈欠,他肯定会以为我现在显得很酷。

"你是硬闯到这里来的。"我说。

"我爱你,乔,"他径直说道,"而这种爱毁掉了我的生活。"他瞥了克拉莉莎一眼,仿佛在承认这是在重复刚才说过的话。"我一点也不想这样,你知道的,不是吗? 可你就是不肯放过我,我想这里面肯定是有什么原因。上帝在向你发出召唤,而你一直在抵抗他,看来你是在请求我给你帮助……"他顿了顿,扭头看向一边肩头,整理着下一步思绪。我的注意力并没有分散,可他距离克拉莉莎这么近,叫我越发焦急。他为什么不让她动弹呢?我想起自己去拜访洛根家的时候,那时我明白了失去她对我来说意味着什么。我现在是不是该做些什么呢?我又想起了乔尼给我的警告。一旦我掏出枪来,我就给了帕里杀人的理由。也许危险能在谈话中消除。我唯一能确定的就是,我不应该和他正面对抗。

克拉莉莎的声音很轻、很细。她正冒险对他晓之以理。"我相信乔无意伤害你。"

汗珠大颗大颗地从帕里头上滚落。他马上就要动手了。他强笑一声。"那可未必。"

"知道吗,他其实很怕你的,你老是站在房子外面,还寄来一封封的信。他对你一无所知，然后你突然就出现了……"

帕里朝两侧猛地甩起脑袋。这是一阵无意识的痉挛，是他那朝侧面瞥视的紧张习惯的强化表现，我感觉我们正好瞥见了他所处病态的核心——他必须将与自身想法不符的事实挡在脑外。他说："你不明白。你们两个都不明白，但尤其是你。"他朝她转过身。

我把右手放进口袋里，去摸手枪的保险栓，但我摸索的动作过于笨拙，就是找不到它。

"你不知道这是怎么一回事。你怎么会知道呢？不过我到这儿来不是和你说这些的。那都是过去的事了，不值得讨论了，是不是呀，乔？我们完了，不是吗？我们三个都完了。"他低下头，伸出一根手指，顺着眉毛抹去淌下的汗水，然后大声地叹了口气。我们等待着。等他抬起头，他看着我说："我不想再继续下去了。我来这里可不是为了这个。我是来求情的。我想你知道我求什么。"

"也许知道吧。"我撒了个谎。

他深吸了一口气。我们马上就要摊牌了。"原谅?"他语调往上一扬，质问道。"请你原谅我，乔，原谅我昨天的所作所为，原谅我的企图。"

我惊讶极了，一时竟说不出话来。我从口袋里拿出手来，说："你本想杀了我。"我想听到他亲口说出这件事。我想让克拉莉莎听到。

"暗杀是我安排的，也是我付的钱。如果你不愿回应我的爱,我想我宁可让你上西天。我真是发疯了,乔。我想让你原谅我。"

我正想再次请求他放了克拉莉莎,这时他朝她转过身,猛地将手伸进上衣口袋里,掏出一把短刃小刀,在空中划出一道半圆的弧线。我来不及做出动作。她抬起双手护住自己的咽喉,但他并没有瞄准那里。他将尖锐的刀锋抵在自己耳垂正下方,保持着这个姿势,停住不动了。握刀的那只手正在颤抖,正用力地往下压。他转过身把刀亮给她看,然后又亮给我看。

他发出一阵音调上升的哀鸣,祈求着,简直叫人无法忍受:"你从来没给过我什么。求你让我得到它吧。无论如何我都会这样做。求你让我从你那儿得到这唯一的东西吧。原谅,乔。如果你肯原谅我,上帝也会原谅我的。"

我惊讶得头脑都愚钝了,放松的心情让我感到不知所措。这也太不寻常了,简直就是大逆转——原来他并没有打算攻击克拉莉莎或是我。事实上,他是想在我们面前割喉自尽,而我好半天才迟钝地理会到这一点。我费力地说:"你放下刀,我们好好谈谈。"

他摇了摇头,手按得仿佛更用力了。一条血线从刀尖下垂直流淌下来。

克拉莉莎似乎也瘫住了。她伸出一只手,想去拉住他的手腕,仿佛只要手指一触碰就能让他回心转意。

"现在,"他说,"求求你,乔,就现在。"

"你这样疯癫癫的,我怎么可能原谅你?"

265

我瞄准他的右侧身体，避开了克拉莉莎。在这个封闭的空间中，剧烈的枪声似乎抹除了所有的感官知觉，房间里如同空白的电视屏幕那样闪着光芒。随后，我看见刀落在地板上，而帕里朝后瘫倒过去，一手按着另一侧被子弹击得粉碎的手肘，他脸色苍白，惊愕得嘴巴大张。

在一个由逻辑驱动情感的世界里，现在这一时刻，克拉莉莎本应该站起来，我们应该奔向彼此，将对方揽入怀中，紧紧拥抱，亲吻，流泪，低声抚慰，说着原谅对方和爱的话语。我们本可以把帕里抛在脑后，他这会儿肯定只想着那剧烈到极点的疼痛，只想着他那损坏的尺骨和桡神经（六个月以后，我在沙发下偶然发现了一片碎骨），我们本可以不去管他。而等警察和救护人员把他抬走，等我们已经聊完天、爱抚过并喝下两壶茶水之后，我们也许会回到卧室，面对面地躺下，让自己重回那纯粹、熟悉的空间。然后，我们就可以开始重新构筑我们的人生，就在那儿。

然而，这种逻辑是不近人情的。当天下午的高潮不可能以这种特别幸福的故事收场，这有其直接和深层背景上的原因。讲故事时的叙述性压缩手法，特别是在电影里，都用圆满的结局误导我们，使我们忘记了持续的压力正是情感的腐蚀剂，能令人精神麻木。从恐惧中欢愉解脱的幸福时刻并不那么容易获得。在过去的二十四小时中，我和克拉莉莎目睹了一桩失败的谋杀和自杀。整个下午，克拉莉莎都处在帕里的短刀的威胁之下。她和我通话时，他已经将刀尖抵在了她的脸颊上。对我来说，除

266

了压力以外,还有由一连串事件所引发的可怕事实的确认,它们堆积起来,并没有立即为我带来证明我正确的欣慰感,相反,我感觉自己被一种委屈怨愤的情绪所压迫,就像被钳在一把扁平狭窄的夹钳里。这是一种毫无激情的愤怒,叫人格外难以忍受或表达,因为我凭直觉知道,在这件事中,就算我的推论和举措都是对的,我也还是会被事实所玷污。

此外,逻辑系统向来就不止只有一个。例如,警察看待事物的方法就永远和别人不一样。不管他们会怎样处置帕里,当他们在枪击发生二十分钟后来到我的公寓里时,他们心里很清楚要拿我怎么办。非法持枪罪和故意恶性伤人罪。帕里躺在一张担架车上去了自己该去的地方,同时,一名巡警和一位巡佐正式逮捕了我,他们心中甚至怀有一丝歉意。涉及枪支的案件有其固定的处理手续,不过这次他们倒挺通融,允许我不戴手铐下楼。路上,我们与上楼的警方摄像师和法医专家擦身而过。他们向我保证这只是例行公事,以防我们中有人改变说辞。这是我在二十四小时中第三次进警察局,也是我一生中的第三次。更多的随机抽样。克拉莉莎作为证人也被叫到了警察局。林利巡官那天没有当值,但是我的档案被调阅了,他们对我还算挺友善的。然而我还是被拘留了一个晚上,而隔壁牢房里关着一个大发酒疯的醉鬼;第二天上午,在一次漫长的审讯之后,我获得了保释,六星期内还要回来报到。后来的情况是,林利给主任检察官写了封信,我没有受到任何指控。

于是,那天晚上没有爱抚,没有餐桌旁的谈话和同床共枕,不像约翰·洛根死后的那一晚我们有这些东西维系彼此。不过更糟的是，在那个时候有一幅画面，它在我身处牢房中的不眠之夜折磨着我，之后几天也一直挥之不去。我看见刀落在地板上，而帕里朝后瘫倒在沙发上，一手紧握着自己的手臂——接着，我看见了克拉莉莎脸上的表情。她站了起来，瞪着我手中的枪，脸上满是极度憎恶和惊讶的表情，让我觉得我们永远也无法走出这一时刻。近日来，我那最不祥的疑虑往往得到验证。我在扭转乾坤啊。我的得分高得令人沮丧。也许，我们真的完蛋了。

第二十三章

亲爱的乔：

　　我们争来吵去的，我难过极了。我这么说并没有挖苦的意思——这是真心话啊，我真的好后悔。虽然有人说夫妻间偶尔吵吵架是必不可少、也是颇有益处的，但我们以前从不争吵，日子却照样过得很好，而且一直都引以为傲。我讨厌昨晚发生的事情。我讨厌自己大发脾气，当时我是被你冲天的怒火吓坏了啊。然而，一切都已经发生，说出的话语也覆水难收。昨晚你一遍又一遍地要求我郑重向你道歉，因为我没有与你"并肩"作战，共同对抗杰德·帕里，因为我对你的明智之举心存疑虑，因为我不相信你的理性力量，不相信你对他的状况所做出的合理推断和全力追究。我想，我昨晚应该已经就此向你道过好几次歉了，在这里，我再次向你说声对不起。以前，帕里在我眼中只是个可怜可悲、行为古怪的人，没什么伤害性。充其量，我以为他只是你想象的产物。我万万没料到他竟会变得如此暴力。我实在是大错特错。对不起，真的对不起。

　　可昨晚我还想说，尽管我是大错特错，但这并不单纯地就意味着你都是对的。我始终认为,假如当初你采取了其他做法,也许事情就不会闹到这么可怕的地步。就算退一步讲,不论你多么有理,这整件事也无疑让我们失去了太多。并肩作战?是你先单独行动了,乔。从一开始,从你对帕里还一无所知的时候,你就热切而又莫名地对他产生了兴趣。还记得他第一次打电话过来吗?你足足等了两天才告诉我这件事。而到了第二天,你又拾起了那重返"真正科学领域"的老一套,而我们以前就曾达成一致意见,认定那没有意义。你敢说这些都和帕里无关吗?正是在那天晚上,你在我面前摔门而出,咆哮着离家而去。在那之前,我们之间可从未发生过这种事啊。你变得越来越焦虑和执迷不悟,不再想和我说其他任何事情。我们的性生活也几近荒芜。对此我不想再多说什么,可你还背地里搜寻翻看我的书桌,这实在是一种可怕的背叛。我有什么好让你妒忌的呢?帕里的事情越闹越大,我发觉你也越来越自闭,跟我也越来越疏远。你狂躁不安,被这件事牵着鼻子走,而且十分孤独。你把对付帕里当作了一桩案子,一项任务。也许它成了你一直想做的科学研究的替代物。你进行研究,做逻辑推断,很多事都被你说对了,但在整个过程中,你却忘了带我同行,忘了和我一起分享心事。

还有件事,本来昨晚我想对你说,却被你呵斥住了。事故发生后的那天晚上——从你当时说的话里可以很清楚地听出,你非常苦恼,因为你觉得有可能是你最先放手松开了绳子。很明显,你需要面对这种想法,驱走这一念头,让自己心安理得。那时我以为我们会再好好谈谈这件事。我以为我能帮助你。在我看来,你没什么可感到羞愧的。恰恰相反,我觉得你那天表现得非常勇敢。但事故发生之后你的感觉也足够现实。有没有可能是帕里给了你一个摆脱自己罪恶感的机会呢?在面对这个新情况时,你似乎仍旧惴惴不安,原本你应充分发挥特长,用自己一向引以为傲的理性分析能力去解决它,而你却为了躲避焦虑而捂住耳朵,落荒而逃。

我承认,帕里会那么疯狂是我所始料未及的。但我仍然可以理解,他何以会产生是你一直在挑逗他这一印象。他使你内心的某种东西凸现了出来。从第一天起,你就把他视为对手,并开始着手打败他,而你——不,是我们——因此付出了高昂的代价。也许,当初如果你能和我多商量商量,帕里可能就不会走到今天这一步。还记得吗?在你火冒三丈、摔门而去的那天夜晚,我就老早建议咱们把他叫来好好谈谈了。可你却满脸狐疑地瞪着我。我敢肯定,在那个时候,帕里还没有动过念头,想要有朝一日置你于死地。说不定我们俩一起就能阻止他走上这条路了。

而你呢?一意孤行,剥夺了他的一切,让他滋生出许多荒诞的想法,直到最后发展成满腔仇恨。昨晚你问我是否意识到是你救了我一命。当然,事实的确如此,我会永远心存感激。你勇敢机智,可以说干得很出色。可难道事情的结果就非得要帕里雇用杀手，而我被人拿刀威胁吗？我可不这么认为。我猜想，他一直都更有可能伤害他自己呢。我是多么错误，又是多么正确啊！你是救了我一命，可也许正是你将我的生命置于危险之中——是你把帕里卷入了我们的生活；是你一意孤行，做出许多过分的事情；是你通过不断地揣测，不停地推断，把他一步步地逼上了这条邪路。

一个陌生人闯进了我们的生活，而首先随之而来的，是你变成了我的陌生人。你发现他患有克莱拉鲍特综合征（如果那真是一种疾病的话），你说他有可能变得性情狂暴。你说对了。你果断行事，确实应该沾沾自喜。可是除此之外呢？——事情为什么会发生？它如何改变了你？它为什么不会是另外一种情形？它给我们带来了什么？——这些便是我们目前的收获，也是我们必须好好思考的问题。

我觉得我们需要分开一段时间，或者至少，我需要这样做。卢克说，在找到新租户之前，我可以搬进他在卡姆登广场的老房子。真不知道我们的将来会如何。我们曾经那么快乐地在一起生活，那么热切、忠诚地爱着对方。我一直以为我们的爱注定会绵恒持久。也许会吧。只是现在，我实在不清楚。

克拉莉莎

第二十四章

枪击事件发生十天后,我驱车前往沃灵顿赴约,与约瑟夫·莱西见面。翌日,我一整个上午都在书房里打电话作安排。到了下午,我走进当地一家意大利食品店,采购野餐所需的原料。买的东西和以前差不多——一大块马苏里拉干酪,拖鞋面包,橄榄,番茄,凤尾鱼,还有专门给孩子们买的一块普通的玛格丽特披萨饼。第三天早上,我将食物塞进一只帆布背包里,还装上了两瓶勤地酒①、矿泉水和一捆六听可乐。天气多云而凉爽,但在西面有一条细细的蓝带延伸至天际,天气预报振振有辞,说将有一股热浪袭来,并停留超过一周的时间。我驾车前往卡姆登区,去接克拉莉莎。当我在前一天把莱西讲的故事告诉她之后,她便坚持要和我一起去牛津。她争辩说,我们在这个故事里已经走了这么远,不管它给我们造成过多大影响,在故事结束的时候,她都要和我一起在场。

刚才她肯定一直在屋内往外张望我的车,因为我刚把车停住,她就出现在了她哥哥公寓外的台阶顶上。我从车里下来,看着她朝我走近,思量着我们会如何打招呼。自从那天晚上,在我拒绝帮她把装有衣物和书籍的提箱搬下楼、扛上出租车之后，我们就再也没有见过面。现在，在逐渐明亮的天光里，我斜倚在打开的车门上，突然感到一阵心痛——半是凄凉，半是恐慌——变化发生得真快啊，我这位熟悉的伴侣正将自己转变为一个独立的人。她穿的印花裙是新的，那双绿色的平底鞋也是新的，甚至就连她的皮肤看上去也和原来不一样了，更加苍白，更为光洁。我们说了声"嗨"，然后胡乱握了下手——总比虚伪地在脸颊上轻吻一下要强。她身上熟悉的香水味并没有让我安心，反而使新的变化显得更加强烈，更让人心痛。

　　或许她也有着类似的感觉，因为当我发动汽车时，她极其高兴地对我说："我喜欢你的这件新夹克。"

　　我向她致谢，也夸了她的裙子几句。先前我曾担心我们该怎样一起度过这段旅程。我不想再与她发生冲突，但也不能就这样忽视我们之间的分歧。不过，事实上这分开的一个星期为我们提供了许多中性的话题。首先是我和约瑟夫·莱西在他家花园中的会面，然后是我为今天所做的安排——说完这些话题时，我们已经来到了西郊外围。接着我们谈到了工作。在寻找济慈生前最后几封信的过程中出现了新的线索。她联系上了一位日本学者，这位学者声称，他曾于十二年前在大英图书馆读过几封未出版的信件，作者是济慈朋友塞文的一位远房亲戚，里面

———————————

① 　勤地酒（Chianti）：原产于意大利西北部地区的一种餐用干葡萄酒，通常为红色。

提到有一封济慈写给芳妮却从未打算寄出的信,那是一声"永恒爱意的呼喊,未受绝望的影响"。克拉莉莎倾注了所有的空余时间来追查这条与塞文有关的线索,却一无所获。图书馆搬迁到国王十字车站附近之后,搜寻就更加困难了。现在她正考虑飞往东京,查阅那位学者的笔记。

至于我嘛,我曾前往伯明翰试驾一辆电力汽车,以便为一家周日报社撰稿。我还计划飞往迈阿密,去参加一场关于火星探测的会议。当我带着一丝滑稽的夸张描述电力汽车的原型机没法开动令公关人员有多么惶恐时,克拉莉莎却并没有笑。或许她正在回味这带有离心意味的地理因素——梅达谷和卡姆登区,迈阿密和东京——这道旋流正要将我们的生活分开。当我们从奇特恩斯下行开进牛津谷时,车内出现了一阵沉默,于是我便聊起了殖民火星的计划。据称,我们或许可以先在火星上培植一些简单的生命形式,比如说地衣,然后再种一些耐寒植物,这样经过数千年之后,就可以在地表形成一个以氧为基础的大气层,气温会上升,火星迟早会变成一个美丽的星球。透过挡风玻璃,克拉莉莎凝视着在我们脚下延伸的道路,还有左右两边那正变得愈发茂密的原野,以及沿着树篱边缘生长的峨参:"那有什么意义? 这里就很美,可我们还是不快乐。"

我生怕在这样封闭的空间里谈起更多私事,便没有问她"我们"到底指谁。我们之间的那场争吵漫长而可怕,虽然我并未像她在信中提到的那样大喊大叫,我也的确抬高了嗓门——当时我们俩都这样——并且在客厅里像做梦一样激动地踱来踱去。

275

这是帕里留给我们的遗产，就连地毯上的血迹也是——我们恣意地指责彼此，如尸检般地相互剖析，直到凌晨三点才既疲倦又痛苦地各自上床睡觉。克拉莉莎的信只能将我们之间的距离拉得更远。要是在十五年前，我或许还会去认真看待那封信，猜想在信中是否包含着一种智慧，其微妙之处是顽愚不化的我所无法领会到的。我可能会认为自己负有责任，作为情感教育的一部分，我理应感觉受到指责。然而，这么多年的时间让我们的心变得坚硬，令我们变成了现在的自己，所以她的信在我看来根本就是不合情理。我讨厌她在信中那种自以为是的受伤口气，那一令人反感的情绪化逻辑，还有那种隐藏在高度选择性记忆背后的无所不知、无所不晓的态度。一个疯子雇了杀手要在餐厅里宰掉我，和这件事相比，"分享"情感又算得了什么呢？还有我受迫、执迷和性冷淡？换了谁不会这样？现在有个变态要把他那有病的意识强加在我的身上，我又没要求变成孤家寡人。谁都不肯听我的话。是她和警察一起把我逼得孤立无援。

那天上午，在收到她的来信后，我一气之下给她打了电话，把上面的这些话一股脑倒了出来。当然，这次通话没有给我们带来任何结果。现在，我们在这个六英尺高的空间里，实际上正是肩并肩，但我们之间的分歧却无法弥合。我瞥了她一眼，心想她看上去既美丽又悲伤。或者，其实这份悲伤全部源于我自己？

我们一路闲聊，穿过了海丁顿区和牛津市中心。在洛根家的房子外面，我把车停在了和上次来时一样的位置上。静谧的街道两侧树木成荫，形成了一条绿色通道，明亮耀眼的阳光从顶部的缝隙中刺透进来,我钻出汽车时,心想在这里的人会过着怎样乏味而丰富的生活。我拿上背包,和克拉莉莎一起沿着砖石小路朝正门走去,仿佛我们是一对受邀赴宴的伉俪。克拉莉莎还小声称赞了屋前花园的景致。前门突然打开了,打破了这愈发浓重的平凡感,小里奥站在了我们面前,他光着身子,胸前和鼻梁上却用颜彩粗笨地描画出老虎斑纹。他没有认出我来,只是看着我说:"我不是老虎,我是狼!"

"你是狼,"我说,"可你妈妈在哪儿?"

她出现在里奥身后,从厨房旁边阴暗的角落里朝我们走来。时间并没有治愈她的创伤。她的鼻子还是那么小巧,上唇依然干裂。也许她的面容已经变得更加冷峻,她的愤怒可能已经深入骨髓了。她把右手中捏着的一团手帕换到左手上,然后跟克拉莉莎和我握手。因为先要把里奥擦拭干净并给他换上衣服,所以洛根夫人请我们在后花园里稍等片刻。也正是在后花园里,我们找到了瑞秋,她穿着短裤,正趴在草坪上晒着日光浴。当她听到我们走近的声音时,便猛地翻了个身,肚皮朝上,装作自己睡着了或是正在出神。克拉莉莎跪下来,用一根草茎轻轻地挠了挠她的下巴。

瑞秋对着明媚的阳光紧闭双眼,抬高调门尖叫一声:"我知道你是谁,所以别以为你能逗我笑!"等她实在忍不住的时候,她坐了起来,发现自己盯着克拉莉莎的脸,而不是我的。

"你不知道我是谁,所以我可以把你逗笑,"克拉莉莎说,"而且除非你猜出我的名字,我才会放过你。"克拉莉莎继续挠着痒

277

痒,直到瑞秋大喊"侏儒怪"①并连声求饶为止。当我转身朝屋内走去时,瑞秋已经拉起克拉莉莎的手,带她去参观花园。我留意到,那顶倒塌的帐篷已经被踩进了草丛里。

我找到了琼·洛根,她正跪在门厅里帮里奥扣上凉鞋鞋带:"你已经长大了,这种事完全可以自己做。"里奥正用手掌抚平她的头发,他一边看着我,一边说:"可我喜欢让你来。"脸上还挂着一丝占有似的得意微笑。

我对她说:"我想让你直接从当事人口中听到这个故事。所以我需要知道,待会儿我们去哪里野餐。"

她站起身来,叹了口气,向我描述了草甸港②上泰晤士河流经的一片草坪,然后给我指出楼梯脚边电话机的位置。我在屋里等待着,直到她和里奥走出房间去了花园,我才拿起话筒打给学院,请求和那位欧勒③逻辑学教授通话。

去草坪只要走不到五分钟的路。里奥嫉妒他姐姐有了克拉莉莎这个新朋友,便拽着克拉莉莎空出来的另一只胳膊,边走边唱他能想起的每一首披头士乐队的歌曲片断,想尽一切办法干扰他姐姐和克拉莉莎说话。瑞秋便把音量提得更高。我和琼·

---

① 侏儒怪(Rumpelstiltskin):出自德国民间传说。曾经有一个形状矮小的精灵,人称侏儒怪,为了解救王子的新娘,他答应施展法力把亚麻纺织成金线,并和新娘立下条件,成功后要索取新娘所生下的第一个孩子作为报酬,除非新娘有本事猜中他将要为孩子所取的姓名。结果新娘果真猜中了,侏儒怪失望至极,后来自杀而亡。

② 草甸港(Port Meadow):位于英国伦敦牛津市北面和西面的一大片公共用地,以风景优美闻名。

③ 欧勒(Leonhard Euler,1707—1783):瑞士数学家,在几何学、微积分、理论流体动力学和数论等方面都有开创性贡献,主要著作有《无穷小分析引论》、《微分学原理》和《积分学原理》等。

洛根在这吵吵嚷嚷的三个人身后几步远的地方跟着他们。她说："她和他们相处得很愉快。你们俩都是。"我对她讲起了我们在生活中遇到的各色各样的孩子们，还有我们在公寓里特意为他们准备的房间。后来克拉莉莎搬了进去，把它当做临时的卧室。而现在，那里连卧室都不是了。

我们正要穿越一条铁路桥，这时，那片宽阔的草坪和上面无边无际的金凤花一下子映入了我们的眼帘。琼·洛根说："我知道我曾要求听到这个完整的故事，但我现在不知道自己能否坚持下来，尤其是瑞秋和里奥都在身边。"

"你能行，"我说，"而且无论如何，你现在必须这么做。"

在一群好奇的小母牛们的跟随下，我们径直穿过田野和金凤花丛，来到河边，然后逆流而上走了好几百码。有块河岸在到此饮水的牲畜群的践踏下变成了一片沙滩，我们就在这里停下脚步，开始宿营。琼将一大块军用防潮布铺在地上，我正要把食物都摆出来，这时我才意识到，这块布肯定是约翰·洛根的遗物，是他在参加那些我们从未知晓的探险活动时使用过的。我为女士们倒上酒，里奥和瑞秋正在河里蹚水，他们叫着我的名字，怂恿我也下去陪他们一起玩。我脱掉鞋袜，捋起裤腿，随他们一起走进河里。像这样站在水中，感受着自己脚趾间踩着的软泥，呼吸着河里那泥土和流水混合在一起的浓烈气息，对我来说已是恍如隔世。在克拉莉莎和琼聊天的时候，我们仨一起喂野鸭，用石子打水漂，还用泥巴堆了一个小土墩，土墩周围还挖出了壕沟。休息的时候，瑞秋悄悄地走到我身边说："我记得你

279

以前来过，我们还聊过天。"

"我也记得，"我回答。

"那我们再聊一聊。"

"好啊，"我说，"说点什么呢？"

"你开头吧。"

我想了一会儿，然后朝那条河流指去。"想象一下世间能存在的最小最小的水滴，它是那么的小，以至于没有人能看见它⋯⋯"

她闭紧了眼睛，就像刚才躺在花园草坪上时那样。"就像最小最小的小水沫，"她说。

"比那还要小得多，就算用显微镜你也看不到。几乎就像不存在那样。两个氢原子，一个氧原子，被一种神秘的强大力量结合在一起。"

"我看到了，"她大叫一声，"是用玻璃做的。"

我又说："那么，现在想象一下，有数十亿、数万亿的这种小水滴堆在一起，朝各个方向扩展开来，几乎无穷无尽。现在，把河床想象成一条又长又浅的滑梯，就像一道蜿蜒而又泥泞的斜槽，绵延一百英里，一直伸向大海⋯⋯"

我们就此打住。里奥刚才在河岸上忙活，但现在他意识到有些事正在发生，而他没有参与其中，于是他硬挤到我们中间。如果我不让他加入，他就准备朝我浇水，把我淋个精湿。

"我讨厌你，"瑞秋大喊起来，"走开！"

就在这时，他们叫我们吃饭了。但在上岸之前，瑞秋捏了一下我的胳膊，她想让我知道：这个话题还没有结束。

美味的食物让我们聊起了意大利和假期。孩子们也插嘴进来，不过他们的记忆明显有些混淆：一片栖息着鹦鹉的海滩，生长在一座火山附近的冷杉树丛，而瑞秋还说有一条底部用玻璃做的船。里奥怀疑这种东西是否存在，便和姐姐争辩起来。由于那条船被他们租用了一天，爬上那座火山需要徒步步行六个小时，而里奥大部分路段上都是被人背着的，所以我们猜想精力充沛的约翰·洛根当时也应该在场，虽然小男孩现在并没有直接提到他。

等我们吃完午餐，美酒和艳阳已让我们几个大人们慵懒起来。孩子们和我们呆在一起很是无聊，于是他们拿上几片苹果去喂小马驹了。琼开始解释瑞秋有多么想念她的父亲，但她一直不肯谈论这件事。"我看见她在河里跟你说话了。对每个到家里来的男人她都会缠着不放，就好像她感觉自己可以从他们身上得到一些东西，而这些东西是我所无法给她的。她对别人非常信赖。我真希望我知道她到底在寻找什么。或许她只是想听见男人说话的声音吧。"

她说这些话的时候，我们都在远远望着孩子们，他们正在溯流而上，沿着河岸漫步。和妈妈离开一段距离后，里奥回头瞥了一眼，然后牵住了姐姐的手。琼正想告诉我们孩子们很会互相照顾，这时，她突然中途停住，说："哦，天哪！是她来了。那一定是她！"

我们坐起身，扭头看过去。我站了起来。

"我知道是我请你这么做的，"琼飞快地说，"但我没想到我会和她见面。这对我来得太快了。她还带了人和她一起来，是她爸爸，或者可能是她的律师。我不想和她说话。我以为我……"

克拉莉莎将手按在琼的胳膊上。"没事的。"她安慰琼说。

那对男女在十几码外停住了，肩并肩地站着，等我过去。我走近的时候，那女孩将视线移向了别处。我知道她还是个学生。她看上去二十岁左右，人长得很漂亮，正是最让琼·洛根担心的美女化身。那位男子名叫詹姆斯·里德，是女孩所在学院的欧勒逻辑学教授。我们握了握手，互相报上姓名。那位教授和我年纪相仿，大约有五十岁，身材相当肥胖。他向我介绍的这位女学生名叫邦妮·迪兹。当我握住她的手时，我可以想象一位中年男子何以甘愿为她赌上一切。她的这份美貌，如果听人描述，我会嗤之为陈词滥调——金色的秀发，蔚蓝的眼眸，桃色的肌肤，与玛丽莲·梦露的惊艳一脉相承。她穿着一条裁剪过的牛仔裤，上身是一件破旧的粉红色衬衫。与其形成鲜明对比的是，那位教授身穿一套亚麻西装，还系着领带。

"好吧，"教授叹了口气，说道，"我们来了结这件事吧?"他看着他的学生，她低头注视着自己脚上的凉鞋（脚趾甲上涂了红指甲油)，凄惨地点了点头。

我把他们带到野餐前，为他们做了介绍。琼看也不看邦妮一眼，同样，邦妮也只是一直盯着教授。我邀请他们坐下。邦妮很识趣地盘腿坐在草地上，正好在防潮布的边缘。里德在尊严与礼貌之间做了折中，半跪下身。他朝我看了看，我点了点头。

他把手放在自己的膝盖上，盯着地面看了一会儿，集中自己的思绪,这是他一生教学养成的习惯。终于,他开口了:"我们来,是为了解释和道歉。"他的这番话是对琼说的,但琼依然凝视着眼前吃剩下的色彩鲜艳的比萨饼,不为所动。"您正在熬过这场悲剧,这份惨痛的损失,天知道,您最不需要的就是这份额外的痛苦。落在您丈夫车里的那条围巾是邦妮的,这一点毋庸置疑……"

琼打断了他的话,突然恶狠狠地盯着那个女孩。"那么或许我该听听她怎么说。"

然而,在琼那灼人眼神的注视下,邦妮只是更加畏缩。她无法开口,也不敢抬起头去看琼。

里德继续说:"她那时的确在场。但是,您看,当时我也在。我们俩当时在一起。"他看着琼,等她把这句话听进去。接着他说:"用最简单的话来说,我和邦妮相爱了。虽然我们的年龄相差三十岁,这一切都很傻,但事实就是这样,我们相爱了。我们共同保守着这个秘密,我们也都知道,很快我们就会不得不去面对各种纷繁困扰。但我们从未想到,我们试图隐瞒这件事的愚蠢举动,竟会给您带来如此深重的苦恼。我也希望,等我解释完发生的一切之后,您能够原谅我们。"

从遥远的河岸上,我们听见孩子们在互相叫唤。琼静静地坐在那里,左手捂住嘴,仿佛在克制自己开口。

"我在学院和大学里的职位已经快保不住了。辞职对我来说将是一种解脱。但您不需要为这些事操心。"说话时,他一直看着那个女孩,试图和她视线相对,但她并没有去看他的眼睛。

"就在不久前,我和邦妮还约好,今后再也不在牛津露面,叫人看见我们在一起。现在,所有这一切都被我们抛到了九霄云外。事发的当天,我们本打算去奇特恩斯野餐。我重新安排了我的上课时间,在城郊的一个公交车站接了邦妮。走了还不到一英里,我的车就在路上抛锚了。我们把车推进了停车带,也就是在那时,她说服了我,我们不该放弃这一天里的安排。汽车可以过会儿再修,我们应该试一下搭便车上路。于是,我缩在邦妮身后,心里感觉非常不自在,不知道会不会有人认出我来。过了几分钟,一辆汽车停了下来,开车的人正是您的丈夫,他正在前往伦敦的路上。他非常和善,对我们很友好。如果说他猜到了我们之间的关系,他也没有流露出丝毫反感,恰恰相反,他主动提出可以绕个圈子,开下公路,把我们放在圣诞公园下车。我们几乎就要到达那里了,这时我们看见那个男人和小男孩因为风太大而无法控制气球。我当时没有完全弄明白是怎么回事,我坐在汽车后排,您要知道。您的丈夫立刻把车开到路边停下,二话没说便冲过去帮忙。我们俩也出去想看个究竟。我不是一个好动的人,再加上当时已经有好些人跑过去帮忙了,所以在一开始,至少是在一开始,我认为呆在原地是明智的选择。我想我也帮不上什么太大的忙。后来,这件可怕的事情开始失控了,我们也意识到我们应该试一把,过去帮他们把气球拉下来,于是我们开始跑过去。可后来一切都太晚了,气球飞上了天——剩下的事情您也都知道了。"

里德犹豫起来,他字斟句酌,降低声音,我得向前倾身才能

284

听清。

"他坠落后,我们俩慌作一团,那实在是太吓人了。我们顺着一条小路走开了,一边试图让自己冷静下来,想想该怎么办。我们把汽车落在了后面,结果忘记了野餐还在里面,还有邦妮的围巾。我们走了好几个小时。我得惭愧地说,当时叫我担心的一件事是,如果我们作为目击证人站出来,我就不得不作出解释,告诉他们我和自己的一个学生在乡野中部搞什么名堂。我们真的是不知所措啊。

"几小时后,我们发现自己走进了沃灵顿。我们进了一家酒吧,想问问附近有没有公交车或出租车可以坐。有个男人站在柜台前,正在向柜台老板和一群酒吧的常客讲述那天下午发生的事情。很明显,他也是当时拉住绳子的人中的一个。我们忍不住告诉了他,我们那时也在场。您明白,这些事情把我们联系在了一起,你肯定会说出来。当时没有在场的人们都像是局外人。最后,我们和这个叫约瑟夫·莱西的人一起回家,在回去的路上,我把我的担心告诉了他。后来,他开车送我们回到牛津,路上给我们出了这个主意。他认为,这场事故已经有足够的目击证人了,我们没有必要抛头露面。不过,他也说过,如果到时情况有变,出现分歧或是自相矛盾的故事,那么他还会和我联系,我就可以再考虑考虑。就这样,我们始终没有站出来。我知道,这给您带来了巨大的痛苦,我为此感到深深的、深深的歉意……"

听到这里,我的意识又重新回到了这片草坪上:一簇簇金凤花丛金光灿灿,一群骏马和马驹在遥远的彼端朝村庄疾驰,环城公路上传来沉闷的车流声,而在近旁的河面上,一场帆船比赛正在沉默中紧张地进行。孩子们正朝我们慢慢走近,一路谈笑风生。克拉莉莎悄悄地把野餐收拾了起来。

"噢,天哪!"琼长叹一声。

"他是一个异常勇敢的人,"教授主动开口对她说,就像我以前说的一样。"他所拥有的勇气是我们其他人可望而不可即的。但您能原谅我们当时如此自私而又粗心的行为吗?"

"当然可以,"她愤怒地回答,热泪盈眶。"可又有谁会来原谅我呢? 唯一可能的人已经不在了。"

里德试着安慰她,告诉她绝不应该那样去想。琼再次提高嗓门,责骂起自己。教授安慰的话语和她的责骂声交织在了一起。这种上气不接下气、争相请求原谅的混乱场面在我看来几近疯狂,就像疯帽匠那样;从前,在这片河岸上,牛津大学基督堂学院的院长刘易斯·卡罗尔曾经取悦过自己迷恋的心爱对象。我的目光与克拉莉莎的相遇,我们交换了一丝浅浅的微笑,就好像我们自己也在请求对方的原谅,或者至少是宽容。琼和里德发狂似的争相说个不停。我耸了耸肩,仿佛在说(就像她在信里写的那样),我实在不清楚。

终于,我们所有人都站起身来。野餐收拾好了,防潮布也被折叠起来。邦妮直到现在都没有开口,她踱出了几步远,显得焦躁不安,这表明她已经不耐烦想离开这里了。她要么是有点迟钝——一个真正的金发笨女郎——要么就是瞧不起我们所有人。里德无助地在周围徘徊,他急于帮她解脱困境,带她离开这

286

里,但又出于礼貌的束缚而得先和我们做一番得体的道别。我抓起背包甩上肩头,正要去和他道别并帮他解围,这时瑞秋和里奥出现在了我的两侧身旁。

每当孩子们牵起我的手,一种被他们接受的淡淡的骄傲感便会在我的心底油然而生。他们把我拉到那一小片泥泞的沙滩前,我们面对缓缓流动的棕色河水,伫然而立。

"那么,现在,"瑞秋说,"也给里奥讲讲吧。讲一讲这条河流,慢慢地再讲一遍吧。"

附录一

带有宗教暗示色彩的同性色情妄想

——德·克莱拉鲍特综合征的一种临床变体

罗伯特·温（内外全科医学学士，英国皇家精神病学家学会会员）

安东尼奥·卡米亚（文学硕士，医学学士，英国皇家妇产科医学院文凭获得者，英国皇家精神病学家学会会员）

本文介绍一种德·克莱拉鲍特综合征纯粹型（即基本型）病例，该男性患者的宗教信仰对其妄想起到了至关重要的作用。危险性和自杀倾向也在文中有所阐述。此份病例为晚近的文献提供了佐证，证明该综合征在疾病分类学上属于一种独立的病症。

序　论

"色情妄想"、"色情狂"以及其他与之相关的性爱病症已为我们提供了丰富多样的文献资料，这些文献资料显示存在两大极端：一是异乎寻常的行为或可接受的疾病发作，但并无心理病态之虞;二是包含在精神分裂疾病范围内的奇特变体。对此,最早的参考文献可在普鲁塔克①、盖伦②和西塞罗③等人的作品中找到,而伊诺克和特里索恩的一份文献综述(1979)表明,从一开始,"色情狂"这一术语便缺乏明确的定义。

　　1942年,德·克莱拉鲍特谨慎地描述了这一以他的姓氏命名的范例。他把这种综合征称为"色情精神病",或"纯粹色情狂",将其与一般更为人接受的色情妄想状态加以区分。患者(或称"主体",通常为女性)有强烈的妄想症状,相信某个男人(或称"客体",通常拥有更高的社会地位)爱上了她。该患者可能很少或者根本没有与其妄想的客体有过接触,也会罔顾客体已经结婚的事实。如果男方声明自己对患者不感兴趣,或甚至表现出敌视憎恶的态度,患者会认为这是有悖常理或自相矛盾的表现,仍然会坚信男方"实际上"仍爱恋着她。其他由此衍生的主题包括:患者相信,如果没有她,客体永远找不到真正的幸福;他们之间的关系已被公众知晓并得到大家的认可。德·克莱拉鲍特强调指出,该疾病在纯粹形式下发作时明确且突然,甚至呈爆发态势,而这是一个很重要的区别;他相信,色情妄想是

<hr>

① 普鲁塔克(Plutarch,约46—120年):生活于罗马时代的希腊作家,生于希腊中部波奥提亚地区喀罗尼亚城,代表作有《道德论集》(Ethica,亦作 Moralia)和《希腊罗马名人传》(*Parallel Lives*)。

② 盖伦(Galen,全名 Claudius Galenus of Pergamum,129—199):古罗马时期最著名最有影响的医学大师、医生和解剖学家,一生专心致力于医疗实践解剖研究、写作和各类学术活动。他被认为是仅次于希波克拉底(Hippocrates)的第二个医学权威。

③ 马库斯·图留斯·西塞罗(Marcus Tullius Cicero,前106年—前43年):古罗马著名政治家、演说家、雄辩家、法学家和哲学家,善于雄辩。公元前63年当选为执政官,在后三头政治联盟成立后被三头之一的政敌马克·安东尼派人刺杀于富米亚。

逐渐发展形成的——不过这种观点很可能有误(伊诺克和特里索恩,1979)。

德·克莱拉鲍特的范例有一个核心内容,他称之为"基本假定":患者深信"自己正和一个社会地位高许多的人钟情相恋,暗通款曲,是对方首先坠入爱河,是对方首先大献殷勤"。曲径通幽的方式或许包括秘密信号、直接接触以及利用"现象资源"来满足患者的需求。她感觉自己是在照看和保护她所执迷的客体对象。

在其早期最著名的一桩病例中,德·克莱拉鲍特描述了一位五十三岁的法国妇女,这位女子相信英王乔治五世爱上了她。从1918年起,她不懈地追求国王,曾数度前往英格兰:

> "她经常在白金汉宫外等他。有一次,她看见宫中一扇窗户里的窗帘动了,便把这解读为国王发来的一个信号。她声称伦敦居民无人不知国王对她的爱,但她又硬说国王阻止她在伦敦城内找到住所,害得她错过了预订旅馆,还遗失了装有钱以及他的肖像的行李,对此他难辞其咎……她生动地概述了她对他的款款深情。'国王也许会恨我,但他永远忘不了我。我绝不可能对他冷漠无情,他也不会对我无动于衷……他伤我也是徒然……我从心底里被他深深吸引……'"

近年来,随着越来越多的病例被人发现,学界倾向于拓宽和厘清该病症的定义标准：病患者不仅只有女性，也不仅限于异性间的吸引；至少就有一名德·克莱拉鲍特综合征患者是男性，而且自此以后，更多男性患者被甄别确定。在主要针对男性患者进行调查后，穆伦和帕泰得出结论，男性患者发病时表现出的侵犯性与危险性远高于女性。同性恋爱病例的报道可参阅穆伦和帕泰（1994）、洛维特·道斯特和克里斯蒂（1978）、伊诺克和同事、拉斯金和苏利文（1974）以及温和卡米亚（1990）等人的文献记录。

因此，由伊诺克和特里索恩所提出的基本综合征（即德·克莱拉鲍特综合征）确诊标准，很可能会被接受该症临床本质特征的人所广泛认可。这一确诊标准是："患者产生妄想，笃信自己正与另一人钟情相恋，暗通款曲，此人社会地位远高自己，且首先坠入爱河，大献殷勤；病症发作突然，对色情妄想的对象始终不渝，患者能为客体自相矛盾的行为自圆其说；病程为慢性，患者殊无幻觉，也无任何认知缺陷。"

穆伦和帕泰援引佩雷斯（1993）的研究结果，后者指出：对于德·克莱拉鲍特综合征患者可能带来的威胁，公众的认知意识正在不断增长，从而导致旨在保护受害者的立法"暴增"。穆伦和帕泰强调，该病症对于患者和受害者而言都是一大悲剧：对患者来说，爱变成了一种"孤立、自闭的存在模式，任何与他人结合的可能性丧失殆尽。对受害者来说，当他们陷入自己并不想要的患者的色情迷恋中时，至少他们得承受骚扰和尴尬的折磨，或者最亲密关系的分崩离析；而最糟糕的情况是，当患者内心的怨恨、嫉妒或性欲猛然宣泄出来时，他们可能就会沦为其牺牲品"。

病　史

　　P，男性，二十八岁，未婚，涉嫌谋杀未遂，法庭裁定保外就医。

　　P为家中次子，出生时父亲已过中年，后在P八岁时去世；母亲和他并不亲近，后在P十三岁时改嫁。据P自述，童年时他易动感情，为人孤僻，喜欢做白日梦，不善交友。母亲改嫁后，他被送往一所寄宿学校就读，学习成绩中等偏上，但并非特别优异。在校期间，他的姐姐移居国外，从此两人再未见面。记忆中他不曾遭人戏弄或欺负，但他亦未曾结交知心好友，且他认为其他男孩都瞧不起他，因为他"不像他人都有爸爸可供吹嘘"。后来他考入大学，继续独往独来。P觉得周围的同学都很轻浮。他加入"基督教学生运动"组织，虽然为期不长，但就是在这段时间里，他开始在信仰中寻求慰藉。他主攻历史专业，但毕业成绩欠佳，在随后的四年中，他四处漂泊，大多从事低技能工作。此时，他与母亲已基本失去联系，其母当时已与第二任丈夫离婚，并从她姐姐那里继承了位于伦敦北部的一栋豪宅和一笔遗产。

　　后来P接受培训，当了一名英语教师，为外国人授课。在从事教学工作一年后，他母亲过世，由于他的姐姐行踪不明，他便成了母亲财产的唯一受益人。他辞去工作，搬进豪宅，其幽独孤寂和宗教信仰由此日益加剧。他长时期冥思"上帝的荣光"，在乡间闲行散步。此间他逐渐坚信上帝正在为他准备一份挑战，而他绝不能败阵而逃。

在一次散步途中，P偶遇一起氢气球事故并援手相助。他与另一位参与救助的路人R眼神交错，认为R在那一刻爱上了他。当日深夜，P向R打了众多电话中的第一通电话，告诉他这一爱声应气求。P意识到，上帝交给他的任务就是回应R的爱并"引导他皈依上帝"。当他发现R是一位秉持无神论观点的著名科普作家时，他就更加笃信无疑了。在对上帝意志的各种颖悟中，P从未产生幻觉。

然后便是接二连三的来信、门前的碰面和大街上的监视——这一切在记载悲哀病症的文献中耳熟能详。P从R家公寓窗帘布置的变化中察觉到R向他发出的讯息，可谓饶有趣味地呼应了德·克莱拉鲍特的那一著名病例。另外，P还通过触摸一棵女贞树的树叶，以及阅读R在两人初次相遇很久以前发表的文章获取信息。此前，R一直和他的同居妻子M过着安逸的生活，但在P的果断进攻下，他们的关系骤然紧张，几天后他们便劳燕分飞。P欣喜异常，确信尽管R表面上对他敌意连连，但最终定会认命，与P在豪宅中共同生活。他认定R是在"玩弄他"，是在考验他的信念。

很快，这份欣喜变成了怨恨。早些时候，P就从M的工作单位偷走了她的记事本，根据记事本中的信息，P得知R会在某餐厅出现，于是P雇了几名职业杀手枪杀R，不料造成邻桌一名食客肩部中弹。P懊悔万分，企图当着R的面拔刀自裁，但这一计划也告失败。P遭警方逮捕，不仅仅因为餐厅枪击事件，还因为拿刀挟持 M 而受到起诉。法院责令对其作出一份完整的精神状况鉴定报告。

在面谈中,患者表现良好,情绪因在一家人满为患的监狱中还押候审而略受影响,但状态仍显正常。在其律师要求下,患者做过一回初次检查,由于此次检查诊断患者有精神分裂症,因此对患者做了进一步的认知、生理和化验检查,但结果均为正常,脑电图检查结果亦然。患者的思维形式并无混乱,也没有产生幻觉。没有证据表明患者身上出现了其他施奈德式的精神分裂一级症状(施奈德,1959)。P 的视觉空间能力、抽象思维能力和精神集中能力表现为中等偏上。他的韦氏成人智力测试得分为:言语量表总分 130,操作量表总分 110,全量表分 120。本顿视觉保持测试也表明他的认知能力未受损害。在韦氏成人记忆测试中,他对简单及复杂事物的短时记忆能力也完好无损。

P 声称,他知道 R 仍然爱着自己,R 阻止他自杀便是明证。此外,在法庭上的一场例行听证会中,P 声称自己收到了 R 发来的一份"爱的讯息"。P 为自己曾企图谋杀 R 而后悔不迭,他认为不管未来等待自己的是什么,都将是对他的一份考验,既考验他对上帝的信仰,也考验他对 R 的爱意。患者在作出这番断言时表达清晰,思路连贯,表明他脑中形成的妄想已自成体系,完全可以自圆其说。根据医嘱对患者采用化学疗法(每天服用五毫克匹莫齐特)以及带有一定温和挑战性的洞察导向疗法进行治疗,但在六个月疗程过后,患者症状仍无明显改善。最后法庭裁决,患者应被无限期监禁在一家安全的精神病院中。入院半年后，P再次接受观察，尽管对其采用的化学疗法有所变更，但他的妄想症状似乎仍无好转。P像以前一样自信，断言R对他的爱依然如故，而通过他承受的苦难，终有一天他会将R引向上帝。P在医院里每天都给R写信。他的信件被医护人员收集，但为了保护R不受更多烦恼困扰，这些信件并未寄出。该患者将继续接受观察。

讨　论

埃利斯和麦尔索普（1985）认为：德·克莱拉鲍特综合征是一种病源多样化的失调性疾病。关于其病源的理论包括酗酒、堕胎、服用安非他命后产生的抑郁、癫痫、头部创伤和各种神经错乱症状。但以上原因没有一个和该病例有关。在综览对纯粹病例患者发病前的人格描述之后，穆伦和帕泰经过归纳得出结论："一个不适应社会的个人，可能会出于个性敏感、多疑或自视优越等原因，与其他人隔离开来。这些人往往被形容为过着社交空虚的生活……对建立人际关系的渴望与害怕被人拒绝的恐惧，或是对亲密关系的恐惧（包括性和情感两方面）相平衡。"

该患者生活中的一个重要转变，就是继承了母亲的那栋房子，藉此，P从赚钱谋生的需要中解脱出来，可以切断他与在语言学校的同事以及和租房女房东之间仅有的联系，缩回自己的小天地。他一生未能与他人建立紧密关系，至此这种失败达到顶峰。就在这时，他的孤独感不断增强，同时他也意识到自己即将面对一项考验。在某次乡间散步时，他被卷进了一个临时组建的团体中,与几位路人一起奋力固定一只强风中漂浮的气球。这种从"社交空虚"的生活到紧密团队合作的转变,也许是造成其病症突然发作的主要原因,因为就是在这桩戏剧性的事件结束后,他才开始"意识"到了 R 的爱意。此妄想关系的开端确保了 P 没必要再回到以前那种封闭状态中。阿瑞提和麦斯(1959)曾经提出,色情狂可能通过在内心创造出一个完整的世界,来作为一种抵抗抑郁和孤独的防御机制。

与穆伦和帕泰的概述同样有关的是该患者对性亲密的恐惧。面谈中问及他对 R 的情色欲望时,P 含糊其辞,甚至还恼羞成怒。尽管很多男性患者对他们的对象抱有明确且具侵犯性的性企图,但其他男性患者以及许多女性患者,因出于自我保护意识,对自己究竟要从其恋爱客体身上得到什么并不十分清楚。伊诺克和特里索恩援引埃斯基罗尔[①](1772—1840)的论点,后者指出:"色情狂主体行为得体,从不越雷池半步,他们始终保持贞洁。"而巴克奈尔和图克在十九世纪中叶将"色情狂本身"和"纯情形式"联系在一起。

一些评论者(特里索恩,1967;西曼,1978;穆伦和帕泰)在报告中指出,缺席或去世的父亲角色与此病有关联,本病例证实了这一点。在此阶段,还不能断定四十七岁的 R 对 P 而言是否代

---

① 让-艾蒂安·埃斯基罗尔(Jean-Étienne Dominique Esquirol,1772—1840):法国精神病学家,创立现代临床精神病学的巴黎学派的成员,是第一批把统计方法用于精神病临床研究的学者之一。主要著作有《精神病》(1817)和《论自杀的偏执》(1827)。

表了父亲的形象,或是代表了一个事业成功、社会关系融洽的个人形象,代表了 P 所向往的理想人物。

研究(特别是近期研究)表明,在男性色情狂身上存在很大的危险性(加涅和戴斯帕华,1995;哈尔曼、罗斯纳和欧文斯,1995;孟席斯、费多罗夫、格林和艾萨克森,1995)。为了保护恋爱客体不受患者攻击,可能需要强制患者入院治疗(伊诺克和特里索恩,穆伦和帕泰)。在此病例中,法庭对患者提出了刑事指控,尤其考虑到其造成的后果,对危险性的考虑就成为了中心问题。P 亲自守在餐厅里监视,等待其雇佣的杀手将 R 打死。当杀手弄错目标时,他试图干预。后来他展现出悔恨姿态,又在 R 和 M 面前对自己暴力相向。只要 P 的妄想症状持续不变,其潜在的暴力倾向就会一直存在,而将其送入一家安全的医院正是合宜作为。

洛维特·道斯特和克里斯蒂在对其研究的八个病例进行综述时提出:“对宗教信徒而言,可以假设,在爱的某些病态层面和教会信条之间存在着一种密切的联系。”我们有理由推断,某些教派禁止教徒表达性欲的约束涉及某些病症。此外,禁欲的神父们由于其不可接近的特点,可能会成为德·克莱拉鲍特综合征患者的喜爱对象。教会中的其他高级教士,由于其在教堂会众中享有的地位,也可能成为色情妄想的对象(伊诺克和特里索恩)。然而,P 不属于任何一个特定的宗派或教派,而且他妄想的对象是一位无神论者。P 的宗教信仰早于其发病时间,但他一旦搬入母亲的房子、茕茕孑立之后，其信仰就更为强烈了。他与上帝的关系是个人化的，用以替代其他亲密关系。"引导 R 皈依上帝"这一任务可被视为一种尝试，藉此建立一个完全整合的内心世界，将其内化的宗教感情和妄想之爱合而为一。在面谈中，P坚持说他从未听到上帝之音，也从未见过上帝显灵。与许多宗教信念炯烈的人们一样，P 通过概括化的方式"意识到"上帝的意志或意旨。在文献中，找不到其他类似的、涉及宗教情感（或称为上帝之爱）的纯粹色情狂病例。

结　论

参照上文中引用的、由伊诺克和特里索恩所提出的德·克莱拉鲍特综合征基本形式的确诊标准，P 的病况全部相符，只一项例外：P 产生妄想，笃信自己正与另一人 R 钟情相恋，暗通款曲；是 R 首先坠入爱河，大献殷勤；病症发作突然；P 对色情妄想对象始终不渝；他能为 R 自相矛盾的行为自圆其说；病程似为慢性；P 殊无幻觉，也无任何认知缺陷。（然而，尽管可以说 R 拥有"更高的社会地位"，但 P 不可能在他们初次见面时就知道这一点）。P 的情况与确诊标准高度一致，而且 P 和其他病人具有若干相似的病前特征，这就进一步证实该综合征为一种独立的病症。

至于病例结果，大多数论者秉持悲观态度。德·克莱拉鲍特曾记录过几起纯粹色情狂病例，患者的病症在没有显著改善的情况下持续了七年至三十七年之久。综览此后的文献资料，我们发现这确然是一种绵恒持久的爱情形式,往往直至患者一死方休。

德·克莱拉鲍特综合征患者的受害者可能遭受骚扰、压力、人身攻击和性侵害,甚至死亡。尽管在本案例中,R和M最终和好如初,后来还成功地领养了一个孩子,但其他受害者们则被迫离婚或移居国外,还有部分受害者因患者给其造成的烦恼而需接受精神治疗。因此,继续完善该病症的确诊标准,并使专业人员广为熟知之,乃十分重要。有妄想症状的患者不大可能向外界寻求帮助,因为他们并不认为自己患病。他们的亲朋好友可能也不愿如此看待他们,因为,正如穆伦和帕泰所言,"爱的病态延展与正常经验不仅相互接触,而且互有重叠。我们最为珍贵的经验之一也许会转化为心理变态,这一点往往并不容易被人接受。"

参考文献

A·埃-阿斯拉:"一位沙特妇女身上的色情狂病症\[J\]",《英国精神病学杂志》,153(1989):830—833

C·G·德·克莱拉鲍特:"色情精神病\[J\]",《精神病学丛刊》,巴黎:大学出版社,1942:315—322

C·佩雷斯:"跟踪狂:妄想何时成为犯罪?\[J\]",《美国刑法杂志》,20(1993):263—280

D·拉斯金,K·E·苏利文:"色情狂\[J\]",《美国精神病学杂志》,131(1974):1033—1035

J・C・巴克奈尔,D・H・图克:《心理学指南第二版\[M\]》,伦敦:丘吉尔出版社,1882

J・E・D・埃斯基罗尔:《精神病\[M\]》,R・德・索绪尔译,纽约:哈夫纳出版社,1965

J・G・西格纳,J・L・卡明斯:"器质性情感障碍下的德・克莱拉鲍特综合征\[J\]",《英国精神病学杂志》,151(1987):404—407

J・W・洛维特・道斯特,克里斯蒂:"爱情病理学:德・克莱拉鲍特综合征的某种临床变体\[J\]",《社会科学与医学》,12(1978):99—106

K・施奈德:《临床精神病理学\[M\]》,M・W・汉密尔顿译,纽约:格伦与斯特拉顿出版社,1959

M・D・伊诺克,W・H・特里索恩:《罕见的精神病综合征\[M\]》,布里斯托:约翰・怀特出版社,1979

M・H・霍兰德,A・S・卡拉汉:《普通精神病学文献》,32(1975):1574

M・V・西曼:"妄想性恋爱\[J\]",《普通精神病学文献》,35(1978):1265—1267

P・埃利斯,G・麦尔索普:《英国精神病学杂志》,146(1985):90

P・加涅,L・戴斯帕华:"男性色情狂:一种危险的性骚扰\[J\]",《加拿大精神医学杂志》,40(1995):136—141

R・B・哈尔曼,R・罗斯纳,H・欧文斯:"刑事法庭罪犯人口中的强迫性骚扰\[J\]",《法医学杂志》,42(1995):188—196

R・P・孟席斯,J・P・费多罗夫,C・M・格林,K・艾萨克森:"男性色情狂患者危险行为预测\[J\]",《英国精神病学杂志》,166(1995):529—536

R・温,A・卡米亚:"同性恋色情狂\[J\]",《斯堪的纳维亚精神医学杂志》,85(1990):78—82

S・阿瑞提,M・麦斯合编:《美国精神病学手册\[M\]・第1卷》,纽约:基本书局,1959:525、551

W・H・特里索恩:"色情狂——对这一古老的障碍性病症的再思考",《阿尔塔杂志》,2(1967):79—86

本文转载自《英国精神病学评论》

附录二

以下为 J·帕里先生的亲笔信函,写于其入院后的第三年年末,原件存于患者的病历记录中。应 R·温医师之请求,特寄上此份影印件。

星期二

亲爱的乔:

黎明时分,我苏醒过来。我溜下床铺,穿上睡衣,没有惊动值夜班的守卫,来到东窗前,默默站立。看看吧,你对我好的时候,我是多么听话啊!你说得对,当太阳从树林后冉冉升起时,树木变成了黑色。树顶的枝梢在天空映衬下交错缠绕,宛若机器内部的线路。但我没有去想这些,因为今天万里无云,十分钟后从树顶上升起的只有上帝那辉煌的荣光和挚爱。我们的爱!它首先沐浴我,然后透过窗框温暖着我。我站在那里,双肩后仰,两臂松弛垂于体侧,大口大口地呼吸。我的眼泪夺眶而出。可我是多么欢悦啊!第一千天,我的第一千封信,而你告诉我我所做的一切都是对的!起初,你不明白这样做的意义,于是你诅咒我们的分离。现在你知道了，我在这里度过的每一天，都让你离那荣耀之光、离他的挚爱更近一步；而你以前不知道的理由，现在之所以知道，是因为你已离得够近，感觉自己正情不自禁、满腔欢悦地奔向他的温暖。现在无法回头了，乔！你属于了他，也就属于了我。于我而言，这份幸福几乎让我发窘不安啊。我本来就是个囚徒嘛。窗上装有栏杆，病房夜间上锁，我日夜都与一群嘟嘟囔囔、涎液横飞、走路拖脚的傻瓜为伍，而那些走路不拖脚的人则受到严加管束。这里的护士（尤其是男护士）都禽兽不如，他们才真该被关进病房，却不知怎么挖通墙角，跑到了另外一边。烟雾缭绕、窗户紧闭、小便横流、广告轰炸——这就是我向你描述过一千遍的世界。我应该一蹶不振，精神衰颓才是啊，但恰恰相反，我感觉比以前任何时候都更明晓自己人生的意义。我从未感到如此自由奔放。我在凌空翱翔，我是如此欢愉，乔！假如他们当初知道我在这里会如此快乐，他们就会放我出去了。我必须在此搁笔，给自己一个拥抱。我在日渐一日地争取我们的幸福，就算要花上一辈子的时间我也在所不惜。一千天了——这是我寄给你的生日贺信。有件事你已经知道了，但我还是需要再告诉你：我爱慕你。我为你而活。我爱你。谢谢你也爱我，谢谢你接受我，谢谢你认可我为了我们的爱所做的一切。快快给我传寄新的讯息，还有，切记——信仰即欢悦。

杰德

鸣 谢

首先,我要感谢我的好友兼徒步旅行同伴雷·多兰,感谢他多年以来与我进行启人心智的讨论。我也要感谢盖伦·斯特劳森、克雷格·雷恩、蒂姆·加顿·阿什以及督察长阿蒙·麦卡菲。我还要感谢以下作者和书籍对我的帮助:E.O.威尔森,《论人性》,《缤纷的生命》;史蒂芬·温伯格,《终极理论之梦》;史蒂文·平克,《语言本能》;安东尼奥·达马西欧,《笛卡儿的错误》;罗伯特·怀特,《道德动物》;沃尔特·博德默和罗伯特·麦克基,《人之书》;罗伯特·吉廷斯,《约翰·济慈》;史蒂芬·吉尔,《威廉·华兹华斯传》。

译后记

　　我们或许曾经试图丈量生命耐受的限度,伸手掂量其不可承受之轻,生命原本微妙如斯。然而,在纷繁如此的生命中,有着这样一种妙不可述的情感,摸不透、猜不着、剪不断、理还乱,像是一场豪赌——孤注一掷地博取所有或是全盘皆输。这样的情感叫做爱,而其间的执着、猜忌、一意孤行是否让原本相爱的人渐行渐远,又是否让这爱沉重得令人无可忍耐?

　　爱:生命的本质。抑或当生命的脉搏注定我们在某时某刻某地要做出诸如"相爱或是死亡"的决断之时,爱的本质已然凌驾于生命之上。这也让我们在细细思量生命的限度之余,开始探究并碰触爱的限度;而这样的尝试在这个生无所危却爱恨纠结的时代似乎显得更具意义。伊恩·麦克尤恩在《爱无可忍》中便叩问道:爱到底是坚韧的延续,还是易碎的琉璃。事实上,麦克尤恩在其主要作品中从来未曾放弃过对生命和爱的极限的探寻,他一直试图通过颇具挑战性的探索来证明爱的炙热纠葛、坚韧持久;他也试图在爱和生命之间架设桥梁让这原本炙热律动的旋律归化于生命的平淡之中。在好评如潮的小说《赎罪》中,面对两者如出一辙的不可挽回性时,伊恩·麦克尤恩流连在忏

307

悔和救赎中，俨然已经不由自主地在爱和生命之间画上了等号——战争背景下，一个十三岁女孩的猜疑和想象向爱和生命发起了最严峻的挑战。好评甚之的《爱无可忍》则是麦氏向爱之忍耐发起的正式宣战。

　　或许是我们早已习惯了奥斯丁小说开端的和煦引人，抑或是伍尔夫《达洛卫夫人》稍作铺垫的开场；《爱无可忍》"容易标记"、干净利落的开端让读者无可遁逃地被拽入了一场涌动的风暴，让手捧书卷的我们从一开始起便惴惴不安、如坐针毡。而这样的张力也一直延续到了故事的结尾。一起突如其来的热气球事件、一触即发的蝴蝶效应，其意义绝不仅限于把一群素不相识的过客锁定在同一空间或是卷入了一个共同的故事。故事开始的场景不是司空见惯的车祸现场，亦不是码足悬疑的蓄意谋杀，人在这些事件中的主观介入无不危及麦克尤恩欲在爱之忍耐中传达的微妙之情。那么，不妨让我们看看一场热气球事件是如何揭开故事所蕴含的深意的吧。风起云涌、飘摇的热气球已确然不在人的主观掌控之下，即使是合乔、杰德、洛根等人之力也无法逆转命运；自然仍是如此有力地控制着人物的生死、事件的走向。而爱，又何尝不是如此。

　　独爱"读"爱。在爱与被爱中，上帝般的全能掌控必然缺席，每个人都是读者，站在各自的角度，解读爱的意义，企盼情之种种。而这解读间的偏差在原本亲密无间的感情上磕出裂纹，猜疑、失信，一如释怀前的乔和克拉莉莎，原本相爱的人渐行渐远。不过是对一个眼神的解读，从此认定相爱。爱隐忍的执着一如

308

春笋扎根在杰德的心中破土而发、势不可挡。随着故事的深入竟让人如笛卡儿般地开始沉思:"我"到底醒着,还是身陷梦魇;到底是杰德精神分裂,还是乔神志恍惚?麦克尤恩想必也深知多角度"读"爱的奥妙,他摒弃了传统第三人称上帝视角,从乔的角度出发用第一人称展开叙述,加之通过信件形式窥探克拉莉莎、杰德等视角,作者巧妙地透过第一人称视角叙述构建出了一个饱满立体的主观世界。而这样的构建,与其说是叙述,不如理解成一种解读。作为读者的我们无时无刻不在解读乔、杰德或是克拉莉莎那被刻画得细致入微、帧帧入目的心理活动;而故事中的他们同时也透过自己的世界观解读着他人的爱。他们每一步的行动都可谓是各自解读的产物。

"读"爱,却不能独爱。解读即是介入。麦克尤恩在《爱无可忍》中试图阐释的便是这在爱中鸣响回环的声音。当小说中的人物开始解读彼此传递出的爱时,他们已然回应,已然介入。即使是患有德·克莱拉鲍特综合征的杰德一厢情愿解读,也在乔的焦虑和恐惧中得到了他称之为"爱的信号"的回应。古语早云,两情相悦,珠联璧合。杰德对在乔所给的"爱"中解读出若干执着的理由显然打破了克拉莉莎和乔之间原有的平衡。一只在风中飘摇的热气球和死去的洛根,让人惴惴不安地开始反省是否是自己的放手引发了灾难。放手、灾难和爱,这样一些词语拼凑出一组支离破碎的意象,让人思索着为爱执着。一场超出主体掌控的事件,反而带来了主体意识的膨胀。在无能为力的无奈后,曾经受抑的自我意识绝地反击,故事中内疚、自责或是爱

309

火初燃的他们开始解读自我,解读自己爱的意义;并试图在埋藏已久的爱的火种中汲取温暖,聊以自慰,抚平创伤。但真爱,本不应是此般孤独。

　　对爱的珍视总会让我们在很多时候只身上路,独面困难;一切只为保爱周全。接到杰德示爱的第一个电话后,乔便一意孤行地向克拉莉莎隐瞒了真相。但事实上,相爱双方总是想彼此取暖,彼此守护。殊不知,乔单枪匹马迎战的勇敢,却成为了他和克拉莉莎分道扬镳的起点。"读"爱却不能独爱,但当每个人被偏执地囚困于自己的意识中,把现实解读出自己的色彩时,分开已是必然。身为科学专栏作者的乔决意用科学话语的视角来解读杰德这股强大介入的力量。他理性地思考,用德·克莱拉鲍特这一科学范式来阐释杰德对他的狂热,并按部就班地推断,主动把原本相安无事的小事上升到了一个严肃致命的高度。而受到济慈诗歌浪漫熏陶的克拉莉莎在得知杰德的狂热之初显出的却是不以为然:"拜托了,这只是个玩笑嘛,乔!"这样稍欠热度的冷漠更是把本就忧虑的乔扔在了越走越远的路上,他只好独自"远行",直至难以挽回。乔和克拉莉莎的爱尚在误解和纠葛中擦出火花,然而杰德的爱却一直孤独、寂寥。德·克莱拉鲍特综合征赋予的偏执是他解读他在自己和乔之间虚幻出的爱情的滤镜。信件、电话,或许只是缘起于那个关于白金汉宫窗帘的传说,他独自在街角守候,未曾进发。一切不过是乔这块愤怒的石头落入水中时激起的浪花。当每个人都用各自的世界观对爱进行偏执的解读时,偏执己见相爱的人们已然形同陌路,而原本的暖人心怀的点滴都化作冰凉的纠葛、煎熬和忍耐。

　　情到深处者难于释怀。"当爱逝去时,你才会明白它是一份多么珍贵的礼物。"细细读来,《爱无可忍》中爱情的逝去无非是两种模式——剥夺,或是放手。然而,若爱真要逝去,唯有放手。克拉莉莎和乔在故事伊始时拽紧的双手在心理时间的推逝下渐渐松开;洛根在热气球事件中的意外身亡剥夺了琼的爱,但失去并非心死;琼·洛根在解读这段失去后尚带温存的爱时,从遗留在洛根车上的野餐篮子和丝巾里构建出了一个婚外情的故事,让这剥夺成为放手,让失去化作了逝去。对琼·洛根的拜访看似是扎根在故事之外的末节。而由这条线索在小说末尾为乔和克拉莉莎带来的转机,不得不让人在回望全局之时重新思量这些偶尔脱离主线的造访存在的价值。或许,对乔和克拉莉莎来说,解读琼·洛根的爱是命运在每逢绝境时柳暗花明的救赎。遗憾的是,他们迟迟都未能参透爱何以逝去,而所幸的是,当他们各自冷静之后、放手之前终得顿悟——"信仰即欢悦",爱即是信仰;当我们试图"读"透爱的时候,无论是这探求中夹带的好奇或是怀疑,都毁灭性地撼动着信任这一爱情最基本的根基。"要花一分钟描述的事情,实际经历起来其实只要两秒钟。"爱也本应是那两秒钟简简单单的体验,而非一分钟理性构建出的描述。

　　于是,麦克尤恩总是不吝用大段的文字描写人物的心理活动,心理时间成为了衡量故事进程的标准;他笔下的情节进程也总是因此耽搁延宕、步履维艰。在他看来,阅读小说的过程和体验("读")爱的过程是如此相似。阅读的目的也不总在于情节的张力,或许对于个中人物内心挣扎的窥探、体验和认同同样会让读者在最终离开故事之时收获良多。他想要我们读的并不是一个关于爱的训诫、寓言或是救赎,《爱无可忍》给我们带来的是一次感同身受爱的体验。而在体验之余,我们得到的是如同教科书般顿悟式的启迪。

《爱无可忍》能够却难于被划分到任何具体的小说流派。原著流畅的文字如电影胶片般一幕幕划过,总能让人勾勒出在隐忍的爱中乔饱经煎熬的倦容:他满布血丝的眼球时刻受到栩栩如生的画面迎面冲击,瞪大的双眼突出深陷的眼眶,着力"读"爱,却无力参悟。一部优秀的电影剧本?绝非仅此。杰德飘忽不定的出没和乔的孤身探索,无不向读者渗透着那么一丝福尔摩斯式的侦探悬疑色彩;人物间张弛的郁结每每让人在字里行间窥见舞台剧的张力;宗教意蕴浓郁的救赎主题复调高歌贯穿始终。从乔的眼里,我们能明晰地看到一段炙热的爱情在杰德的悄然介入下慢慢冷却,一池原本平静如镜的春水如何被杰德的执着吹皱,泛起涟漪。麦公颇具匠心地把克拉莉莎的信几乎压到了故事结尾,一气呵成地从一个让人惊叹、截然不同的角度重述了故事始末,让人猛然意识到这对原本相爱的人已是相隔天涯。无论在心理张力或是悬疑间,麦克尤恩在《爱无可忍》中都信手拈来地驾驭着一种毫不张扬、略带苦涩的忍耐,然后再以圣启般的揭示宣告救赎降临。

"读"爱,我们读的是什么?《爱无可忍》中的他们絮絮诉说爱的悠悠恒久,其形式无非两种,而后也终会归结为一个词语。

杰德把爱奉作信仰，"这确然是一种绵恒持久的爱情形式"。乔和克拉莉莎的爱沉溺于自我的意识，他们都不吝付出，希望通过自己的视角读透所有，却发现投入至深的两人已是形同陌路。克拉莉莎从卧室搬到了婴儿房，又从婴儿房搬离了家，而最终让爱归于平淡的仍是信仰。原来持久的爱并不是一潭波澜不惊明澈的死水，容不下半点的杂质，耐不得轻微的惊扰。爱是故事结尾时那条奔流的河，流向远方，延绵不绝。就像这个娓娓道来的故事，值得我们反复阅读、咀嚼、领悟。

在翻译本书的过程中，我们参阅了王文倩女士的译本（台湾天培文化有限公司，2006年），从中获益良多，谨表谢意。同时，我们还要感谢宋倩和胡扬同学，他们是本书的最初读者，提出了许多宝贵意见。最后，衷心感谢编辑冯涛先生，他的睿智、信任和耐心令译者倍感温暖。

郭国良

2009年9月于杭州西溪风情

图书在版编目(CIP)数据

爱无可忍/(英)伊恩·麦克尤恩(Ian McEwan)著；
郭国良,郭贤路译.—上海：上海译文出版社,2018.6
(麦克尤恩作品)
书名原文：Enduring Love
ISBN 978-7-5327-7767-9

Ⅰ.①爱… Ⅱ.①伊… ②郭… ③郭… Ⅲ.①长篇小
说—英国—现代 Ⅳ.①I561.45

中国版本图书馆 CIP 数据核字(2018)第 042403 号

Ian McEwan
ENDURING LOVE
Copyright © 1997 by Ian McEwan
This edition arranged with ROGERS，COLERIDGE & WHITE LTD(RCW)
through Big Apple Agency，Inc.，Labuan，Malaysia.
Simplified Chinese edition copyright：
2018 Shanghai Translation Publishing House(STPH)
ALL RIGHTS RESERVED.

图字号：09-2008-533 号

爱无可忍
〔英〕伊恩·麦克尤恩 著 郭国良 郭贤路 译
责任编辑 / 管舒宁 装帧设计 / 储平工作室

上海译文出版社有限公司出版、发行
网址：www.yiwen.com.cn
200001 上海福建中路 193 号 www.ewen.co
江阴金马印刷有限公司印刷

开本 850×1168 1/32 印张 10 插页 5 字数 171,000
2018 年 6 月第 1 版 2018 年 6 月第 1 次印刷
印数：0,001—7,000 册

ISBN 978-7-5327-7767-9/I·4755
定价：62.00 元